Buchcover:
Titelfoto Dieter Ebels

Die Toten vom Wambachsee
Duisburg-Krimi
Dieter Ebels
2020

Herstellung und Verlag: BoD -
Books on Demand, Norderstedt

ISBN: 9783752642469

Prolog von Norbert Schmidt

Schon aus beruflichen Gründen war mein Metier eigentlich immer die Welt des Theaters, doch der Autor Dieter Ebels hat es geschafft, mein Herz auch für die Literatur zu öffnen. Kennengelernt haben wir uns bei einer gemeinsamen Arbeit an einem biografischen Werk und mittlerweile verbindet uns eine echte Freundschaft. Mit Dieter Ebels lernte ich einen Menschen kennen, bei dem die Tugenden Ehrlichkeit und Hilfsbereitschaft noch großgeschrieben werden, und es ist schön, so einen Freund zu haben. Die Literaturwelt Deutschland ernannte Dieter Ebels zum Autor des Jahres 2019 und mir wurde die Ehre zuteil, ihm in einer extra dafür vorgesehenen Feierstunde die Ernennungsurkunde zu überreichen. Diese von Fernsehen und Presse begleitete Feierlichkeit hinterließ bei mir einen tiefen Eindruck und auch die großartige Laudatio, in der Bezirksbürgermeister Marcus Jungbauer über das erfolgreiche Wirken des Autors berichtete, bleibt mir unvergessen. Es ist schön, wenn einem Freund die Ehre erteilt wird, die er verdient hat. Ich wünsche Dieter Ebels auch weiterhin viel Erfolg und mir persönlich noch viele spannende Werke aus seiner Feder.

Norbert Schmidt

Dieter Ebels

Die
Toten
vom
Wambachsee

Eigentlich hatten die Kommissarin Silvia Muisfeld und ihr Kollege Sven Söhlbach den Montagmorgen dazu nutzen wollen, um liegengebliebene Berichte zu schreiben.

Der Leiter des Kommissariats für Tötungsdelikte im Präsidium Duisburg mit dem kuriosen Namen Metzger-Ibbenburg hatte die beiden schon mehrmals angemahnt, ihm endlich die noch fehlenden Berichte von zurückliegenden Fällen zu liefern. Doch auf die Berichte würde der Kommissariatsleiter auch heute noch warten müssen.

Kaum hatten Söhlbach und Muisfeld in ihrem Büro Platz genommen, klingelte das Telefon. Jemand hatte auf dem Wambachsee eine leblose Frau in einem Ruderboot entdeckt, welches vom dortigen Bootsverleih entwendet worden war.

Nun saß die fünfunddreißigjährige Kommissarin auf dem Beifahrersitz des Dienstwagens, einem silbernen VW-Passat älteren Baujahrs. Ihr um drei Jahre älterer Kollege, saß hinter dem Lenkrad und steuerte das Fahrzeug in Richtung Sechs-Seen-Platte.

„Das wird für die beiden vom Bootsverleih eine große Aufregung sein", sagte Söhlbach.

„Die beiden vom Bootsverleih?", wunderte Silvia sich und sah ihren Kollegen mit großen Augen an. „Wer sind die beiden vom Bootsverleih?"

„Ich meine die beiden, die die Boote dort verleihen, die Silke und den Bernd."

„Kennst du sie?"

„Ja, ich kenne sie. Ich habe Silke und Bernd mal zufällig auf einer Feier kennen gelernt. Es war irgendeine Geburtstagsfeier. Wir hatten damals viel Spaß mit-einander. Obwohl ich die beiden noch niemals vorher

7

gesehen hatte, waren sie mir von Anfang an sehr sympathisch. Etwa einen Monat nach dieser Feier war ich mit Mama an der Sechs-Seen-Platte spazieren."

„Lass mich raten", unterbrach Silvia ihn. „Deine gute alte Mama wollte plötzlich mit dem Boot fahren."

Sven grinste. „Genauso war es. Mama hatte gesehen, wie ein paar Leute mit Tretbooten über den Wambachsee schipperten. Da wollte sie es unbedingt auch einmal mit dem Boot fahren. Wir sind dann zum Bootsverleih gegangen und als ich sah, wer diesen Bootsverleih betrieb, war ich überrascht. Es waren Silke und Bernd, die beiden, die ich auf der Feier kennengelernt hatte. Ich hatte mich echt gefreut, sie wiederzusehen. Ich war mittlerweile schon einige Mal mit Mama dort, um mit ihr zusammen Tretboot zu fahren, denn Mama hatte viel Spaß dabei."

Silvia wusste, dass ihr Kollege sich liebevoll um seine alleinstehende Mutter kümmerte, obwohl er es nicht immer leicht mit ihr hatte. Wie oft hatte seine Mama ihn schon im Büro angerufen, um ihm zu sagen, dass sie soeben die letzte Flasche Wasser geöffnet hatte und er heute noch unbedingt bei ihr vorbei kommen müsste, um neue Getränke für sie zu holen. Das passierte meistens, wenn Sven eigentlich etwas anderes vorhatte.

„Erst letzten Monat war ich mit Mama wieder dort", erzählte Sven. „Und nach der Bootsfahrt saßen wir noch lange mit Silke und Bernd im Bootsverleih zusammen. Wenn man da vor den Stegen sitzt, hat man einen wunderschönen Seeblick. Es ist richtig idyllisch."

„Ich weiß zwar, dass es diesen Bootsverleih dort gibt", sagte Silvia, „aber ich muss zugeben, dass ich dort noch nie mit einem Boot gefahren bin, obwohl ich es eigentlich auch mal gerne machen würde."

„Das sollten wir beide mal gemeinsam machen. Es ist wirklich schön."

Als Sven beim Abbiegen zur Seite schaute, entdeckte seine Kollegin einen Kratzer an seinem Hinterkopf.

„Hast du dich zu intensiv am Kopf gekratzt?", fragte sie und lachte.

„Nee. Das war der Rasierapparat. Hab´ nicht aufgepasst."

„Eigentlich könntest du deine Haare ja auch mal wachsen lassen, anstatt dir `ne Glatze zu rasieren."

„Du weißt doch ganz genau, dass die wenigen Haare, die noch da sind, lächerlich aussehen. Eine gepflegte Glatze geht immer."

„Apropos Haare", sagte Silvia und griff an ihre rotbraunen, schulterlangen Haare. „Ich müsste mir auch mal wieder ein paar Zentimeter abschneiden lassen."

Söhlbach ging auf ihre Bemerkung nicht ein. Er bog mit dem Passat, nachdem sie einige Zeit über die Neidenburger Straße gefahren waren, in den Kalkweg ein.

„Gleich sind wir da", sagte er.

Die Straße endete auf dem großen Parkplatz, der sich zwischen zwei Seen erstreckte, dem Masurensee und dem Wambachsee.

Dort, wo sich auf der rechten Seite der Bootsverleih befand, standen bereits viele Streifenwagen. Dieser Bereich war von der Polizei großräumig abgesperrt worden. Söhlbach und Muisfeld erkannten auch die Autos der Spurensicherung.

„Meier ist natürlich wieder als erster da", sagte Sven und parkte das Auto.

Ralf Meier war der Leiter der Spurensicherung. Er prahlte immer damit, dass er als erster am Tatort sei, was ihm auch meistens gelang.

Die beiden gingen durch ein offenes Metalltor und stiegen die breite Treppe hinab zum Bootsverleih. Sie waren ein sehr ungleiches Paar. Das stach besonders ins Auge, wenn die 1,66 Meter große, zierlich anmutende Kommissarin neben ihren schlaksig wirkenden Kollegen her schritt, der sie mit seiner Größe von 1,87 Meter um mehr als 20 Zentimeter überragte.

Auf dem Steg unten am Bootsverleih war reger Betrieb. Dort standen uniformierte Polizisten und die weiß gekleideten Beamten der Spurensicherung.

Drei Leute der Spurensicherung stiegen gerade in ein Boot. Einer von ihnen war Ralf Meier.

Fast gleichzeitig erkannten Söhlbach und Muisfeld ein Ruderboot, welches etwa hundert Meter vom Ufer entfernt im Wasser trieb.

Deutlich erkannten sie den nackten Frauenkörper, der im Bug des Bootes lag. Die Ruder des Bootes hingen seitlich im Wasser.

„Aus der Ferne sieht es fast so aus", sagte Söhlbach, „als sei die Frau unmittelbar vor dem Tod noch gerudert."

Seine Kollegin nickte. „Ja, es sieht tatsächlich so aus."

Sie betraten den Steg, an dem die vielen Boote, die man hier mieten konnte, befestigt waren.

Ralf Meier, der Leiter der Spurensicherung, legte gerade zusammen mit zwei weiteren, weiß gekleideten Männern mit einem Boot ab. Als er Muisfeld und Söhlbach erkannte, grinste er.

„Wie immer", sagte er zu ihnen. „Ihr zwei seid wie immer die Letzten, die am Tatort eintrudeln."

Söhlbach ging auf diese Bemerkung nicht ein. Stattdessen fragte er: „Gibt es schon erste Erkenntnisse, Ralf?"

Meier grinste. Dann wies er mit der Hand auf den See hinaus. „Tote dort", sagte er und deutete danach mit beiden Händen auf seine Füße. „Ich hier." Dann zog er die Schultern nach oben. „Woher soll ich also erste Erkenntnisse haben?"

„Es hätte ja sein können", murmelte Söhlbach.

Während sich das Boot mit den Männern der Spurensicherung auf den See hinaus bewegte, wandte sich Silvia Muisfeld an die anderen Polizisten, die auf dem Steg standen.

„Wer hat das Boot mit der Toten entdeckt?", wollte sie wissen. „Gibt es Zeugen?"

„Der Betreiber des Bootsverleihs hat uns verständigt", sagte der Polizist und deutete zu den Sitzgruppen vor dem kleinen Gebäude des Bootsverleihs. „Er sitzt dahinten zusammen mit seiner Partnerin. Die zwei sind fertig mit der Welt."

Wenig später standen Söhlbach und Muisfeld vor den beiden.

„Hallo Silke, hallo Bernd", begrüßte Söhlbach sie.

„Sven?", kam es verwundert aus dem Mund der blonden Frau. „Ich hab´ dich im Moment gar nicht erkannt. Was machst du denn hier?"

„Ich arbeite bei der Kripo", antwortete Sven.

„Bei der Kripo?"

„Ja, da haben wir aber noch nie drüber geredet. Habt ihr die Tote entdeckt?"

„Bernd hat sie entdeckt, genauer gesagt, Bernd und die Taucher."

„Taucher?" wunderte sich Söhlbach.

„Ja." Silke deutete nach rechts. „Siehst du dort im Wasser die gelben Bojen? Dort wird regelmäßig getaucht. Die

Taucher sind schon immer sehr früh hier im See. Wenn ich Bernd richtig verstanden habe, haben er und die Taucher die Frau gleichzeitig entdeckt."

Nun wandte sich Söhlbach an Silkes Partner, der sichtlich niedergeschlagen auf einem Stuhl saß.

„Wie war es, als du heute Morgen hier angekommen bist, Bernd?", wollte er von ihm wissen. „Erzähl mal."

„Eigentlich haben wir montags immer Ruhetag. Ich war heute schon so früh hier, weil ich gestern mal wieder vergessen hatte, die Mülltonnen rauszustellen. Die Tonnen werden dienstags immer geleert. Als ich hier ankam, sah ich sofort das Boot auf dem See treiben und ich sah diese reglose, nackte Frau, die im Boot lag. Es waren auch zwei Taucher im Wasser. Sie waren beide bei den Bojen. Einer von ihnen winkte mir zu und deutete aufgeregt auf die Frau im Boot. `Da stimmt was nicht´, hatte er mir zugerufen. Ich bin dann sofort in ein Boot gestiegen und rüber gerudert. Wenig später hatte ich das andere Boot erreicht, und ich hatte sofort das Gefühl, dass die Frau darin tot war. Ich hatte sie trotzdem ein paar Mal angesprochen. Hätte ja sein können, dass ich mich geirrt habe. Ihre Arme und der Kopf hingen vorne über die Reling, und ihre langen Haare bedeckten das Gesicht. Ich hab´ ihre Haare vorsichtig zur Seite geschoben. Da sah ich ihr Gesicht und ihre halb offenen, toten Augen. Ich wusste in diesem Moment nicht, wie ich mich verhalten sollte; hab´ nur im Boot gesessen und verzweifelt auf die Tote geschaut. Dann überlegte ich, ob ich das Boot in den Schlepp nehmen sollte, um es zum Ufer zu bringen. In diesem Moment waren auch die beiden Taucher neben mir im Wasser und erkundigten sich nach der Frau. Als ich ihnen sagte, dass sie offensichtlich tot sei, meinte einer von ihnen, dass wir nichts anfassen sollen, weil die Frau ja auch ein Mordopfer sein könnte. Das haben wir dann auch gemacht. Ich habe noch vom Boot aus die Polizei angerufen."

Bernd stand auf und schüttelte den Kopf.

„Ich kann das einfach nicht glauben", sagte er. „Da klaut eine Frau eines unserer Boote, rudert nackt auf den See hinaus und stirbt."

„Als du heute Morgen hier angekommen bist, Bernd", sagte Söhlbach, „ist dir da noch irgendetwas anderes aufgefallen? Ich meine, standen da vielleicht schon irgendwelche Autos auf dem Parkplatz, an die du dich erinnern kannst?"

„Da habe ich nicht drauf geachtet, aber ich glaube, die einzigen Autos waren die von den Tauchern."

Nun wandte sich auch Svens Kollegin an den Mann:

„Sie sagten doch, dass Sie heute eigentlich Ruhetag haben. Kann sich denn jemand einfach so ein Boot nehmen, wenn Sie nicht da sind?"

„Nein. Der Zugang zum Bootsverleih ist dann ver-schlossen." Er deutete auf das große Metalltor im Eingangsbereich. „Als ich heute Morgen hier ankam, war das Tor fest verriegelt."

Die Kommissarin wirkte verwundert. „Scheinbar muss es aber eine Möglichkeit geben, zu den Booten zu kommen."

„Die gibt es auch." Der Betreiber des Bootsverleihs machte eine weit ausladende Geste. „Der See ist groß und an vielen Stellen gibt es Möglichkeiten, ins Wasser zu steigen, um hierher zu schwimmen. Allerdings sind alle Boote gut festgemacht und abgesichert." Er deutete zu der langen Reihe aus Tretbooten. „Die Boote sind alle diebstahlsicher befestigt. Es ist mir ein Rätsel, wie das Boot mit der Toten auf den See kommen konnte."

„Dann können Sie sich also nicht vorstellen, wie das Boot auf den See gebracht wurde?"

Bernd schaute sie erstaunt an.

„Ich denke, diese Frau ist damit mit gerudert?"

Muisfeld verzog das Gesicht. „Sie glauben also, dass die Frau irgendwo in den See gestiegen ist, um hierher zu schwimmen und ein Boot zu klauen. So könnte es zwar gewesen sein, aber wer schwimmt denn freiwillig durch den kalten See?"

Der Mann vom Bootsverleih sah sie abschätzend an.

„Sie sind wohl nicht aus Duisburg", sagte er, „denn sonst wüssten Sie, dass gerade jetzt in den Sommermonaten sehr viele Leute im See schwimmen gehen. Das Wasser hat heute 22 Grad." Er deutete zum linken Seeufer. „Direkt hinter den Bäumen liegt der Wolfsee und dort gibt es sogar ein beliebtes Freibad."

„Ich kenne das Freibad Wolfsee", sagte die Kommissarin und zuckte kurz mit den Schultern. „Hab´ im Moment nur nicht daran gedacht."

Nun mischte sich Sven in das Gespräch: „Du darfst es der jungen Kommissarin nicht übel nehmen, Bernd. Sie ist zwar Duisburgerin, kommt aber aus dem Norden, genauer gesagt aus Neumühl. Da kennt sie sich hier im Süden nicht so gut aus. Und was das Schwimmen angeht, beschränkt es sich bei ihr auf das Hallenbad mit warmen Wasser."

Silvia stieß ihrem Kollegen mit dem Ellbogen in die Seite.

„Blödmann", kam es mit einem kurzen Lächeln über ihre Lippen.

Dann blickte sie auf den See hinaus. Dort hatten die drei Männer der Spurensicherung gerade das Boot mit der Toten erreicht. Während sie das Ruderboot langsam umrundeten, um es von verschiedenen Perspektiven aus zu fotografieren, begutachtete Ralf Meier es von allen Seiten. Schließlich fuhren sie längsseits an das Boot heran.

Aus der Ferne erkannte Silvia, wie Meier seinen Leuten einige Anweisungen gab. Schließlich wurde das Boot an die Leine genommen und in ganz langsamer Fahrt in Richtung Ufer gezogen.

Muisfeld wandte sich wieder dem Mann vom Bootsverleih zu.

„Wo sind denn eigentlich die Taucher, die heute Morgen hier im Wasser waren?", wollte sie von ihm wissen. „Vielleicht haben sie ja etwas gesehen."

Der Angesprochene deutete zu den Leuten, die vorne auf dem Steg standen.

„Sie stehen dort bei den Polizisten. Denen ist das Tauchen für heute vergangen."

Erst jetzt nahm Silvia die beiden Männer in den schwarzen Taucheranzügen wahr, die zwischen den uniformierten Beamten standen.

Mit den Worten „Dann werde ich die zwei einmal danach fragen, ob ihnen heute Morgen etwas aufgefallen war", verließ sie Söhlbach und die beiden vom Bootsverleih.

Sven blieb bei seinen Bekannten, die immer noch sichtlich bedrückt da saßen. Er zog einen Stuhl der Sitzgruppe zu sich und nahm nun ebenfalls Platz.

„Meinst du, Sven", sagte Bernd, „dass die Frau im Boot etwas mit der Toten zu tun hat, die vor vielen Jahren hier entdeckt worden war?"

„Was für eine Tote?", wunderte sich Sven.

„Was damals genau vorgefallen war, weiß ich auch nicht. Ich weiß nur, dass man auf dem See schon mal eine nackte Frau tot in einem Boot gefunden hat. Das muss aber schon `ne Ewigkeit her sein, lange noch, bevor ich den Bootsverleih hatte."

„Und woher weißt du das?"

„Einige meiner älteren Kunden, die sich regelmäßig Boote bei uns ausleihen, hatten mir diese Geschichte erzählt. Die Tote soll eine Prostituierte gewesen sein, die nackt hinaus gerudert war, um Selbstmord zu begehen. Man hatte neben ihr im Boot drei leere Röhrchen von Schlaftabletten gefunden."

„Und woher wissen deine Kunden das so genau?"

„Nun", meinte Bernd, „einer dieser Kunden ist ein Polizist im Ruhestand. Er hat mir erzählt, dass er diesen Fall persönlich untersucht hatte. Dieser ehemalige Polizist hatte auch gesagt, dass er damals fest davon überzeugt war, dass diese Frau ermordet wurde und man diesen Mord als Selbstmord getarnt hatte, doch das hatte er nicht beweisen können."

„Das hört sich interessant an", sagte Söhlbach. „Kennst du den Namen von diesem ehemaligen Polizisten?"

„Nein, ich habe ihn auch schon eine ganze Weile nicht mehr gesehen."

Söhlbach dachte daran, dass die Tote von heute wahrscheinlich nichts mit der Toten von damals zu tun hatte.

„Da habt ihr heute aber einen sehr unruhigen Tag", meinte er zu dem Paar. „Den Morgen hattet ihr euch bestimmt anders vorgestellt."

„Das kannst du laut sagen, Sven", sagte Bernd. „Da will man nur die Mülltonne raus stellen und stellt fest, dass eines unserer Boote mit ´ner Toten auf dem See treibt."

Silke schob sich mit den Händen die blonden Haare hinter die Ohren. Dann sagte sie: „Und das alles an unserem freien Tag."

Sven Söhlbach lehnte sich zurück und schaute auf den See hinaus. Heute konnte er diesem sonst so idyllisch wirkenden Gewässer nichts abgewinnen. Als er vor etwa einem Monat zusammen mit seiner Mutter genau hier gesessen hatte, um mit Silke und Bernd zu plaudern, war alles noch anders. Sie hatten zusammen Spaß gehabt und waren ausgelassen gewesen. Die beiden, die nun niedergeschlagen vor ihm saßen, hatten ihm bei ihrer letzten Zusammenkunft vieles über die Seen hier berichtet. Bernd hatte ihm von der Sechs-Seen-Platte etwas vorgeschwärmt. Sven hatte sogar noch einiges Wissen im Kopf, welches Bernd und Silke ihm vermittelt hatten. So hatte er erfahren, dass die Sechs-Seen-Platte 158 Hektar groß war. Der Wam-bachsee alleine hatte 27 Hektar, war einen halbem Kilometer breit und im Schnitt 11 Meter tief. Sven wusste nicht, warum er ausgerechnet jetzt, in so einer Situation an so etwas denken musste. Vielleicht war es die heimliche Sehnsucht danach, genauso friedlich und ausgelassen mit seinen beiden Bekannten hier am See zu sitzen, wie beim letzten Mal. Doch die Realität sah anders aus.

Bald schon kam Silvia wieder zurück. Sie setzte sich zu ihnen.

„Dann warten wir mal ab", sagte sie und deutete auf den See hinaus, „bis Meier es endlich bis zum Steg geschafft hat. So langsam, wie die fahren, dauert es noch eine Ewigkeit."

Söhlbach ging auf ihre Äußerung nicht ein. Stattdessen fragte er: „Was haben die Taucher gesagt? Haben sie etwas gesehen?"

„Nein, ihnen war nichts aufgefallen. Als sie ins Wasser gestiegen waren, hatten sie sich so auf ihren Tauchgang konzentriert, dass sie nicht einmal das Ruderboot mit der toten Frau wahrgenommen hatten."

„Das stimmt", sagte Bernd. „Als ich heute Morgen auf den Steg ging und das Boot entdeckte, machten die beiden mich ebenfalls darauf aufmerksam. Sie hatten es im gleichen Moment entdeckt."

Söhlbach schaute zum Steg. Die beiden Taucher schienen den Polizisten wohl irgendetwas zu erklären, denn einer von ihnen deutete mit der Hand zum linken Seeufer. Als Sven ebenfalls in diese Richtung blickte, erkannte er im dicht bewachsenen Uferbereich eine Gestalt, die in diesem Moment hinter den Büschen verschwand. Er glaubte, einen Mann, bekleidet mit einem hellblauen Oberteil, erkannt zu haben, der sich blitzschnell in Deckung gebracht hatte. Es sah so aus, als wollte dieser Mann von den Polizisten, die nun alle in seine Richtung schauten, nicht gesehen werden. Sven war sich allerdings nicht sicher, ob seine Beobachtung richtig war, denn die Stelle, an der diese Gestallt verschwunden war, lag mehr als 200 Meter von seiner Position entfernt.

Silvia hatte bemerkt, dass ihr Kollege das linke Seeufer beobachtete und dabei höchst konzentriert wirkte.

„Ist da etwas?", fragte sie ihn.

„Ich weiß nicht", antwortete Sven, „aber es sah für einen Moment so aus, als hätte sich dort jemand in den Büschen versteckt."

„Ich sehe niemanden", sagte die Kommissarin, nachdem sie den besagten Uferbereich mit ihren Augen abgesucht hatte.

„Du kannst ihn auch nicht sehen, weil er sich versteckt hat."

Nun mischte sich Bernd in das Gespräch: „Vielleicht war es ja ein Angler. Sie sitzen oft dort. Manche von ihnen suchen sich einen Platz zwischen den Büschen am Ufer aus, weil sie glauben, dass die Fische dort am besten beißen."

Sven atmete tief durch.

„Angeln kann sehr entspannt sein", sagte er und wirkte mit einem Mal nachdenklich. „Ich habe in meiner Jugend auch oft geangelt und es war immer wunderschön. Dabei kann man richtig runter kommen." Es war, als klang für einen Moment Melancholie in seiner Stimme. „Vielleicht sollte ich ja auch mal wieder angeln gehen. Einfach da sitzen, auf den See blicken und diese herrliche Ruhe genießen." In diesem Augenblick schien er die Tote auf dem See vergessen zu haben. Er wandte sich seinem Bekannten zu. „Sag mal, Bernd, was für Fische kann man denn hier im See fangen?"

„Aus meinen Gesprächen mit den Anglern weiß ich, dass die meisten auf Karpfen und Hecht gehen. Es gibt aber auch Barsche und Aale. Mit viel Glück kann man aber auch einen Zander heraus holen."

„Zander?", meinte Sven und lächelte hintergründig. „Ich war früher mal mit ein paar Freunden in Holland an einem See angeln. Da hatten wir auch ein paar Zander gefangen. Wir hatten dort gezeltet und abends wurden die Zander gegrillt. Das war der leckerste Fisch, den ich je gegessen habe."

Bernd nickte. „Ja. Zander ist schon etwas ganz Besonderes. Aber hier in diesem See soll es noch einen anderen, ganz besonderen Fisch geben, hinter dem die Angler her sind. Diesen Fisch hat allerdings noch niemand erwischt."

Söhlbach machte große Augen.

„Und was für ein Fisch ist das?", wollte er wissen.

„Hier im See soll ein riesiger Wels leben, mindestens anderthalb Meter lang. Ich kenne Leute, die wollen ihn schon mit eigenen Augen gesehen haben. Niemand weiß aber mit Sicherheit, ob es diesen riesigen Wels wirklich gibt. Die Geschichten um diesen monströsen Fisch könnten genauso gut Anglerlatein sein. Es ist wie mit dem Ungeheuer von Loch Ness, einige Leute wollen es gesehen haben und alle suchen danach, wobei die Möglichkeit, dass hier ein großer Wels lebt, wesentlich größer ist, als dass es Nessie gibt."

„Themenwechsel", sagte Silvia und deutete zum Steg. „Meier und seine Leute haben es fast geschafft. Sie werden gleich anlegen. Lass uns zum Steg gehen, Sven."

Etwas später standen sie bei den anderen Polizisten. Die beiden Taucher, die bis dahin auch noch auf dem Steg gestanden hatten, waren von den Beamten weg geschickt worden.

Das Ruderboot mit der nackten Frau wurde vorsichtig an den Steg gezogen. Der Körper lag seitlich im Bugbereich. Genau wie es Bernd schon beschrieben hatte, hingen die Arme und der Kopf über die Reling. Die langen, schwarzen Haare reichten fast bis zum Wasser. Auch, wenn das Gesicht der Toten nicht zu sehen war, konnte man den Körper einer eher jungen Frau zuordnen.

Während die Leute der Spurensicherung erneut Fotos machten, betrachtete Ralf Meier den Innenraum des hellgrünen Bootes. Seine Augen suchten jeden Winkel des Bootes ab. Dann stieg er vorsichtig ein und begutachtete den toten Körper.

Während sich der Leiter der Spurensicherung mit der Toten beschäftigte, schaute Söhlbach noch einmal zum linken Seeufer. Auch wenn es mehr als 200 Meter von ihm entfernt war, erkannte er ganz deutlich eine Gestalt, einen Mann, der dort halb verdeckt in den Büschen stand und das Geschehen am Bootsverleih beobachtete. Aus der Ferne sah es so aus, als trüge der Mann ein blau-weißes MSV-Trikot. Sven dachte daran, dass diese schaulustigen Gaffer eigentlich etwas ganz Normales waren, wenn irgendwo ein Polizeiaufgebot zu sehen war. Doch was diese Gestalt dort am Ufer anging, hatte er ein merkwürdiges Gefühl. Eigentlich sah alles danach aus, dass die Tote ohne Einwirkung durch andere gestorben war. Vielleicht war sie einfach tot zusammen gebrochen, weil sie sich beim Rudern überanstrengt hatte. Doch was war, wenn es sich um ein Mordopfer handelte, welches vom Täter in das Boot gesetzt worden war? Und wer weiß, vielleicht würde der Täter nun dort drüben am Seeufer stehen, und sein Werk betrachten?

„Liebe Kollegen", sagte er zu den anderen Polizeibeamten. „Tut mir mal einen Gefallen und schaut mal zum linken Seeufer."

Kaum waren die Blicke der Polizisten auf das besagte Ufer gerichtet, verschwand der Mann blitzschnell in den Büschen.

„Hast du das gesehen?", fragte er Silvia.

„Ja, Sven. Du hattest Recht. Da möchte jemand ganz offensichtlich nicht gesehen werden. Ich frag´ mich allerdings, warum?"

„Gerade hab´ ich mich gefragt, ob unsere Tote ein Mordopfer sein könnte und der Mörder von einer sicheren Entfernung aus sein Werk betrachtet."

Muisfeld schmunzelte. „Du sehnst dich wohl unbedingt nach einem neuen Fall. Brauchst wohl eine Ausrede für den Chef, damit du keine Berichte schreiben muss."

Ihre Unterhaltung wurde von Ralf Meier unterbrochen.

„Fest steht", sagte er, „dass diese Frau zwei schwere Schläge mittels eines stumpfen Gegenstands auf den Hinterkopf bekommen hat. Diese Verletzungen hat sie sich definitiv nicht in diesem Boot zugezogen. Ob diese Verletzungen für den Tod verantwortlich sind, kann ich nicht genau sagen. Das muss die Gerichtsmedizin feststellen. Sie hat auch Einstiche in der linken Armbeuge."

Silvia blickte Sven kurz an. Dann sagte sie: „Da hast du deinen Mordfall."

Söhlbach nickte.

„Ich hab´s geahnt. Jetzt haben wir einen Grund, uns diesen Gaffer am anderen Ufer mal näher anzusehen."

Nachdem sie den Beamten der Spurensicherung gesagt hatten, dass sie noch etwas Dringendes erledigen müssen, verließen sie den Bootsverleih. Dabei ließen sie keine Eile aufkommen, denn der Mann, der sie vom linken Ufer aus beobachtete, sollte keinen Verdacht schöpfen. Sven nahm sich sogar noch die Zeit, sich von Silke und Bernd kurz zu verabschieden.

Als sie den Weg, der parallel zum See am großen Parkplatz entlang führte, erreicht hatten, begannen sie, zügig zu laufen. Jeder hätte die beiden jetzt für Jogger gehalten, die ihre Trainingsanzüge vergessen hatten. Schnell hatten sie das Ende des Parkplatzes erreicht. Halbrechts vor ihnen lag der Eingang zum Freibad Wolfsee. Die Tische und Stühle vor dem dortigen Kiosk waren gut besucht. Es waren überwiegend Familien mit Kindern, die dort saßen, um etwas zu essen und zu trinken.

Die zwei bogen rechts in den Weg ein, der am Seeufer entlang führte. Als durch Lücken im dicht bewachsenen Uferbereich der Bootsverleih zu erkennen war, spazierten sie im normalen Tempo weiter. Hier sollte bald irgendwo die Stelle auftauchen, an der sie den verdächtigen Mann gesehen hatten.

Immer, wenn sich zwischen dem dichten Buschwerk eine Möglichkeit auftat, hinunter bis zum Seeufer zu gehen, überprüften sie diese Stelle, doch hier war niemand zu sehen.

Schließlich wurde ihre Suche erfolgreich. Zunächst entdeckte sie ein kleines, olivgrünes Zelt, welches gut getarnt in einem freien Bereich unweit des Ufers zwischen den Sträuchern stand. Von dort aus führte ein Pfad zu einer freien, mit Kies bedeckten Stelle am Seeufer.

Der Mann mit dem MSV-Trikot bemerkte die beiden nicht, als diese sich leise an ihn heran schlichen. Er stand da und beobachtete interessiert den Bootsverleih.

Muisfeld und Söhlbach hatten ihn fast erreicht, als er sich zufällig umschaute. Der Mann erschrak, als er die zwei sah.

„Man", sagte er. „Wat schleicht ihr euch denn an? Ich krieg noch mal ´n Herzschlag."

„Was machen Sie denn hier?", fragte Söhlbach ihn.

„Na wat wohl", antwortete er im perfekten Ruhrpottplatt und deutete auf zwei Angelruten, die etwa zwei Meter neben ihm ausgelegt waren. „Ich spiele Schach. Dat sieht man doch."

Silvia musste grinsen.

Auf den Mund gefallen war der etwa 30 Jahre alte Mann vor ihnen nicht. Er zeigte in die Richtung des Bootsverleihs.

„Da drüben is heute echt wat los", sagte er. „Da is ´n riesiges Polizeiaufgebot. Weiß der Geier, wat die da machen."

„Seit wann angeln Sie denn schon hier?", wollte die Kommissarin von ihm wissen.

„Seit wann? Ich komm schon seit Jahren hierhin. Dat is meine Stelle und wenn hier jemand anderes angeln will, jag´ ich den zum Teufel."

„Keine Angst", sagte Muisfeld. „Wir wollen nicht angeln. Wir möchten nur wissen, seit wann Sie heute hier geangelt haben. Um welche Uhrzeit waren Sie hier."

Silvia hatte die Hoffnung, dass der Mann etwas beobachtet haben könnte, was ihnen weiter half.

Sie bemerkte, dass sich die Mine des Anglers verfinsterte.

„Warum wollen Sie dat von mir wissen?", fragte er und wirkte dabei ungehalten. „Wer sind Sie überhaupt, dat Sie mich hier so ausfragen?"

Söhlbach hielt es jetzt für angebracht, sich als Polizist erkennen zu geben. Er zeigte dem Mann seinen Dienstausweis und sagte: „Wir sind von der Polizei."

Der Angler konnte seine plötzliche Unsicherheit nicht verbergen. Er wirkte sichtlich nervös, schien sich aber schnell wieder zu fangen.

„Wenn Sie von der Polizei sind", sagte er und zeigte mit dem Finger auf das Gebüsch, welches wenige Meter neben ihnen über das Wasser des Sees hinaus ragte, „dann sollten Sie sich dat da unbedingt mal genauer angucken."

Da weder Muisfeld noch Söhlbach auf dem ersten Blick etwas an der angezeigten Stelle entdecken konnten, traten sie etwas näher an das Ufer heran. Von hier aus konnten sie die weit überhängenden Büsche besser sehen.

Dann ging alles sehr schnell. Während die beiden mit ihren Augen den Uferbereich absuchten, schlich sich der Angler unbemerkt davon. Als Söhlbach sich umdrehte, hatte der Mann im MSV-Trikot bereits den Hauptweg erreicht. Der Kommissar reagierte sofort. Er spurtete dem Angler hinterher. Als Sven den Hauptweg erreichte, sah er den Mann davon rennen. Sein Vorsprung auf Söhlbach betrug schon gute 50 Meter.

„Na warte", kam es über Svens Lippen. „Dich krieg ich."

Der flüchtende Angler konnte nicht ahnen, dass Sven Söhlbach ein durchtrainierter Sportler war, der regelmäßig bei Wettbewerben Siege feierte. Seine Paradedisziplin war der 800 Meter-Lauf. So kam es, dass er den Mann bereits nach kürzester Zeit fast schon erreicht hatte. Als der Angler sah, wie schnell sein Verfolger heran spurtete, gab er auf und blieb stehen. Er stand schnaufend da, in nach vorne gebeugter Haltung und stützte die Hände auf die Knie ab.

Söhlbach blieb etwa zwei Meter vor ihm stehen. Er sah, dass der Angler kaum noch Luft bekam. Dennoch war Sven vorsichtig. Er war darauf eingestellt, auf jede Überraschung gefasst zu sein, denn er traute diesem Mann alles zu, auch einen plötzlichen Angriff.

„Können Sie sich ausweisen?", fragte er.

Der Mann griff in seine Hosentasche und nahm ein Portemonnaie heraus. Nachdem er nervös darin herumgefingert hatte, hielt er seinen Personalausweis in der Hand und übergab ihn dem Polizisten.

Söhlbach nahm den Ausweis mit großer Vorsicht entgegen, denn er war immer noch auf eine unvorhersehbare Reaktion des Mannes gefasst.

„Jens Richter", las er seinen Namen vor.

„Warum sind Sie weggelaufen, Herr Richter?", fragte er.

„Weil ich keine Lust habe, ein paar Hundert Euro Strafe zu bezahlen. Einen Freund von mir haben sie auch erwischt und der hat jetzt sogar Angelverbot."

Söhlbach stutzte. Wollte der Mann vor ihm ihn wieder ablenken?

„Was meinen Sie damit?", fragte er. „Was für eine Strafe?"

„Na", kam es immer noch schnaufend aus dem Mund des Mannes, „wegen dem Angeln."

Langsam wurde dem Kommissar bewusst, worum es dem Mann ging. Es ging um unerlaubtes Angeln.

„Sie haben also keinen Angelschein", stellte Söhlbach fest.

„Doch, ich hab´ einen Angelschein."

„Und warum sind Sie dann weg gerannt?"

„Ich hab´ keine Angelkarte. Wenn man hier angelt, muss man sich vorher ´ne Angelkarte kaufen. Dat kann sich ein normaler Angler aber kaum leisten."

„Wie teuer ist denn so eine Angelkarte?"

„Für 'ne Tageskarte wollen die 12,50 Euro und für 'ne Wochenkarte sogar 26,50 Euro. Ich geh' fast jeden Tag angeln. Wie soll ich dat denn von meinem Hartz4 bezahlen?"

Sven blieb trotz der Erklärung des Mannes skeptisch. Er wollte sich von diesem Typen nicht noch einmal verarschen lassen. Deshalb fragte er den Mann, was für Fische man im Wambachsee fangen kann. Wenn er wirklich jeden Tag zum Angeln hierher kam, sollte er das genau wissen.

Tatsächlich zählte er genau die Fischarten auf, von denen auch Bernd vom Bootsverleih berichtet hatte.

„Und dann gibbet noch dat Gerücht von `nem Riesenwels, der hier im See leben soll. Aber datt et den gibt, dat glaub' ich nich. Nich, datt et hier keine Waller gibt, aber so'n großes Teil hätte schon längst jemand hier rausgeholt."

Mittlerweile hatte auch Silvia die beiden erreicht.

„Hast du deine Handschellen vergessen, Sven?", sagte sie. „Oder gibt es einen anderen Grund, warum er noch frei herum läuft?"

Söhlbach nahm sein Handy aus der Tasche und meinte: „Ich muss mal kurz etwas überprüfen."

Er tippte auf seinem Mobiltelefon herum und meinte schließlich zu seiner Kollegin: „Er ist tatsächlich nur ein harmloser Angler, der Angst hatte, dass wir ihn beim Angeln ohne Angelerlaubnis erwischen."

„Und das hat dein Handy dir jetzt gesagt?", fragte sie verwundert.

„Nein. Er hat mir erzählt, wie teuer die Angelkarten hier sind und das habe ich überprüft.". Sven hielt seiner Kollegin das Handy vor die Nase. „Hier steht's,

Tageskarte 12,50 Euro, Wochenkarte 26,50 Euro. Das gleiche hat er mir auch erzählt."

In diesem Moment kam ein Mann auf sie zu. Ganz offensichtlich war es ebenfalls ein Angler, denn er hatte nicht nur einen Hut auf, an dem künstliche Fliegen und andere kleine Angelköder gesteckt waren, sondern auch eine längliche Tasche dabei, in der offensichtlich seine Ruten verstaut waren.

Als er die drei erreicht hatte, blieb er stehen.

„Na?", sprach er den Mann im MSV-Trikot an. „Wie isset Jens? Heute schon wat gefangen?"

Der Angesprochene wirkte unsicher.

„Geh schon mal vor Jupp", sagte er schließlich. „Ich komm gleich. Dann erzähl ich dir dat."

Der Mann mit der Tasche zuckte kurz mit den Schultern und ging weiter.

Söhlbach grinste. Dann gab er seinem Gegenüber den Ausweis zurück. „Nichts für ungut, Herr Richter, aber Sie haben immer noch nicht unsere Frage beantwortet. Seit wann haben Sie heute hier geangelt?"

„Ich war heute erst gegen sieben Uhr hier, weil ich verpennt hatte. Sonst komm ich schon immer kurz nachdem et hell geworden is, denn dann beißen se am besten."

„Herr Richter, dann haben Sie doch bestimmt auch das Ruderboot mit der Frau gesehen, welches heute Morgen auf dem See trieb, oder?"

„Sie meinen dat Boot, wat die Polizei zum Ufer gezogen hat? Dat hab´ ich gesehen, aber nicht, datt da ´ne Frau drin war. Ich dachte, dat Boot war leer. War ja auch weit weg. Da konnte man dat ja auch nich so gut sehen."

28

„Ist Ihnen denn sonst noch etwas aufgefallen, Herr Richter? Waren heute früh vielleicht schon ein paar Schwimmer unterwegs?"

„Nee. Da hab´ ich aber auch nicht drauf geachtet." Er wirkte mit einem Mal unruhig. „Darf ich Se ma wat fragen?"

„Sie dürfen."

„Wat war denn da heute los? Wat für ´ne Frau soll den da in dem Boot gewesen sein?"

Söhlbach lächelte.

„Das kann ich Ihnen leider nicht verraten, weil es laufende Ermittlungsarbeiten sind."

„Ermittlungsarbeiten? Sind Se etwa von der Kripo?"

„Genauso ist es."

„Dann war die Frau wohl tot, oder?"

„Herr Richter, ich sagte Ihnen doch schon, dass ich darüber nichts sagen kann. Sie können jetzt wieder zu Ihren Angel zurück gehen."

Der Mann sah den Kommissar mit großen Augen an. „Obwohl ich keine Angelkarte hab´?"

„Das regeln Sie am besten selbst. Für solche schwerwiegenden Straftaten sind wir von der Kripo nicht zuständig." Söhlbach machte eine schnelle Kopfbewegung in die Richtung, aus der sie gekommen waren. „Und jetzt verschwinden Sie."

Jens Richter wirkte sichtlich erleichtert. Den Stein, der ihm in diesem Moment vom Herzen gefallen war, konnte man fast laut plumpsen hören.

„Danke", sagte er. „Sie sind der netteste Polizist, den ich je erlebt hab´. Fast wie der Schimanski, der hat auch immer zu den einfachen Leuten gestanden. Glauben Se nich, datt ich jetzt schleimen will oder so, aber so wie Sie sollten alle Polizisten sein. Sie sind total gerecht und können so schnell rennen, datt Ihnen kein Verbrecher entkommen kann. Dat find´ ich so richtig gut."

Dann schritt der Mann davon.

Silvia und Sven blickten ihm hinterher.

Die Kommissarin schüttelte den Kopf.

„Was für ein Typ. Da fehlen mir die Worte."

„Einfach, aber nett", sagte Söhlbach. „Ein Mensch, der immer offen und ehrlich sagt, was er denkt. Ich denke, dagegen ist nichts einzuwenden."

Die Kommissarin nickte.

„Im Gegenteil, Sven. Ich finde, der Typ hat das Herz am rechten Fleck."

Ihr Partner lachte kurz. „Dann sind wir vorhin ganz umsonst so schnell gerannt. Lass uns zurück gehen. Mal sehen, ob es bei Meier etwas Neues gibt. Übrigens habe ich vorhin von Bernd erfahren, dass man vor Jahren schon einmal eine tote Frau in einem Boot auf dem See entdeckt hatte."

„Was? Wann soll das denn gewesen sein? Ich kann mich nicht an einen solchen Fall erinnern."

„Es muss schon lange her sein. Ich denke, es war lange vor unserer Zeit."

„War die tote Frau von damals auch ein Mordopfer?"

„Keine Ahnung, Silvia. Es soll angeblich ein Selbstmord gewesen sein. Trotzdem sollten wir uns die Akten zu diesem alten Fall einmal ansehen."

„Glaubst du, dass es zwischen diesem alten Fall und der Toten von heute einen Zusammenhang geben könnte?"

„Eigentlich nicht", sagte Söhlbach, „aber überprüfen sollten wir das auf jeden Fall."

Da die beiden den Rückweg langsam angehen ließen, dauerte es einige Zeit, bis sie den Bootsverleih wieder erreicht hatten.

Bei ihrer Ankunft wurde gerade der Sarg mit der Toten zum Auto getragen.

Mittlerweile hatten sich um die Absperrbänder, mit denen ein großer Abschnitt des Parkplatzes eingezäunt war, eine Menge Schaulustige versammelt.

Auch der Leiter der Spurensicherung verließ, begleitet von seinen Mitarbeitern, gerade das Gelände des Bootsverleihs.

„Seid ihr etwa schon fertig?" wollte Söhlbach von Meier wissen.

Der Angesprochene lachte kurz.

„Fertig? Noch lange nicht. Wenn du meinst, meinen Bericht in einer Stunde auf deinem Schreibtisch liegen zu haben, hast du dich getäuscht. Es gibt hier noch viel zu tun."

„Kannst du denn schon etwas über die Tote sagen, Ralf?"

„Nur das, was man jetzt schon definitiv sagen kann. Alles andere werdet ihr aus dem Bericht der Rechtsmedizin erfahren."

„Und was kann man definitiv jetzt schon sagen?", wollte Muisfeld von ihm wissen.

„Wie ich schon sagte, war die Frau schon tot, als sie in das Boot gelegt wurde. Eigentlich wurde sie auch nicht hinein gelegt, sondern hinein geworfen und zwar in einem hohen Bogen. Die Spuren an ihrem Körper deuten auf einen heftigen Aufschlag hin. Ganz genau so, wie sie im Boot lag, ist sie auch aufgeschlagen."

„Unglaublich", kam es leise aus Silvias Mund. „Wenn ich es richtig in Erinnerung habe, lag die Tote doch mit dem Hals genau auf der Reling des Bootes, oder?"

„Ja. Ihre Kehle schlug genau auf die Kante auf. Durch den Schwung wurde der Kopf nach unten geschleudert und ist mit dem Gesicht voran gegen die Außenseite des Bootes geknallt."

Silvia Muisfeld schüttelte leicht den Kopf. „Der oder die Täter müssen absolut gefühlskalt gewesen sein."

„Ich vermute aber", sagte Meier, „dass es sich um einen Einzeltäter handelt."

„Wie kommst du darauf?", fragte Söhlbach.

„Hätten zwei Täter die Tote auf das Boot geworfen, dann hätten sie die Frau an Händen und Füßen fassen müssen, um genug Schwung zu bekommen. Dabei hätten sie sehr fest zupacken müssen. Ich konnte aber weder an den Hand- noch an den Fußgelenken entsprechende Druckspuren finden. Die Rechtsmedizin wird das aber genauer sagen können. Ein Einzeltäter hätte die Tote über seine Schulter getragen und mit Schwung auf das Boot befördert. Doch wie gesagt, dass ist nur eine Vermutung."

„Hast du außer den Kopfverletzungen und den Einstichen in der Armbeuge noch andere Verletzungen entdeckt?"

„Nein."

„Kannst du uns denn schon den ungefähren Todeszeitpunkt nennen?"

„Als man sie ins Boot befördert hat, war sie vielleicht zwei oder drei Stunden tot. Auch das wird die Rechtsmedizin genauer bestimmen können. Die Tote war etwa 30 Jahre alt. Es war eine verdammt gut aussehende Frau. Doch was nutzt diese Schönheit, wenn man sowieso in einem Sarg aus Zink endet? Ein paar Fotos von ihr habe ich euch übrigens schon zugeschickt. Und noch etwas ist mir aufgefallen. Der Körper war nahtlos gebräunt."

„Schade, dass sie schon weggebracht wurde", sagte Söhlbach. „Ich hätte sie mir gerne noch einmal angesehen."

„Das kannst du ja in der Gerichtsmedizin nachholen, Sven." Meier lachte, denn er wusste, dass Söhlbach nicht gerne in die Gerichtsmedizin ging. „Übrigens, das Boot lasse ich abholen. Es soll zur KTU. Kann sein, dass man dort noch etwas findet. Einige meiner Männer suchen bereits alle Zugänge des Ufers auf Spuren ab, denn der Täter muss mit dem Boot irgendwo angelegt haben, um die Frau einzuladen. Vielleich wurde die Frau auch irgendwo am See entkleidet und wir finden ihre Sachen. Der See ist groß, deshalb wird diese Suche sehr zeitaufwändig."

„Söhlbach wandte sich an seine Kollegin: „Für uns gibt es hier nichts mehr zu tun. Lass uns ins Präsidium fahren. Wir können die Fotos abrufen und schon mal mit den Vermisstenmeldungen abgleichen, falls die Spusi keine Hinweise auf ihre Identität findet."

Silvia stimmte zu. Die beiden begaben sich zu ihrem Auto und fuhren los.

Auf dem großen Parkplatz, schräg gegenüber vom Bootsverleih, standen einige Wohnwagen.

Vor einem dieser Wagen standen unter der ausgefahrenen Markise ein Tisch und zwei Stühle. Eine Frau war gerade dabei, den Tisch für ein Frühstück zu zweit zu decken.

„Camping auf einem Parkplatz", murmelte Muisfeld. „Da gibt es aber erholsamere Orte."

„Das finde ich auch", meinte ihr Kollege. „Aber andersrum, die stehen morgens auf, machen ein paar Schritte und können im See schwimmen gehen, auch wenn das offiziell verboten ist."

„Warum ist das denn verboten?", wollte Silvia wissen.

„Ich hab´ mal gelesen, dass man aus Sicherheitsgründen nur dort im See schwimmen darf, wo er überwacht ist, und das heißt, nur im Freibad Wolfsee. Da stört sich aber niemand dran, denn hier gehen die Leute in allen Seen schwimmen."

Muisfeld nickte und lächelte dabei.

Wenn ich mir vorstelle", sagte sie, „dass ich morgens aufstehe und direkt eine Runde in so einem schönen See schwimmen kann, dann ist das nicht das Schlechteste. Mit so einem Gedanken könnte ich mich wirklich anfreunden."

„Willst du dir jetzt etwa einen Wohnwagen anschaffen?"

Silvia lachte. „Mit dem Gedanken sollte ich vielleicht einmal spielen. Und wenn du schön lieb bist, dann dürftest du vielleicht mal bei mir im Wohnwagen übernachten, aber nur, damit wir zwei morgens zusammen im See schwimmen gehen können."

Söhlbach schmunzelte. Er wollte gerade etwas sagen, als er den plötzlich sehr ernst werdenden Gesichtsausdruck seiner Kollegin bemerkte.

„Ist was?", fragte er.

„Fahr noch mal zurück, Sven."

„Zum Bootsverleih?"

„Nein, zum Wohnwagen."

„Was willst du denn da? Hast du etwa vor, der Frau den Wohnwagen abzukaufen?"

„Quatsch. Du hast doch gesehen, dass die Frau gerade dabei war, den Frühstückstisch zu decken."

„Ja und?"

„Sie hat für zwei Personen gedeckt. Das heißt, sie und eine weitere Person haben dort übernachtet."

„Davon sollte man ausgehen. Worauf willst du hinaus, Silvia?"

„Wenn sie die ganze Nacht hier waren, dann könnten sie etwas gehört oder gesehen haben. Wir sollten sie einfach mal fragen."

„Warum nicht", sagte Sven und wendete.

Schließlich stellten sie den silbernen Passat zehn Meter vom Wohnwagen ab. Sie stiegen aus und gingen direkt auf die Frau zu, die jetzt auf einen der beiden Stühle Platz genommen hatte.

„Guten Morgen", begrüßten die beiden Polizisten die Frau fast gleichzeitig.

Die Frau grüßte freundlich zurück und schaute die zwei Fremden neugierig an.

„Mein Name ist Söhlbach", erklärte Sven, „und das ist meine Kollegin Frau Muisfeld. Wir sind von der Kripo und hätten ein paar Fragen an Sie."

Während er das sagte, zeigte er der Frau seinen Dienstausweis.

Die etwa fünfzigjährige, korpulente Frau hatte feuerrote, kurzgeschorene Haare. Sie schien sich nicht einmal darüber zu wundern, dass die Polizei bei ihr auftauchte.

„Sie kommen bestimmt, weil da drüben jemand ermordet wurde", sagte sie und deutete in die Richtung des Bootsverleihs. „Ich habe doch vorhin selbst gesehen, wie sie den Sarg rausgetragen haben. Da war heute Morgen ja schon richtig etwas los. Was ist denn passiert?"

„Das wissen wir selbst noch nicht genau", sagte Söhlbach. „Wir ermitteln noch. Waren Sie mit dem Wohnwagen schon die ganze Nacht hier?"

Die Frau machte große Augen.

„Wir stehen schon seit drei Tagen hier", antwortete sie. „Warum möchten Sie das wissen?"

„Ist Ihnen heute Nacht etwas aufgefallen oder haben Sie irgendetwas Außergewöhnliches gehört?"

Die Frau lachte.

„Tut mir leid", sagte sie. „Ich schlaf immer wie ein Murmeltier. Selbst wenn jemand mit einem Pressluft-hammer neben dem Wohnwagen arbeiten würde, ich würde es nicht merken. Ich bin halt ein sehr ausgeglichener und gemütlicher Mensch." Sie deutete auf ihren fülligen Körper und lachte. „Sieht man doch, oder?"

Muisfeld und Söhlbach grinsten.

„Ich kann mich aber daran erinnern", erzählte die Frau weiter, „dass mein Mann heute Nacht irgendetwas von einem Auto erzählt hat, was da mitten in der Nacht herumgefahren ist, als er draußen war."

„Was hat Ihr Mann denn mitten in der Nacht hier draußen gemacht?", fragte Söhlbach neugierig.

Die Frau wog den Kopf unsicher hin und her.

„Was soll ich jetzt sagen? Er hat etwas gemacht, was man eigentlich nicht machen darf. Ich möchte es nicht sagen. Es war aber nichts Schlimmes."

„Sie sollten es uns aber sagen, denn wir ermitteln in einem Mordfall und Sie wollen doch bestimmt nicht, dass wir Ihren Mann für eine Aussage ins Polizeipräsidium vorladen, oder?"

„Nein, das möchte ich nicht." Die Frau holte tief Luft. „Mein Mann musste pinkeln. Wir haben im Wagen zwar ein Klo, aber der Fäkalientank hat auch nur begrenzte Kapazitäten. Deshalb geht mein Mann schon mal nachts raus und erleichtert sich in den Büschen. Ich hoffe, er bekommt deswegen jetzt keine Schwierigkeiten."

„Keine Angst", sagte Söhlbach. „Können wir Ihren Mann mal sprechen?"

„Er ist zum Bäcker gefahren, Brötchen holen." Sie deutete auf den gedeckten Tisch. „Wir wollen frühstücken. Eigentlich müsste er jeden Moment zurück kommen."

„Gut. Dann warten wir auf ihn."

Nun wandte sich Silvia Muisfeld an die Frau.

„Ist es nicht ungemütlich, auf einem Parkplatz zu campen?"

„Nein", antwortete die Frau. „Im Gegenteil, hier gibt es immer etwas zu sehen. Außerdem gibt es nur wenige Plätze, auf denen man morgens aus dem Wagen steigt, und nur wenige Meter weiter bei der morgendlichen Stille in einem romantischen See schwimmen kann."

„Ob Sie es glauben oder nicht", sagte Muisfeld. „Ich habe gerade noch zu meinem Kollegen gesagt, dass ich jeden Morgen im See schwimmen gehen würde, falls ich hier mal campen sollte. Ist Ihnen irgendetwas aufgefallen, als Sie heute Morgen im See schwimmen waren?"

„Heute waren wir nicht schwimmen, weil an der Stelle, an der wir ins Wasser steigen wollten, Taucher waren. Da hier am Parkplatz das Ufer fast überall mit Sträuchern zugewuchert ist, wollten wir uns einen anderen Zugang suchen. Dann aber tauchten schon die ersten Polizeiautos hier auf und wir haben auf unser morgendliches Schwimmen verzichtet."

„Und wenn Sie nicht gerade schwimmen, sitzen Sie den lieben langen Tag hier vor dem Wohnwagen herum?"

Die rothaarige Frau schüttelte den Kopf.

„Nein, wir sind meistens unterwegs. Wir wollen schließlich viel von unserem schönen Deutschland sehen. Wissen Sie, mein Mann ist vor einem halben Jahr in den vorzeitigen Ruhestand gegangen. Ich arbeite auch nicht mehr und da haben wir endlich Zeit, uns das anzugucken, was wir schon immer sehen wollten. Wir sind im Saarland zuhause und da gibt es leider für uns nichts Neues mehr zu erkunden. Dann haben wir aber im Fernsehen eine Dokureihe über das Ruhrgebiet gesehen", erklärte die offensichtlich sehr redselige Frau. „Da stand für uns sofort fest, dass wir uns das mal angucken. Und jetzt sind wir unterwegs, eine fünfwöchige Reise quer durch das Ruhrgebiet, von Duisburg bis Dortmund. Vielleich werden es auch sechs Wochen, aber das wissen wir noch nicht. Wir lassen das einfach auf und zukommen, denn wir haben ja Zeit. Alles ist gut geplant und wir haben Internetbekanntschaften aus nahezu allen Orten, die uns jeweils alles Sehenswerte ihrer Stadt zeigen. Diesen schönen Platz hier hat uns unsere Duisburger Internet-freundin empfohlen. Vorgestern hat sie uns erst mal die Sech-Seen-platte gezeigt. Wir sind komplett um alle Seen herumgewandert und dann in einem Restaurant am Masurensee eingekehrt. Es war ein toller Tag. Am meisten hatte mich aber der Blick vom großen Aussichtsturm fasziniert. Ich weiß nicht, ob sie schon mal da oben waren, aber man kann dort alle Seen überblicken und so weit das Auge reicht, sieht man nur Wald. Wir hätten niemals gedacht, dass es so etwas in einer Industriestadt gibt und wer sich von da oben aus umguckt, wird niemals glauben, in Duisburg zu sein. Gestern haben wir den ganzen Tag im Zoo verbracht. Wir waren begeistert, was das für ein toller Zoo ist. Ich meine, Löwen, Tiger, Giraffen und Elefanten haben wir auch schon in anderen Zoos gesehen, aber es war das erste Mal, dass wir echte Delfine gesehen haben. Wir waren so begeistert, dass wir uns die Delfinvorführung zweimal angesehen haben. Und wenn ich an die süßen Koalas denke, wird mir immer noch warm ums Herz. Heute begleitet uns unsere Freundin ebenfalls. Sie kommt gegen zehn Uhr. Dann zeigt sie uns die Duisburger Innenstadt und den berühmten Innenhafen. Für heute Nachmittag ist eine Hafenrundfahrt in Ruhrort geplant. Da freuen wir uns auch schon drauf, denn das haben wir auch schon im Fernsehen gesehen. Danach fahren wir zu dieser begehbaren Achterbach, diesem Tiger und Turtle. Das haben sie ebenfalls schon im Fernsehen gezeigt. Da wollen wir auch raufgehen."

Die Frau redete, ohne Luft zu holen. Deshalb waren Söhlbach und Muisfeld froh, als ein heranfahrendes Auto den Redeschwall der Frau unterbrach.

„Ach, da kommt ja mein Mann", sagte sie und deutete auf den silbernen Mercedes GL, der nun neben dem Wohnwagen anhielt. Der etwa 60jährige Mann, der aus dem Wagen stieg, war mit einem kurzen Shorts und einem labbrig über dem gewölbten Bauch hängenden, weißen T-Shirt bekleidet.

„Hat etwas länger gedauert", sagte er. „Ich war noch tanken."

Erst jetzt schien er die beiden Besucher registriert zu haben.

„Oh", stutzte er. „Ist alles in Ordnung?"

„Alles in Ordnung, Schatz", sagte seine Frau. „Die Herrschaften sind von der Polizei. Da drüben wurde jemand umgebracht und sie suchen Zeugen, die etwas Verdächtiges gesehen haben."

Der Mann nickte kurz.

„Ach so", murmelte er und hielt zwei Tüten hoch. Er wandte sich direkt an Söhlbach und Muisfeld. „Wenn Sie möchten, können Sie eine Kleinigkeit mit uns frühstücken. Ich habe Brötchen und Croissants."

„Danke", lehnte die Kommissarin die überraschende Einladung ab. „Wir haben leider keine Zeit."

Und selbst wenn sie Zeit gehabt hätten, der Gedanke daran, sich mit dieser ohne Unterlass redenden Frau an einen Tisch zu setzen, um sich wohlmöglich noch ihren ganzen Lebenslauf anzuhören, ließ Silvia fast schaudern.

„Schatz", ergriff die Frau bereits wieder das Wort. „Die beiden würden gerne wissen, was du heute Nacht für ein Auto gesehen hast."

Der Mann blickte sie mit großen Augen an.

„Was für ein Auto?"

„Na, als du heute Nacht reingekommen bist, hast du doch etwas von einem Auto erzählt."

„Ach so, das. Was ist damit?"

Nun wandte sich Söhlbach an den Mann.

„Erzählen Sie uns doch bitte mal ganz genau, was Sie heute Nacht gesehen haben."

„Eigentlich nichts Besonderes. Mir ist nur aufgefallen, dass sich jemand merkwürdig verhalten hat."

„Können Sie uns das genauer erklären?"

„Ich wollte gerade in den Wohnwagen steigen, da hörte ich, wie ein Auto gestartet wurde. Gleichzeitig ging bei dem Wagen auch das Licht an. Er fuhr rückwärts aus der Parktasche. Als er schließlich davon fuhr, machte er sein Licht wieder aus. Er fuhr ohne Licht weiter, ganz langsam.

Ich hatte ihm noch kurz hinterher geschaut und bin dann in den Wagen gestiegen."

„Wissen Sie, wie spät es da war?"

„Keine Ahnung. Ich hatte nicht auf die Uhr geguckt, aber es muss irgendwann nach drei gewesen sein, denn da hatte ich im Bett noch ein letztes Mal auf die Uhr geschaut."

„Wo hatte das Auto denn geparkt?", wollte Söhlbach wissen.

Der Mann deutete zu den Parkplätzen, die etwas weiter vom Bootsverleih entfernt lagen. „Er stand etwa da. Dort ist auch ein Zugang zum See. Heute Morgen waren da Taucher."

„Ja", sagte seine Frau. „Ich habe Ihnen doch schon gesagt, dass dort Taucher waren, als wir dort schwimmen wollten."

Sven Söhlbach ging auf die Bemerkung der Frau nicht ein. „Können Sie mir sagen", fragte er den Mann, „was das für ein Auto war?"

„Ja klar." Er deutete auf sein eigenes Auto. „Es war auch ein Mercedes GL. Allerdings ein nagelneuer und nicht so ein altes Schätzchen wie meiner. Wissen Sie, meiner ist schon 14 Jahre alt. Den hab´ ich erst voriges Jahr günstig geschossen, weil ich ein vernünftiges Auto brauchte, mit dem ich den Wohnwagen ziehen kann."

„Konnten Sie das Kennzeichen des Wagens erkennen?"

„Nein, da habe ich auch nicht drauf geachtet."

„Auch nicht die ersten Buchstaben? Hatte es ein DU für Duisburg?"

„Nein, keine Ahnung. Es hatte ja nur kurz Licht an und ich habe auch nicht drauf geachtet."

„Welche Farbe hatte das Fahrzeug?"

„Der Wagen war schwarz und nagelneu, das allerneuste Modell. Muss ein Vermögen gekostet haben."

„Konnten Sie den Fahrer erkennen?"

„Nee, da habe ich auch nicht drauf geachtet."

„Waren mehrere Personen in dem Auto?"

„Das weiß ich nicht. Ich habe nur das Auto gesehen, als es weggefahren ist. Mehr kann ich Ihnen nicht sagen."

„Ist Ihnen denn, als Sie heute Nacht draußen waren, noch irgendetwas anderes aufgefallen oder haben Sie irgendetwas gehört?"

Der Mann zuckte mit den Schultern. „Nein, da gab es, außer dem Auto, nichts Besonderes."

Söhlbach übergab dem Mann seine Karte. „Wenn Ihnen doch noch etwas einfallen sollte, rufen Sie mich bitte an."

Dann verabschiedeten sie die beiden von den Campern.

Bevor sie mit dem Dienstwagen los fuhren, nahm Söhlbach sein Handy zur Hand und wählte die Nummer von Ralf Meier.

Meier hatte natürlich sofort auf seinem Display gesehen, wer anruft, deshalb meldete er sich mit der Aussage: „Nein, Sven, es gibt noch nichts Neues."

Söhlbach grinste.

„Doch, Ralf, es gibt etwas Neues. Hör zu, es gibt einen Zeugen, der heute Nacht ein verdächtiges Fahrzeug in der Nähe des Bootsverleihs gesehen hat. Es handelt sich dabei um einen schwarzen Mercedes GL, das allerneuste Modell. Der Wagen hatte dort geparkt, wo die Taucher heute Morgen ins Wasser gestiegen sind. Er ist verdächtig langsam und ohne Beleuchtung davon gefahren. Könntet ihr den dortigen Uferbereich mal genauer unter die Lupe nehmen?"

„Wir machen alles immer ganz genau", sagte Meier. „Ich hoffe nur, die Taucher haben eventuelle Spuren noch nicht verwischt."

„Ich weiß doch, wie dein Team arbeitet, Ralf. Wenn da nur ein winziger Teil einer Spur ist, werdet ihr ihn finden."

„Wenigsten einer, der unsere Arbeit zu schätzen weiß", meinte Meier. „Danke für den Hinweis, Sven. Da gucken wir jetzt mal genauer hin. Ich melde mich bei dir."

Damit war das Gespräch beendet.

*   *   *

Sven Söhlbach und seine Kollegin saßen vor ihren Schreibtischen im Präsidium.

Sie hatten sich als erstes nach dem Fall mit der toten Frau, die angeblich Selbstmord gemacht hatte, erkundigt. Ein älterer Kollege namens Willi Borowski konnte sich noch daran erinnern. Er meinte, dass dieser Fall schon mehr als vierzig Jahre zurück lag. Ob es noch Akten zu diesem alten Fall gab, wusste niemand und auf gut Glück das Archiv danach zu durchsuchen, erschien sinnlos, zumal man keine Namen und kein Datum dazu hatte.

Deshalb beschäftigten sich die beiden mit dem aktuellen Fall.

„Die Tote war wirklich außergewöhnlich hübsch" stellte Sven fest, als er das Foto auf seinem Monitor betrachtete. „Eine richtige Schönheit."

Silvia bestätigte seine Aussage.

„Ja, sie war eine Schönheit, eine richtige Schönheit, zumal sie nicht einmal geschminkt war."

„Vielleicht war es ein Beziehungsdrama, Mord aus Eifersucht", vermutete Sven. „Einer solchen Frau wird die Männerwelt zu Füßen gelegen haben. Wenn sie einen festen Partner hatte, wird es für ihn nicht einfach gewesen sein. Wenn ich mir vorstelle, mit einer Frau über die Straße zu gehen, nach der sich alle Männer umdrehen, das würde mir schon sehr auf die Substanz gehen."

Silvia lachte.

„Du hast aber keine Frau, nach der sich alle Männer umdrehen. Schlimmer noch, du hast überhaupt keine Frau."

„Ich will auch keine", gab Sven zurück. „Mir reicht schon eine Kollegin, mit der ich mich ständig herumschlagen muss."

44

„Das merke ich mir."

Muisfeld und Söhlbach waren ein eingespieltes Team. Nicht nur dienstlich verstanden sie sich gut. Auch privat waren sie sehr eng miteinander befreundet. Wenn der Dienstplan es zuließ, unternahmen sie auch in ihrer Freizeit viele Dinge gemeinsam. Dass die beiden sich oft gegenseitig hänselten, gehörte dazu. Ihr Verhältnis zueinander glich fast dem von Geschwistern. Sie hatten sich gerne und einer war für den anderen da. Für eine Liebesbeziehung reichte ihre Zuneigung allerdings nicht, obwohl Sven bestimmt nicht abgeneigt gewesen wäre, wenn Silvia mehr zugelassen hätte.

Ihre gemeinsamen Ermittlungsarbeiten erledigten sie meist sehr erfolgreich und ihr Chef, der Leiter des Kommissariats für Tötungsdelikte, sagte immer, sie seien seine besten Pferde im Stall.

Nun saßen die beiden vor ihren Schreibtischen, und glichen das Foto der Toten vom Wambachsee mit den Vermisstenmeldungen ab.

Sie hatten das Bild der unbekannten Frau auch schon an die Presse weiter gegeben, damit es morgen in den Zeitungen erscheint.

Als das Telefon auf Söhlbachs Schreibtisch klingelte und er sah, dass Ralf Meier von der Spurensicherung anrief, stellte er direkt den Lautsprecher an, damit seine Kollegin mithören konnte.

„Gibt´s schon etwas Neues, Ralf?", fragte Sven neugierig.

„Ja, es gibt etwas Neues", antwortete Meier. „Der Hinweis eures Zeugen, der das Auto gesehen hat, war Gold wert. Wir haben uns den Bereich, an dem die Taucher in den See gestiegen sind, intensiv vorgenommen. Es ist eindeutig die Stelle, an der die Tote in das Boot befördert wurde. Der Täter hatte das Boot offensichtlich ein Stück auf das Ufer gezogen. Wir fanden dort im Kies und Sand hellgrüne Lackspuren, die eindeutig dem Ruderboot zuzuordnen sind. Das war auch der Grund dafür, dass ich meine Männer angewiesen hatte, den kompletten Bereich zu beiden Seiten dieser Stelle gründlich abzusuchen."

„Aber dort ist doch überall nur undurchdringliches Gebüsch", sagte Sven.

„Das ist richtig und im Normalfall hätte da auch niemand nach etwas gesucht, weil dort eh niemand hinein kommt. Meine Männer mussten sich quasi den Weg durch die Büsche frei schneiden. Die dortige Suche hat sich gelohnt, denn da hatte jemand etwas entsorgt. Wir haben einen Plastiksack gefunden. Genauer gesagt, einen schwarzen Plastiksack, der um einen etwas mehr als faustgroßen Stein gewickelt war. Das alles war mit einer Schnur zusammengebunden. Es sollte nicht auseinanderfallen, als es mit Schwung ins Dickicht geworfen wurde. Der Sack lag so tief im Buschwerk versteckt, dass ihn normalerweise niemand gefunden hätte. Ich gehe davon aus, dass der Täter sein Opfer in diesem Sack transportiert hatte. Wir fanden darin lange, schwarze Haare. Die Haare wurden schon zur DNA-Analyse ins Labor geschickt. Ich habe mir diese Haare genau angeschaut und bin mir ziemlich sicher, ohne dem Laborbericht vorgreifen zu wollen, dass diese Haare vom Opfer stammen."

„Wenn das so ist, kennen wir jetzt wahrscheinlich das Fahrzeug des Täters, ein schwarzer Mercedes GL. Wenigstens etwas. Danke Ralf, dass du sofort angerufen hast."

Damit war das Telefongespräch beendet.

Sven blickte seine Kollegin an.

„Damit haben wir das erste Puzzleteil dieses Falles", sagte er, „einen schwarzen Mercedes GL."

„Einen GL von der aktuellen Baureihe", fügte Silvia ergänzend hinzu. „Und wem haben wir dieses Puzzleteil zu verdanken?"

Söhlbach sah sie fragend an. „Der Spusi?"

„Der Spusi", kam es abwertend aus Muisfelds Mund. „Wer ist auf die Idee gekommen, die Camper zu befragen, die uns den alles entscheidenden Hinweis auf das Auto gegeben haben?"

Sven lachte. „Ja natürlich, es war die glorreiche Kommissarin Silvia Muisfeld."

„Genau das wollte ich hören, mein Lieber."

„Ich hoffe", sagte Sven, „dass die glorreiche Kommissarin auch einen schnellen Hinweis auf die Identität der Toten findet. Denn dann kämen wir dem Täter, in Verbindung mit dem Auto, schneller auf die Spur."

„Uns bleibt wohl keine andere Wahl, als weiter die Liste der Vermissten abzuarbeiten. Es wäre abwegig, alle Fahrer eines neuen Mercedes GL herauszufinden, um sie nach ihren Alibis für die letzte Nacht zu fragen."

Söhlbach nickte. „Zumal viele von ihnen die letzte Nacht bestimmt in ihrem Bett verbracht haben und es keine Zeugen dafür gibt, weil einige alleine leben."

Die beiden wurden aus ihren Gedanken gerissen, als sich unvermittelt die Tür ihres Büros öffnete.

Der Kommissariatsleiter Metzger-Ibbenburg trat ein.

„Was ist mit den Berichten?", fragte er. „Sind sie endlich fertig?"

Muisfeld und Söhlbach schauten sich verwundert an.

„Berichte?", sagte Sven. „Wann hätten wir sie denn fertig machen sollen? Wir haben im Moment ja wohl etwas Wichtigeres zu tun."

Metzger-Ibbenburg stutzte. „Wie, etwas Wichtigeres?"

„Na, die Tote vom Wambachsee."

„Es gab eine Tote?", polterte der Kommissariatsleiter. „Wieso weiß ich nichts davon?"

„Aber Chef", sagte Muisfeld, „Sie erfahren doch eigentlich immer als erster, wenn es einen neuen Mordfall gibt."

„Mich hat niemand verständigt." Die Wut in Metzger-Ibbenburgs Stimme war nicht zu überhören.

„Vielleicht hat man Sie ausnahmsweise mal nicht erreichen können, Chef", versuchte Silvia, den aufgebrachten Mann zu beschwichtigen.

„Ich bin immer erreichbar." Der Kommissariatsleiter zog sein Mobiltelefon aus der Tasche. „Wozu trage ich dieses Teil wohl immer mit mir herum?" Er blickte kurz auf das Handy und erschrak für einen Moment.

„Was ist los, Chef?", fragte Söhlbach, dem die Reaktion von Metzger-Ibbenburg nicht entgangen war. „Haben Sie eine Mitteilung entdeckt, die Sie vergessen haben abzurufen?"

„Nein", sagte der Angesprochene. „Mein Handy ist kaputt." Er tippte auf dem Gerät herum, doch offensichtlich funktionierte es nicht. „Kaputt", wiederholte er. „Es ist tot."

„Darf ich mal sehen?", fragte Silvia. „Ich habe das gleiche Handy und kenn´ mich damit aus."

Mit den Worten „Ich kenn´ mich damit auch aus. Es ist kaputt. Da tut sich nichts mehr", überreichte er ihr das Telefon.

Nachdem auch Silvias Versuche erfolglos waren, schimpfte der Chef weiter.

„Vielleicht ist ja der Akku leer?", vermutete Söhlbach.

„Quatsch", antwortete Metzger-Ibbenburg. „Ich lade es jede Nacht auf."

Silvia blieb ganz ruhig. Sie nahm ein Ladekabel aus ihrer Schreibtischschublade und schloss das Handy an. Kurze Zeit später gab das Mobiltelefon ein Geräusch von sich und auf dem Display erschien das Symbol fürs Laden.

„Tja, lieber Chef", sagte sie. „Dann haben Sie wohl letzte Nacht ausnahmsweise vergessen, Ihr Handy aufzuladen."

„Komisch", brummelte der Kommissariatsleiter. „Ich hätte schwören können, dass ich es wie immer angeschlossen hatte. Aber kann passieren. Bin auch nur ein Mensch." Dann wechselte er sofort das Thema. „Dann berichten Sie mir mal von der Toten vom Wambachsee."

Muisfeld und Söhlbach erzählten ihm alles, was sie bisher über den Fall wussten. Sie zeigten ihm auch die Fotos vom See und das Bild, mit dem nach der Identität des Mordopfers gesucht wurde.

Mit den Worten „Schicken Sie mir das bitte alles auf meinen Computer und wenn es etwas Neues gibt, verständigen Sie mich umgehend", wollte er gerade das Büro verlassen, als Silvia ihn zurück rief.

„Ist noch etwas?", fragte er.

„Ja", sagte Muisfeld. „Wie sollen wir Sie verständigen, wenn Sie Ihr Handy nicht dabei haben?"

Sie deutete auf das Mobiltelefon, was immer noch an ihrem Ladekabel hin.

„Oh man", murmelte der Chef und atmete tief durch. „Heute ist wohl nicht mein Tag."

Nachdem Metzger-Ibbenburg nebst seinem Handy das Büro verlassen hatte, schaute Sven auf die Uhr.

„Mittag", stellte er fest. „Lass uns essen gehen."

„Ja", sagte Silvia. „Ich hab´ auch Hunger. Wir machen jetzt erst mal Pause. Diese Abgleiche mit den Vermissten laufen ja nicht weg."

„Und außerdem", meinte Sven, „lässt es sich mit leerem Magen nicht gut arbeiten."

Nach der Mittagspause hatten sie sich umgehend wieder an ihre Arbeit gemacht. Seit zwei Stunden saßen sie wieder vor ihren Monitoren.

Sie hatten bereits einen Großteil der Vermissten-meldungen abgearbeitet, aller erneut der Kommissariats-leiter ihr Büro betrat.

Er hielt zwei Mappen in der Hand. Eine davon legte er auf Söhlbachs Schreibtisch.

„Das ist der Obduktionsbericht", sagte er. „Den habe ich gerade persönlich abgeholt. Hab´ denen mal ein bisschen Dampf unterm Hintern gemacht, damit sie in die Pötte kommen, genauer gesagt, damit die Sekretärin vom Doc in die Pötte kommt. Ich war ja neugierig und hatte dort angerufen. Der Doc hatte mir gesagt, die Untersuchung des Mordopfers sei abgeschlossen und es muss nur noch der Bericht geschrieben werden. Deshalb bin ich höchstpersönlich dort gewesen." Er deutete auf die Mappe. „Ich kann euch auch schon sagen, was drin steht. Meiers Vermutung, dass die Frau durch zwei Schläge mit einem flachen Gegenstand auf den Kopf erschlagen wurde, hat sich bestätigt. Die Schläge waren allerdings nicht sofort tödlich. Sie wäre allerdings an den dadurch ausgelösten Hirnblutungen gestorben. Der Doc vermutet aber, dass eine starke Überdosis Heroin, die der Frau unmittelbar nach den Schlägen intravenös verabreicht wurde, die Todesurache war. Die zahlreichen Hautabschürfungen resultieren aus dem Aufschlag des Körpers auf das Boot. Zu diesem Zeitpunkt hatte sie allerdings nicht mehr gelebt. Im vaginalen Bereich wurden Spuren von Polyurethan gefunden, was darauf hindeutet, dass sie kürzlich Geschlechtsverkehr hatte."

„Was ist denn Polyurethan?", wollte Muisfeld wissen.

Metzger-Ibbenburg lachte kurz laut auf.

„Es beruhigt mich, dass ich nicht der einzige Ungebildete bin. Ich wusste es nämlich auch nicht und habe es mir erklären lassen. Polyurethan ist ein Stoff, aus dem Kondome hergestellt werden, weil es viele Menschen gibt, die auf Latex allergisch reagieren."

„Und was hat die Obduktion sonst noch ergeben?"

„Das war alles", sagte der Chef. „Es reicht ja auch. Wie sieht es bei euch aus? Gibt´s schon einen Hinweis auf die Identität?"

„Nein", sagte Muisfeld, „aber wir haben die Liste der Vermissten auch noch nicht ganz abgearbeitet."

Nun legte Metzger-Ibbenburg die zweite Mappe, die er mitgebracht hatte, auf den Tisch.

„Das könnte auch interessant sein", sagte er. „Ich hatte den Kollegen Willi Borowski vorhin zufällig im Flur getroffen. Dabei hat er mir so ganz nebenbei erzählt, dass Sie sich nach einem zurückliegenden Fall bei ihm erkundigt hatten. Da gab es vor langer Zeit schon einmal eine tote Frau, die in einem Boot auf dem Wambachsee gefunden wurde. Angeblich soll es damals Suizid gewesen sein. Borowski hatte mir aber gesagt, dass die Kollegen, die sich damals mit diesem Fall beschäftigten, Zweifel daran hatten. Es lag der Verdacht nah, dass ein Selbstmord nur vorgetäuscht war, um einen Mord zu vertuschen. Für diesen Verdacht hatte es letztlich aber keine Beweise gegeben. So war der Fall zum Abschuss mit dem Ergebnis Suizid gekommen.

Da ich, obwohl der erste Fall sehr lange zurück liegt, den Verdacht hege, dass es bei den toten Frauen vom Wambachsee einen Zusammenhang geben könnte, hatte ich Willi Borowski darum gebeten, das Archiv mal auf den Kopf zu stellen, um die Akte von damals herauszusuchen. Er hatte zwar gemeint, dass so eine Suche sinnlos sei, weil niemand es zeitlich genau einordnen konnte und auch der Name der toten Frau keinem mehr geläufig war, doch er hat sich auf die Suche gemacht und ist tatsächlich fündig geworden." Der Kommissariatsleiter tippte mit dem Finger auf die Mappe. „Ich habe mal kurz einen Blick hinein geworfen. Es gibt auf jeden Fall Parallelen zu dem neuen Fall. Die Tote von damals, es war übrigens eine Prostituierte, lag in einem Ruderboot und sie war nackt. Leider geht aus der Akte nicht hervor, ob das Boot auch vom Bootsverleih war. Sie sollten sich die Akte mal anschauen."

Mit den Worten „Ja dann, an die Arbeit", verließ der Metzger-Ibbenburg das Büro.

Kaum war er verschwunden, klingelte Muisfelds Telefon.

Sie meldete sich und lauschte in den Hörer. Dann sagte sie: „Ja, dieses Foto haben wir Ihnen zugeschickt"......"Ja, wir sind auch für diesen Fall zuständig." Sie hörte dem Gesprächspartner am anderen Ende der Leitung aufmerksam zu. Nach einer Weile sagte sie: „Geht in Ordnung. Wir werden da sein." Damit war das Gespräch beendet.

„Was war das denn?", fragte Sven.

„Es war jemand von der Zeitung. Er wollte seinen Namen nicht nennen, aber er hat gesagt, dass er die Frau auf dem Foto kennt und dass er am Telefon nicht darüber reden möchte. Wir werden ihn in einer halben Stunde im Kantpark treffen. Er wartet vor dem Café Museum auf uns."

„Nicht, dass uns da jemand verarschen will."

„Das glaub´ ich nicht. Er klang schon ziemlich ernst. Außerdem können nur Zeitungsmitarbeiter das Foto der Toten kennen." Silvia deutete auf ihren Monitor, auf dem Fotos von vermissten Frauen zu sehen waren. „Wenn er die Frau wirklich kannte, wird uns das viel Arbeit ersparen."

Ihr Kollege erhob sich. „Dann lass uns mal gleich losfahren."

Der Immanuel-Kant-Park war schnell erreicht. Das Café Museum lag neben dem berühmten Lehmbruck Museum, welches den eigentlichen Mittelpunkt des Parks bildete.

Als sie dort ankamen, war vor dem Café niemand zu sehen.

„Wir sind auch noch etwas zu früh dran", stellte Muisfeld fest.

Während sie warteten, schaute Söhlbach sich die aushängende Speisekarte an.

„Wir zwei sollten unbedingt mal wieder hier essen gehen", sagte er.

„Dass du immer nur ans Essen denkst", meinte Silvia. „Du müsstest doch eigentlich satt sein. Aber du hast Recht, die haben eine gute Küche."

Sie dachte daran, dass sie schon einige Mal mit Sven hier eingekehrt war und nicht nur mit Sven, sondern auch schon mit einigen Freundinnen.

Söhlbach blickte sich nach allen Seiten suchend um.

„Weit und breit noch niemand zu sehen", murmelte er nach einer Weile und schaute auf seine Uhr. „Die halbe Stunde ist rum."

Als auch nach einer weiteren halben Stunde niemand aufgetaucht war, sagte Silvia: „So langsam glaube ich, dass mich doch jemand geleimt hat. Lass uns von hier verschwinden."

Sie hatten den Park fast schon wieder verlassen, als ihnen ein Mann im Laufschritt folgte.

„Hallo?", rief er. „Entschuldigung."

Die beiden blieben stehen.

Der etwa fünfzigjährige Mann hatte sie schnell erreicht.

„Entschuldigung", sagte er noch einmal. „Sind Sie von der Polizei?"

Söhlbach nickte. „Ja."

„Kann ich mal bitte Ihre Dienstausweise sehen?"

Der Mann wirkte durch das schnelle Laufen noch etwas außer Puste.

Nachdem er die Ausweise gesehen hatte, sah er sich zunächst aufmerksam nach allen Seiten um.

Dann sagte er: „Tut mir leid. Ich bin leider noch etwas aufgehalten worden."

„Macht nichts", sagte Söhlbach. „Und Sie sind der Herr…?"

„Sein Sie mir bitte nicht böse, wenn ich anonym bleiben möchte, aber das hat seinen Grund."

„Aber Sie kannten diese Frau?", fragte Muisfeld und zeigte ihm noch einmal das Foto der Toten.

„Ja, ich kannte sie."

„Und? Wer war sie? Wie hieß sie?"

„Sie war eine Prostituierte. Ihr Name war Svetlana."

Als das Wort „Prostituierte" gefallen war, klingelten bei Muisfeld die Alarmglocken. Sofort dachte sie an den zurückliegenden Fall, dessen Akte der Chef ihnen gebracht hatte. Die tote Frau, die damals nackt in einem Ruderboot gelegen hatte, war auch eine Prostituierte.

„Svetlana", wiederholte Silvia den Namen. „Haben Sie auch einen Nachnamen für mich?"

„Tut mir leid. Ich kenne nur ihren Vornamen. Ich weiß aber, wo sie zuhause war. Dort wohnen auch noch zwei Kolleginnen von ihr. Sie sollten eigentlich wissen, wie sie heißt."

Nun ergriff Söhlbach das Wort: „Zwei Kolleginnen? Wie heißen denn diese zwei Kolleginnen?"

„Virgin und Tatjana. Ihre Nachnamen kenne ich aber auch nicht."

„Ich denke, Sie gehören zu den Freiern dieser Damen, ist das richtig?"

Der Mann nickte.

„Ja. Deshalb möchte ich ja anonym bleiben. Es darf niemand erfahren, weil ich…" Er schwieg.

„verheiratet bin", ergänzte Sven den Satz.

Die Antwort war ein erneutes Nicken.

„Dann sagen Sie uns doch bitte", forderte Söhlbach ihn auf, „wo wir die Kolleginnen dieser Svetlana finden."

„Im Innenhafen. Sie kommen regelmäßig mit ihrer Jacht nach Duisburg und bleiben für ein paar Wochen hier. Dann verschwinden sie wieder für einige Zeit und arbeiten in anderen Marinas."

„Sie klappern mit ihrem Schiff alle Jachthäfen in der Gegend ab?"

„Wo sie überall mit ihrem Boot festmachen, das weiß ich nicht. Svetlana hatte mir nur gesagt, dass sie nach Duisburg in Düsseldorf festmachen."

„Ein schwimmender Puff", sagte Muisfeld leise.

„Nein", sagte der Mann. „So darf man das nicht nennen. Die drei Damen sind schon etwas ganz Besonderes. Sie haben auch nur Stammkunden. Ein Besuch bei diesen Damen ist sehr kostspielig. Ich spare mir dafür immer etwas an, damit ich es zweimal im Jahr erleben darf. Mit meinem Gehalt kann ich mir dieses Vergnügen eigentlich gar nicht leisten."

Muisfeld und Söhlbach wechselten verwunderte Blicke aus.

„Können Sie uns dieses Vergnügen etwas genauer schildern?", fragte Sven.

„Nein, da möchte ich nicht drüber reden. Ich selbst war immer nur bei Svetlana, weiß aber von anderen Stammgästen, dass auch die anderen beiden Damen süchtig machen."

„Kennen Sie etwa auch die anderen Stammgäste?"

„Nein, ich hatte mich mit ihnen nur mal flüchtig bei Begegnungen auf der Jacht unterhalten."

„Und was heißt das, dass sie süchtig machen?"

„Was soll ich dazu sagen? Ich weiß nicht, ob Sie es verstehen würden. Sagen wir es so, als Mann hatte ich heimliche Wünsche, die ich niemals ausleben konnte und Svetlana hatte mir all diese Wünsche hingabevoll erfüllt. Und ja, ich war regelrecht süchtig nach ihr und ich konnte es immer kaum abwarten, wenn sie nach Duisburg kam."

Er blickte nach unten. „Aber das ist ja jetzt vorbei", fügte er leise hinzu.

Söhlbach schaute ihn fragend an.

„Und die besagten Damen sind momentan in Duisburg?"
Er nickte.

„Ja, und übermorgen hätte ich einen Termin bei Svetlana gehabt."

Wie heißt denn die Jacht, mit der die Damen unterwegs sind?"

„Marinalove."

„Was für ein passender Name", sagte Sven. „Und wo in der Marina liegt das Schiff?"

Der Mann zuckte mit den Schultern.

„Ich weiß es nicht. Da müssen Sie den Hafenmeister fragen. Bei ihm müssen Sie sowieso anklingeln, sonst kommen Sie dort nicht hinein." Er schaute kurz auf seine Uhr. „Ich muss dann wieder. Ich hoffe, ich konnte Ihnen weiter helfen."

Er wandte sich um und wollte gehen.

„Einen Augenblick noch", hielt Silvia ihn zurück. „Mich würde noch interessieren, wer Sie auf diese Jacht mit den bezahlbaren Damen aufmerksam gemacht hat. So etwas entdeckt man ja nicht per Zufall. Da muss Ihnen doch jemand einen Tipp gegeben haben."

„Svetlana hatte es mir persönlich gesagt. Ich kannte sie schon, bevor sie auf das Boot ging."

„Und woher kannten Sie sie?"

„Weil ich sie auch schon vorher regelmäßig besucht hatte. Damals war dieses Vergnügen allerdings noch er-schwinglicher."

„Mit anderen Worten, diese Svetlana war, bevor sie auf das Boot ging, in einem Bordell tätig", sprach Silvia ihre Vermutung aus. „Ich nehme an, in einem der Häuser an der Vulkanstraße?"

„Nein", antwortete der Mann. „Sie war in einem der Häuser an der Charlottenstraße tätig. Das ist die Parallelstraße der Vulkanstraße."

„Ich kenne die Charlottenstraße", sagte Muisfeld.

„Die anderen Damen auf der Jacht hatten übrigens auch dort gearbeitet."

„Und dann", griff nun Söhlbach in das Gespräch ein, „haben sich die Damen auf einem Boot selbstständig gemacht. Seit wann betreiben diese Damen denn ihr schwimmendes Gewerbe?"

Der Mann überlegte kurz. „Es ist fast zwei Jahre her, als sich Svetlana bei mir gemeldet hat, um mir davon zu berichten. Ich hatte schon nicht mehr daran geglaubt, dass sie noch einmal auftaucht."

„Wieso? War sie denn verschwunden?"

„Ja. Ich hatte fast ein ganzes Jahr nichts mehr von ihr gehört. Ich wollte sie damals auf der Charlottenstraße besuchen, als sie plötzlich verschwunden war, genau wie ihre beiden Kolleginnen. Ich hatte ihre Betreuer gefragt, wo Svetlana ist, doch sie hatten nur geschimpft und geflucht, dass ihre besten Pferdchen im Stall sie schwer enttäuscht haben und dass das noch ein Nachspiel haben wird. Aus ihren Äußerungen ging hervor, dass die drei Damen einfach abgehauen waren."

„Sie hatten Betreuer?", fragte Söhlbach. „Sie meinen, Zuhälter."

Der Mann zuckte mit den Schultern. „Keine Ahnung. Ich weiß nur, dass Piet und Hakan immer als Betreuer für die Damen da waren."

„Piet und Hakan", wiederholte Sven. „Kennen Sie diese Männer näher?"

„Nein. Ich habe sie nur ganz selten gesehen und immer nur flüchtig mit ihnen gesprochen. Mit Piet hatte ich mich einmal auch etwas ausgiebiger unterhalten. Piet hatte mir erzählt, dass er und Hakan sich das Haus an der Charlottenstraße gemeinsam gekauft hatten."

„Wo liegt das besagte Haus an der Charlottenstraße", wollte Muisfeld wissen. „Haben Sie da eine Hausnummer für uns?"

„Nein, die Hausnummer hab´ ich nicht im Kopf. Ich werde aber nachsehen und Ihnen die Hausnummer am Telefon durchgeben, versprochen. Jetzt muss ich aber los; hab´ wirklich keine Zeit mehr."

Mit zügigen Schritten ging der Mann davon.

Die beiden blickten ihm hinterher.

„Der zurückliegende Fall mit der Toten vom Wambachsee zeigt immer mehr Ähnlichkeiten mit dem neuen", stellte Söhlbach fest.

„Daran habe ich auch schon gedacht, Sven. Die toten Frauen waren nackt, lagen in einem Ruderboot und waren Prostituierte. Eigentlich kann das kein Zufall sein. Vielleicht ist da irgendwo ein geprellter Freier unterwegs, der sich damals wie heute auf seine ganz eigene Art rächen wollte. Oder es war ein rachsüchtiger Zuhälter, der ungehorsame Mädchen mit dem Tod bestraft."

„Wenn die Infos dieses Mannes alle stimmen", sagte Söhlbach, „könnte uns das ein gewaltiges Stück weiterbringen. Eigentlich haben wir sogar schon einen Verdächtigen."

Seine Kollegin nickte.

„So ist es. Kein Zuhälter lässt es sich gefallen, wenn ihm seine Nutten abhauen. Vielleicht haben dieser Piet oder dieser Hakan erfahren, dass die Damen sich auf einem

Boot selbstständig gemacht haben. Das könnte der Grund dafür sein, warum der Täter sein Opfer nackt auf ein Boot geworfen und es auf den See hinaus gebracht hat. Diese Präsentation könnte symbolischen Charakter haben, quasi ein Hinweis darauf, dass sie ihr Gewerbe auf einem Boot betreiben. Gleichzeitig soll es vielleicht eine Warnung an die anderen Damen sein und die Zuhälter hoffen, dass die Frauen nun Angst bekommen und zu ihnen zurück kehren."

„Leider können wir diese Betreuer erst befragen, wenn wir wissen, wo auf der Charlottenstraße sie zu finden sind", sagte Sven. „Ich würde sagen, wir fahren zum Innenhafen und schauen uns mal diese Jacht näher an."

Seine Kollegin war mit diesem Vorschlag einverstanden.

„Von hier aus könnten wir zum Innenhafen laufen", sagte sie. „In einer Viertelstunde sind wir da."

„Ja, super", meinte Sven. „Wir müssen aber auch noch zurück und ich hab' nicht vor, meinen Feierabend grundlos hinauszuzögern."

Dieses Argument hatte auch Silvia davon überzeugt, dass es besser war, mit dem Auto zu fahren.

„Gut", sagte sie, „aber ich fahre jetzt."

Söhlbach übergab ihr lächelnd den Autoschlüssel.

„Mach, was du nicht lassen kannst", meinte er.

„Sag mal, Sven", sprach sie ihren Kollegen an, als sie in den Dienstwagen stiegen. „Du hattest mir doch erzählt, dass es im Innenhafen eine kleine Kormorankolonie gib. Wenn wir schon mal dorthin fahren, kannst du mir die Vögel ja mal zeigen."

Die Kommissarin hatte letzte Woche im Fernsehen eine Dokumentation über Kormorane gesehen und Sven erzählt, dass diese Vögel sie faszinierten, weil sie

Kormorane mit wunderschönen Urlaubserinnerungen verband. Daraufhin hatte Söhlbach ihr sofort erzählt, dass sie nur zum Innenhafen fahren müsste, um diese Vögel zu sehen.

„Liebe Silvia, wir fahren aus dienstlichen Gründen in den Innenhafen und nicht, um uns irgendwelche Vögel anzugucken."

„Aber wenn wir schon mal da sind, kannst du mir auch die Kormorane zeigen."

„Das wäre aber ein Umweg", erklärte ihr Sven. „Außerdem möchte ich mal wieder zeitig Feierabend machen."

Silvia blickte ihren Kollegen, der gerade neben ihr auf dem Beifahrersitz Platz genommen hatte, fragend an.

„Wo im Innenhafen sitzen die Kormorane denn?", fragte sie ihn.

„Die meisten sitzen immer am Portsmouth Damm. Direkt vor dem Damm ragen riesige Poller aus dem Wasser und auf diesen Pollern sitzen sie meist in Reih und Glied herum."

„Hmm", überlegte Muisfeld, „am Portsmouth Damm, da muss ich doch über den Philosophenweg fahren, um dorthin zu kommen, oder?"

„Von hier aus geht es über die Schifferstraße schneller", sagte Sven.

Mit den Worten „Danke für den Tipp", startete Silvia den Dienstwagen.

Ihr Ziel, der Portsmouth Damm, trennte den oberen Bereich des Innenhafens vom unteren ab.

Die obere Domäne des Innenhafens, ein einst von riesigen Kornspeichern und Kränen umgebenes Hafenbecken, war nach der Umgestaltung zu einer der

angesagtesten Flanier- und Gastronomiemeilen der Stadt geworden.

Im unteren Bereich lag der Jachthafen.

Muisfeld und Söhlbach hatten den Portsmouth Damm schnell erreicht.

Silvia parkte das Auto genau auf dem Damm. Dort war eigentlich absolutes Halteverbot, aber ein Schild auf dem Armaturenbrett des Dienstfahrzeugs wies das Auto als Einsatzwagen der Polizei aus.

Die beiden verließen das Fahrzeug.

„Bald ist es wieder so weit", sagte Sven mit Blick auf den oberen Bereich des Hafens.

„Was ist wieder soweit?", wollte seine Kollegin wissen.

„Bald startet dort wieder die alljährliche Drachenboot-regatta. Da freu´ ich mich schon wieder drauf."

Silvia wusste, dass Sven sich diesen Event niemals entgehen ließ, allein schon deshalb, weil ein paar Freunde von ihm mit ihrem selbstgebauten Drachenboot mitfuhren.

„Und wo sind jetzt die Kormorane?", fragte sie.

Er deutete in die Richtung des Jachthafens.

„Mach´ einfach ein paar Schritte auf das Geländer zu und schaue nach unten."

Sie folgte seiner Anweisung und staunte. Direkt vor dem Damm ragten große Poller aus dem Wasser und auf fast jeden dieser Poller saß ein Kormoran.

Silvia lächelte.

„Ich liebe diese Vögel", sagte sie.

Söhlbach merkte sehr schnell, dass sich seine Kollegin an diesem Anblick offensichtlich nicht satt sehen konnte.

„Wie im Urlaub", meinte sie andächtig.

„Wir sind aber nicht im Urlaub, wir sind im Dienst", sagte Sven. „Jetzt reiß´ dich mal von diesen Vögeln los. Wir haben ´was zu tun."

„Ich bin froh", gab Silvia ihm zu verstehen, „dass wir auf dem Damm parken."

„Warum?", wollte Söhlbach wissen.

„Weil wir auf den Rückweg wieder bei den Kormoranen vorbeikommen."

Die Marina lag direkt vor ihnen im unteren Bereich des Hafenbeckens. Bereits von ihrem Standpunkt aus sahen sie die vielen Jachten, die dort lagen. Im Hintergrund ragte ein rötlicher Ziegelbau mit einem spitzen Dachgiebel in die Höhe. Es war das 76 Meter hohe Landesarchiv, ein beeindruckendes Gebäude, welches aus einem ehemaligen Getreidespeicher entstanden war.

Die beiden folgten dem Weg, der auf der linken Seite des Hafenbeckens, parallel zur Marina entlang führte.

Ihre Augen waren dabei suchend auf die Boote gerichtet.

Sehr schnell stach ihnen zwischen den vielen Booten, die hier lagen, eine große, offensichtlich sehr luxuriöse Jacht ins Auge. Auf der Seite dieses schneeweißen Schiffes war in Großbuchstaben das Wort Leader zu sehen.

„Was für ein Schiff", sagte Sven. „Kohle müsste man haben."

„Dann lass uns diesem Schiff mal einen Besuch abstatten."

„Aber das Boot, was wir suchen heißt Marinalove", warf ihr Kollege ein.

„Seit wann brauchst du eine Brille, Sven? Lies doch mal, was vorne am Bug steht."

„Marinalove", las Söhlbach. „Donnerwetter, dann scheinen die Geschäfte dieser Damen ja gut zu laufen, wenn sie sich so eine Luxusjacht leisten können."

„Wer weiß", sagte Silvia und grinste, „vielleicht können sie das Boot ja von den Steuer absetzen. Es ist ja schließlich ihr Arbeitsgerät."

„Dann hast du dir ganz offensichtlich den falschen Job ausgesucht, meine Liebe. Vielleicht solltest du das Gewerbe wechseln. Dann besitzt du auch so eine Jacht und könntest mich einladen."

„Blödmann."

Der Zugang zur Marina lag auf der anderen Seite des Hafenbeckens. Deshalb überquerten die beiden das Gewässer über die Buckelbrücke, die sich über den Jachthafen bis zum anderen Ufer spannte. Diese Brücke konnte bei Bedarf, wenn ein höheres Schiff durch den Innenhafen fuhr, hochgefahren werden und sah dann so aus, wie ein Buckel.

Söhlbach nahm sein Handy heraus. „Ich werde mal die Telefonnummer des Hafenmeisters heraussuchen, um uns anzukündigen. Vielleicht kommt er uns ja dann entgegen und wir müssen nicht so lange vor dem verschlossenen Tor warten." Er tippte auf dem Display herum. „Scheiße. Hier steht, dass der Hafenmeister nur bis 16 Uhr da ist, und es ist schon fast halb Fünf."

„Und jetzt?" fragte Silvia. „Sollen wir für heute Feierabend machen und Morgen noch einmal hierhin gehen?"

„Wenn wir schon einmal hier sind, sollten wir wenigsten mal zum Tor gehen und beim Hafenmeister schellen. Vielleicht ist er ja doch noch da."

Silvia war mit diesem Vorschlag einverstanden.

Wenig später gingen sie auf das Tor zu. Als sie es erreichten, kam ihnen eine, mit Taschen bepackte Frau entgegen, die gerade dabei war, das Tor von innen zu öffnen. Mit schnellen Schritten war Söhlbach am Tor, um es für die Frau aufzuhalten.

„Bitte", sagte er höflich.

„Danke", meinte die Frau lächelnd. „Endlich mal ein Kavalier, der einer Dame die Tür aufhält. Da könnte sich mein Mann eine Scheibe von abscheiden. Er sitzt im Boot, um in aller Seelenruhe seine Logbucheinträge zu erledigen und mich schickt er zum Auto, um unsere Sachen dort einzuladen."

Muisfeld schüttelte den Kopf.

„Sie sollten Ihren Mann mal besser erziehen", sagte sie.

„Ach", seufzte die Frau. „Dafür ist es jetzt zu spät. Danke für das Türaufhalten. Schönen Tag noch."

Dann setzte die Frau ihren Weg fort.

Söhlbach, der immer noch das Tor aufhielt, machte mit der Hand eine weit ausladende Geste. „Bitte einzutreten, liebe Kollegin. Den Hafenmeister brauche wir nicht mehr."

Die beiden gingen nun in die Richtung der Luxusjacht. Eigentlich konnte man ihre Fortbewegung auch als Schlendern bezeichnen, denn sie ließen sich Zeit, um die schönen Jachten zu begutachten, die hier im Hafen lagen. Schließlich standen sie vor dem Boot, an dessen Bug der Name Marinalove zu lesen war.

Söhlbach nahm sein Handy zur Hand.

„Ich werd´ mal nachsehen, was es mit der Bezeichnung Leader, die da seitlich in Großbuchstaben auf dem Schiff steht, auf sich hat. Das muss ja irgendeine Bedeutung haben." Bereits nach kurzer Zeit sagte er: „Hab´ sie schon, Leader 46 steht hier, und ein Foto ist auch dabei. Es ist genau die gleiche Jacht. Hier steht, sie ist fast 15 Meter lang."

In diesem Moment erschien eine etwa dreißigjährige Frau im Heckbereich der Marinalove. Sie blickte die beiden, die dort vor der Jacht standen, fragend an.

„Kann ich Ihnen helfen?", fragte sie.

Die Frau trug einen schneeweißen Jogginganzug. Ihre blonden, kurz geschnittenen Haare zogen sich in kleinen Löckchen bis in ihre Stirn hinunter.

„Darf ich fragen, wer Sie sind?", kam es freundlich aus Söhlbachs Mund.

Die sehr selbstbewusst wirkende Frau stutzte einen Moment.

„Darf ich fragen, wer Sie sind?", kam ihre Gegenfrage. Jetzt hörte man deutlich ihren Dialekt heraus, ein Dialekt, der auf die Herkunft aus dem Bereich der ehemaligen Sowjetunion hinwies.

„Oh, Entschuldigung", sagte Söhlbach und hielt seinen Dienstausweis hoch. „Mein Name ist Söhlbach und das ist meine Kollegin Frau Muisfeld. Wir sind von der Polizei."

Die Frau mit den blonden Löckchen zögerte einen Augenblick. Dann sagte sie: „Sie wissen, dass Sie einen Durchsuchungsbeschluss brauchen, wenn Sie an Bord wollen, oder?"

„Wir möchten uns nur gerne mit Ihnen unterhalten", griff nun Silvia in das Gespräch ein.

„Warum?"

„Sind Sie Virgin oder Tatjana?", hakte die Kommissarin nach.

Jetzt wurde die Frau im Jogginganzug unsicher.

„Wie?", kam es überrascht aus ihrem Mund. „Woher wissen Sie..."

Mehr bekam sie nicht heraus. Man merkte, dass es in ihrem Gehirn arbeitete.

Muisfeld hielt der Frau das Foto der Toten vom Boot hin.

„Svetlana", sagte die Frau leise. „Was ist mit ihr?"

„Ich denke es ist besser, wenn wir mal zu Ihnen an Bord kommen dürften", schlug Söhlbach vor. „Da können wir besser reden."

Die Angesprochene nickte. „Kommen Sie."

Als Silvia und Sven das Boot betreten hatten, stach ihnen sofort die breite, mit weißem Leder bezogene Liege in die Augen, die im offenen Heckbereich dominierte.

Die Frau im Jogginganzug verschwand durch eine Tür, die unmittelbar neben der Liege in den Innenraum führte.

Die beiden folgten ihr und betraten einen luxuriös ausgestatteten Raum. Die großen Fenster zu beiden Seiten machten ihn zu einer lichtdurchfluteten Wohlfühl-Oase. Zwischen weißen Regalwänden im hinteren Bereich war eine geschlossene Tür.

„Setzen Sie sich", sagte die Frau und deutete auf eine ebenfalls schneeweiße, lederne Sitzgruppe.

„Wow", konnte sich Söhlbach nicht verkneifen. „Von außen gesehen hätte ich nicht gedacht, dass es hier drin so geräumig ist."

Als sie Platz genommen hatten, sah die blondgelockte Frau sie fragend an. Erst jetzt fielen den beiden die tiefen Narben im Gesicht der Frau auf. Eine Narbe zog sich von der rechten Kinnseite bis zur Unterlippe und eine weitere verlief schräg über die Nase. Man erkannte, dass diese Narben noch nicht alt waren.

„Was ist mit Svetlana?", fragte die Frau.

„Darf ich zuerst wissen, wer Sie sind?", fragte Muisfeld.

„Mein Name ist Tatjana."

„Haben Sie auch einen Nachnamen?"

„Schulz, ich heiße Tatjana Schulz. Und jetzt sagen Sie mir endlich, was mit Svetlana ist."

„Sie ist tot", teilte Silvia ihr mit.

Die Frau, die bis jetzt noch gestanden hatte, ließ sich langsam auf einen weißen Ledersessel nieder. Sie schluckte und schüttelte ungläubig den Kopf.

„Wie ist das passiert?", kam es leise aus ihrem Mund.

„Sie wurde ermordet."

Tatjana Schulz starrte ins Leere.

Muisfeld wartete noch einen Moment, damit sich die Frau, die sichtlich geschockt vor ihr saß, etwas sammeln konnte.

Dann fragte sie: „Wie hieß Svetlana denn mit vollem Namen?"

„Svetlana Sarow."

„Dem Namen nach kam sie nicht aus Deutschland", stellte Söhlbach fest. „Können Sie uns etwas über ihre Herkunft sagen?"

„Svetlana kam, genau wie ich, aus Weißrussland. Wir haben aber deutsche Pässe."

Sie sprach sehr langsam und leise.

„Kennen Sie jemanden, der Svetlana so sehr gehasst hat, dass er sie umbringen würde?", wollte Sven wissen.

Die angesprochene Frau starrte vor sich hin und schwieg.

„Haben Sie meine Frage verstanden?", hakte Söhlbach nach.

Tatjana nickte kurz und schüttelte danach den Kopf.

„Nein. Wer sollte so etwas tun? Sie war überall sehr beliebt."

In dem Moment öffnete sich die Tür zwischen den Regalwänden.

Eine junge Frau, bekleidet mit einem weißen, seidenen Kimono betrat den Raum.

„Oh", sagte sie überrascht und schob ihren langen, rotbraunen Haare nach hinten über die Schultern. „Wir haben Besuch."

Sie sprach leise. Ihrer Stimme konnte man einen Hauch Schüchternheit entnehmen. Das Gesicht der Frau war sehr anmutig. Auch wenn die Lippen etwas zu schmal und die Nase etwas zu klein wirkten, sie war eine echte Schönheit. Ein eng um die Hüften gelegter Stoffgürtel betonte ihre außergewöhnlich schlanke Taille.

„Die Herrschaften sind von der Polizei", sagte Tatjana.

„Von der Polizei?", kam es fast flüsternd aus dem Mund der Frau, die gerade den Raum betreten hatte. „Was ist passiert?"

„Darf ich fragen, wer Sie sind?", sprach Silvia sie an.

„Ich bin Virgin", hauchte sie.

Nun ergriff Tatjana das Wort: „Svetlana ist tot. Sie wurde ermordet."

Die Frau im Kimono blickte Muisfeld und Söhlbach ungläubig an. „Sagen Sie, dass das nicht wahr ist."

„Tut uns leid", sagte Silvia. „Es ist leider wahr."

Als die Frau das hörte, schossen ihr dicke Tränen in die Augen, die zu beiden Seiten über die sanfte Haut ihrer Wangen hinab rollten. Für einen Augenblick schien sie zu wanken, doch sie fing sich wieder. Sie schluchzte laut los, drehte sich um und verließ den Raum durch die Tür, durch die sie gekommen war.

„Svetlana war ihre beste Freundin", meinte Tatjana. „Sie haben sich geliebt und waren wie zwei Schwestern zueinander."

„Wir wurden gerade unterbrochen", sagte Muisfeld. „Können Sie sich wirklich niemanden vorstellen, der einen Grund dafür hätte, sich an Svetlana für irgendetwas zu rächen"

„Ich sagte Ihnen doch schon, dass es kein Mensch gab, der etwas gegen sie hatte. Im Gegenteil, sie war überall sehr beliebt."

„Wir vermuten, dass ihr Tod irgendetwas mit ihrem Gewerbe hier auf dem Boot zu tun hat."

„Sie glauben doch nicht etwa, dass einer ihrer Gäste sie getötet hat. Svetlana war zu all ihren Gästen immer äußerst zuvorkommend. Es hat sich noch niemand über sie beschwert, ganz im Gegenteil, sie war bei ihren Gästen so beliebt, dass sie keinen einzigen Besuchstermin mehr frei hatte."

„Vielleicht war es ja ein Mann", vermutete Muisfeld, „der wütend auf sie war, weil sie ihm keinen Besuchstermin gegeben hat."

„Der Kreis ihrer Gäste war beschränkt. Svetlana hatte von Anfang an immer die gleichen Gäste, alles Stammgäste und es kam kein neuer dazu."

„Ich bin neugierig", sagte Silvia. „Werden Ihre Gäste hier in diesem Raum empfangen oder laufen Ihre, ich sag mal Geschäfte, woanders ab?"

„Unsere Gäste werden tatsächlich hier empfangen. Hier plaudern wir miteinander und trinken ein Gläschen zusammen. Das ist alles sehr familiär. Zur Unterhaltung gehen die Gäste schließlich mit ihrer Auserwählten nach unten."

„Nach unten?"

„Ja, unten im Boot sind drei wunderschön eingerichtete Schlafräume. Jede von uns hat ihren eigenen Bereich. Als wir die Jacht gekauft hatten, gab es unten zwei Schlafräume und eine Küche. Wir haben das Boot dann für unsere Zwecke umbauen lassen." Nun wurden auch ihre Augen feucht. „Svetlanas Raum wird nun für immer leer sein. Virgin wird das nicht verarbeiten können."

„Virgin", sagte Muisfeld. „Virgin hat doch bestimmt auch einen richtigen Namen."

„Ihr bürgerlicher Name ist Anna Müller. Wer will schon mit einer Anna Müller, na, Sie wissen schon. Svetlana und ich hatten uns den Namen Virgin für sie ausgedacht und sie hatte ihn gerne angenommen. Virgin, die Jungfrau, dieser Name kommt auch bei ihren Gästen gut an."

In diesem Moment öffnete sich wieder die Tür und die Frau, über die sie gerade geredet hatten, trat ein.

Auch wenn ihr Gesicht vom Weinen gerötet war, es konnte nichts vom Liebreiz ihrer wunderschönen Gesichtszüge nehmen.

Tatjana stand auf, ging zu ihr und nahm sie in den Arm.

„Mein armer Schatz", sagte sie.

Dann ließ sie wieder von ihr ab.

Nun wandte sich Muisfeld an die Frau.

„Wenn es Ihnen nichts ausmacht", sagte sie, „würden wir Ihnen gerne ein paar Fragen stellen."

„Fragen Sie." Virgins Stimme klang, wie vorhin schon, sehr zurückhaltend. Scheinbar war diese sachte Art zu sprechen für sie normal.

„Können Sie sich jemanden vorstellen, der Svetlana umbringen wollte? Hatte sie in der letzten Zeit mit irgendjemandem Streit?"

„Nein", antwortete sie leise.

Die Frau, die sich Virgin nannte, wirkte wie ein scheues Reh. Hätte Muisfeld nicht gewusst, welchem Gewerbe sie nachgeht, hätte sie Virgin, oder besser gesagt Anna Müller, als Frau eingestuft, die sich grundsätzlich zurückhaltend in der letzten Reihe aufhält. Silvia hatte aber auch ihr beneidenswert gutes Aussehen registriert. Svetlana Sarow, die tot im Ruderboot gelegen hatte, war schon eine außergewöhnliche Schönheit, aber diese Virgin übertraf sie noch um Längen. Silvia dachte daran, dass die Männer einer solchen Frau, auch wenn sie noch so schüchtern und zurückhaltend wirkte, zu Füßen liegen mussten.

Tatjana Schulz riss sie aus ihren Gedanken.

„Sagen Sie mal, Frau Kommissarin, Sie haben doch vorhin gesagt, dass Sie glauben, dass Svetlanas Tod etwas mit diesem Boot hier zu tun hat. Warum glauben Sie das?"

„Es hat damit zu tun, wie wir die Tote vorgefunden haben. Sie lag nackt in einem Ruderboot."

„In einem Ruderboot?"

„Ja. Das Boot mit ihr trieb mitten auf dem Wambachsee."

„Mein Gott", sagte Tatjana leise. „Wer macht denn so etwas?" Sie schüttelte den Kopf. „Aber was soll das mit der Jacht zu tun haben?"

„Wir vermuten, der Täter wusste, dass sie hier im Boot, also quasi auf dem Wasser gearbeitet hat und deshalb wollte der Täter, dass ihr toter Körper auch auf dem Wasser gefunden wird."

„Ich weiß wirklich nicht, wer so etwas..." Tatjana brachte den Satz nicht zu Ende. „Da fällt mir ein, dass wir in der letzten Zeit das Gefühl hatten, beobachtet zu werden. Da war so eine Frau. Mal stand sie oben am Kai, mal stand sie auf der Brücke und mal stand sie auf der anderen Seite des Hafenkanals. Wir konnten durch unsere Fenster

74

von der Jacht aus ganz deutlich sehen, dass sie zu unserem Boot gestarrt hatte."

„Meinst du die Rothaarige?", sagte Virgin zu ihrer Kollegin.

„Ja, die meine ich."

„Die hatte vorgestern sogar das Gelände der Marina betreten", berichtete Virgin. „Ich habe gesehen, wie sie vor unserem Boot stand und versucht hatte, hinein zu gucken. Als sie mich bemerkt hatte, ist sie schnell davon gelaufen."

Söhlbach sah Virgin beeindruckt an. Ihre sanfte Art zu sprechen, fesselte ihn.

„Was für eine Frau war das denn?", fragte er.

„Eine Fremde. Wir kennen sie nicht."

„Können Sie uns die Frau beschreiben?"

„Sie hatte ein helles Oberteil an", sagte Virgin. „Ein T-Shirt? Eine Bluse? Ganz genau weiß ich es nicht mehr, weil ich nicht darauf geachtet habe. Die Frau hatte feuerrote Haare, und sie war dünn, sehr dünn."

Sven wandte sich an Tatjana.

„Können Sie uns diese Frau näher beschreiben?"

„Nein. Ich kann mich nur an die feuerroten Haare erinnern, weil die schon von Weitem aufgefallen sind. Ihre Haare waren so wuschelig. Verstehen Sie, die Haare standen ab."

„Das stimmt", bestätigte Virgin. „Sie sah dieser Zeichentrickfigur sehr ähnlich, diesem Pumuckl."

„Svetlana hatte doch bestimmt eine Gästeliste", sagte Muisfeld. „Die würden wir uns mal gerne anschauen."

„Es gibt keine Gästeliste", klärte Tatjana sie auf. „Sie hatte alle Kontakte auf ihrem Handy gespeichert, und das Handy hatte sie immer bei sich."

„Können Sie sich denn noch daran erinnern, wer ihr letzter Gast war?"

Tatjana schüttelte den Kopf. „Keine Ahnung. Ich war gestern den ganzen Tag unterwegs."

„Ich weiß aber, mit wem sie gestern zusammen war", sagte Virgin. „Gestern um die Mittagszeit war Uwe bei ihr zu Gast."

„Uwe", wiederholte Muisfeld. „Kennen Sie zufällig seinen ganzen Namen?"

„Ja, aber ich möchte ihn nicht verraten." Sie sprach nach wie vor sehr zurückhaltend und leise."

„Es geht darum, den Mord an Ihrer Freundin aufzuklären", sagte Silvia. „Warum wollen Sie uns den Namen nicht verraten?"

„Weil Uwe nicht nur der Gast von Svetlana war. Er ist auch regelmäßig Tatjanas und auch mein Gast."

Sven Söhlbach hatte Virgin die ganze Zeit über fasziniert angeschaut. Das war auch seiner Kollegin nicht entgangen.

Nun aber ergriff er das Wort:

„Hören Sie zu, Virgin. Wir werden das alles mit Vertrauen behandeln und niemand wird erfahren, dass dieser Uwe Gast auf Ihrer Jacht war. Bitte sagen Sie uns, wo wir ihn finden."

Sie schüttelte kurz den Kopf. „Das darf ich nicht." Virgins Stimme klang nun noch leiser. „Uwe ist verheiratet."

„Wir können diesen Uwe zu einer Zeugenaussage auf unser Revier einladen, ohne dass seine Frau dabei ist. Es wäre möglich, dass Uwe bei seinem letzten Besuch den Mörder gesehen hat. Verstehen Sie, Virgin, Uwe könnte ein wichtiger Zeuge sein, der den Mörder Ihrer Freundin entlarven könnte. Sie wollen doch auch, dass wir den Täter finden, oder?"

Silvia wunderte sich über die Zurückhaltung ihres Kollegen. Normalerweise ging Sven mit den Leuten anders um, wenn es darum ging, sie zu einer Aussage zu bewegen.

Virgins Antwort war ein erneutes Kopfschütteln. „Ich könnte es nicht mit meiner Ehre vereinbaren, einen unserer Gäste zu verraten." Sie senkte ihren Blick zu Boden. „Tut mir leid", hauchte sie.

„Hatte Svetlana Angehörige, die benachrichtigt werden müssen?", fragte Muisfeld?

„Nein", antwortete Tatjana. „Svetlana und ich sind beide in einem Heim in Weißrussland aufgewachsen. Unsere leiblichen Eltern haben wir nie kennengelernt."

Silvia erhob sich.

„Sollte Ihnen noch irgendetwas einfallen, egal, ob Sie es für unwesentlich halten, dann melden Sie sich bitte bei uns. Es ist möglich, dass Sie eventuell vorgeladen werden, um die Tote zu identifizieren."

Sven war auch aufgestanden. Er reichte Virgin seine Karte.

„Falls Sie es sich doch noch anders überlegen", sagte er, „und uns den Namen von diesem Uwe nennen möchten, können jederzeit anrufen."

Dann verabschiedeten sich die beiden und verließen das Schiff.

Während sie den Steg entlang gingen, schwiegen sie.

„Meinst du", unterbrach Muisfeld das Schweigen „ich habe nicht bemerkt, wie du diese Virgin angestarrt hast?"

„Hab ich das? Mir ist halt aufgefallen, dass sie ganz genau die gleiche Haarfarbe hat, wie du."

„Für wie blöd hältst du mich, Sven? Ich kenn´ dich lange genug, um deinen Gesichtsausdruck deuten zu können.

Diese Virgin hat dich fasziniert. Das kannst du ruhig zugeben. Allein die Art, wie du mit ihr geredet hast, war schon verdächtig. So umsichtig und zurückhaltend redest du normalerweise nicht mit Zeugen. Aber ich kann dich verstehen, denn so eine Schönheit sieht man nicht alle Tage. Bist schließlich auch nur ein Mann."

„Okay, ich gebe es zu. Diese Frau hat mich beeindruckt. Ich kann mich nicht daran erinnern, jemals eine so gut aussehende Frau gesehen zu haben, nicht mal in irgendwelchen Zeitschriften. Aber es ist nicht nur ihr Aussehen, es ist auch dieses sanftmütige Wesen. Ja, ich gebe zu, sie hat einen tiefen Eindruck bei mir hinterlassen."

„Du hast dich auf Anhieb in sie verguckt, oder?"

„Quatsch. Virgin ist eine außergewöhnlich tolle Frau, aber sie ist leider im falschen Gewerbe tätig und so etwas geht gar nicht. Ich denke, du weißt selbst, dass ich mich auf so etwas niemals einlassen würde."

Silvia grinste.

„Also", sagte sie, „Wenn ich ein Mann wäre und so ein Rasseweib würde mir schöne Augen machen, könnte ich nicht widerstehen, egal welches Gewerbe sie ausübt."

„Du bist aber kein Mann."

Als die beiden den Jachthafen verlassen hatten, schaute Silvia auf die Uhr.

„Ist mal wieder spät geworden", sagte sie. „Feierabend für heute."

„Und was machst du heute noch?", fragte Sven sie.

„Ich werde gleich mit Mama unterwegs sein. Wir werden zusammen zum Friedhof fahren, um das Grab von Papa zu gießen, und wenn wir zurück sind, werde ich mich in den Garten setzen und ein gutes Buch lesen."

Silvia und Sven hatten etwas Gemeinsames. Ihre Väter lebten nicht mehr und ihre Mütter waren allein, bekamen aber von ihren beiden Kindern jegliche Hilfe, die bei älteren Herrschaften manchmal nötig war.

Während Sven eine kleine Wohnung für sich alleine hatte, lebte Silvia gemeinsam mit ihrer Mutter noch in ihrem Elternhaus.

„Und was hast du für heute noch geplant?", wollte Silvia von ihrem Kollegen wissen.

„Ich habe ja leider keinen Garten, in den ich mich setzen kann. Wenn ich ehrlich bin, dann habe ich überhaupt noch keinen Plan. Aber mir wird schon etwas einfallen."

Die beiden stiegen schließlich in ihren Dienstwagen und fuhren zum Präsidium zurück. Dort parkten ihre eigenen Autos, mit denen sie nach Hause fuhren.

*   *   *

Sven Söhlbach saß zuhause auf dem Sofa.

Soeben hatte er in seiner TV-Zeitschrift entdeckt, dass in einer halben Stunde ein Dokumentarfilm über einen Kakteengarten laufen soll. Diese Doku wollte er sich anschauen, denn er mochte Kakteen.

Auf seiner breiten Schlafzimmerfensterbank standen einige Töpfe und kleine Blumenkästen, in denen Kakteen wuchsen. Söhlbach hatte es auch schon mit anderen Zimmerpflanzen versucht, aber diese waren meistens eingegangen, weil er kein Händchen dafür hatte, genauer gesagt, weil er einfach vergessen hatte, sie regelmäßig zu gießen. Die einzige Pflanze, die sich hielt, war ein Kaktus, den er vor acht Jahren zu seinem dreißigsten Geburtstag geschenkt bekommen hatte. Die Kollegen hatten damals zusammen geschmissen, um ihm Geld zu schenken. Der Kaktus war eigentlich nur eine Beigabe. Die Kollegen hatten diesen Kaktus gekauft, weil er besonders lange Stacheln hatte. Dann hatten sie das Geldgeschenk, alles Fünfeuroscheine, auf die Stacheln aufgespießt. Das Ganze war in eine Klarsichtfolie verpackt und mit Schleifen verziert worden. Das Geld hatte Sven damals schnell ausgegeben, aber den stacheligen, fast kugelrunden Kaktus, hatte er immer noch. Sven wusste mittlerweile auch, dass diese Kaktusart im Volksmund als Schwiegermutterstuhl bezeichnet wird.

Nach und nach hatte er sich noch ein paar Kakteen dazu gekauft. Ein paar Exemplare seiner Kakteensammlung hatte er von Kollegen bekommen, weil diese auf den Fensterbänken ihrer Büros irgendwann im Weg gestanden hatten.

Sven mochte Kakteen, weil es so pflegeleichte Zeit-genossen waren und wenn, wie heute, im Fernsehen eine Sendung darüber lief, schaute er sie mit Begeisterung an. Trotzdem war seine Freude auf diese Sendung heute irgendwie gedämmt. Er musste immer wieder an die wunderschöne Frau auf der Jacht denken. So eine beeindruckende Frau wie diese Virgin war ihm noch nie begegnet.

Sven sah sie immer wieder vor sich. Er sah ihr zartes, anmutiges Gesicht und er hörte ihre unglaublich sanfte Stimme. Je mehr er über sie nachdachte, desto mehr wurde ihm bewusst, dass es auch Virgins Wesen war, das ihn so faszinierte, diese bedächtige Zurückhaltung, die schon fast eine Art Hilfsbedürftigkeit ausstrahlte.

Was für eine Frau, ging es ihm durch den Kopf.

Innerlich wusste er, dass es lächerlich war, sich über diese Frau Gedanken zu machen. Deshalb versuchte er, ganz nüchtern darüber nachzudenken, warum er von ihr so beeindruckt war. Er dachte daran, dass ihm vielleicht auch das Umfeld dieser Frau so imponiert hatte, diese schneeweiße Jacht mit ihrer luxuriösen Ausstattung. Er überlegte kurz, was so ein traumhaftes Schiff wohl kosten würde. *Fünfhunderttausend? Eine Million?* Dann dachte er daran, woher das viele Geld stammte, mit dem sich die Damen so einen Luxus gönnten.

Es sind Nutten. Edelnutten. Auch Virgin ist nichts anderes, als eine Nutte.

Im nächsten Moment überkam ihn das Gefühl, sich schämen zu müssen, weil er so eine Frau wie Virgin in seinen Gedanken als Nutte bezeichnet hatte. Obwohl ihm bewusst war, dass Virgin sich von Männern bezahlen ließ, um mit ihnen ins Bett zu steigen, wollte er es innerlich nicht wahrhaben.

Er griff zu seiner Fernbedienung, um den Fernseher einzuschalten.

Denk´ an `was anderes, versuchte er sich abzulenken. *Sie ist es nicht wert, dass ich mir Gedanken über sie mache. Sie ist eine Prostituierte. Wie viele Männer mögen schon über sie gestiegen sein? Hundert? Oder mehr?*

In dem Moment, als er sein TV-Gerät einschalten wollte, klingelte sein Handy.

Er nahm das Gespräch entgegen. Als er hörte, wer ihn da anrief, atmete er für einen Moment tief durch. Es war die Frau, über die er gerade noch intensiv nachgedacht hatte.

„Störe ich Sie?", vernahm er ihre sanfte Stimme.

„Nein, wieso?"

„Ich möchte, dass Sie Svetlanas Mörder finden. Deshalb werde ich Ihnen Uwes vollständigen Namen nennen und Ihnen sagen, wo sie ihn finden."

Sie redete so leise und zurückhaltend, dass es fast schon demütig klang.

Söhlbach schluckte.

„Moment", sagte er. „Ich hole einen Block, damit ich es aufschreiben kann."

„Nein, Sie brauchen nichts aufschreiben. Ich werde ihnen den Namen am Telefon nicht sagen. Das mache ich nur in einem Gespräch unter vier Augen. Deshalb möchte ich mich mit Ihnen treffen."

„Soll ich zu Ihnen auf die Jacht kommen?"

„Nein. Das möchte ich nicht. Außerdem bin ich unterwegs. Das mit Svetlana hat mich sehr mitgenommen. Da habe ich mich ins Auto gesetzt und bin zum Wambachsee gefahren. Ich wollte mir den Ort anschauen, an dem man sie gefunden hat. Jetzt bin ich aber wieder auf dem Rückweg. Können wir zwei uns nicht bei Ihnen treffen oder geht das nicht, weil Sie nicht alleine sind?"

„Bei mir?" Sven schluckte. „Ich bin schon alleine, aber…"

Virgin fiel ihm ins Wort: „Dann sagen Sie mir doch bitte, wo Sie wohnen, damit ich mein Navi programmieren kann. Ich hoffe, es ist nicht allzu weit, weil ich grundsätzlich nicht über die Autobahn fahre. Diese Geschwindigkeit dort macht mir Angst. Auch jetzt fahre ich durch die Stadt. Über die A59 wäre es schnell gegangen, aber ich bin über den Kalkweg gefahren. Im Moment fahre ich über die Düsseldorfer Straße in Richtung Innenstadt."

„Düsseldorfer Straße?", wiederholte Sven. „Wo sind Sie dort?"

„Noch ganz am Anfang. Ich bin gerade erst eingebogen."

Söhlbach hielt für einen Moment die Luft an. Ihm war bewusst, dass sie bereits ganz in seiner Nähe war. Wie von ganz alleine sprudelte es aus ihm heraus. Er nannte ihr seine Adresse und sagte ihr, dass sie schon fast bei ihm sei und was das doch für ein toller Zufall war.

„Das ist ja schön. Bis gleich", hauchte sie ins Telefon.

Damit war das Gespräch beendet.

Jetzt erst wurde Sven bewusst, was er sich da gerade aufgeladen hatte.

Scheiße! Sie kommt. Er blickte sich um. *Nichts ist hier aufgeräumt. Scheiße.*

Er stand auf und begann damit, hektisch die Klamotten zusammen zu räumen, die er auf der Couch deponiert hatte. Nun wurde ihm zum ersten Mal bewusst, wie viele Dinge auf so einem großen Ecksofa Platz fanden. Danach nahm er die Zeitschriften, die Tassen und die Gläser vom Tisch.

Scheiße, dachte er wieder. *Hoffentlich verfährt sie sich ein paar Mal, bevor sie hier ankommt. Oh man, wie das hier aussieht.*

Er lief hastig hin und her und ließ dabei keinen Raum seiner kleinen Wohnung aus.

Als plötzlich die Türklingel ertönte, wurde er noch nervöser.

Sie ist schon da.

Söhlbach wurde immer aufgeregter. Er verstand sich selbst nicht mehr. Eigentlich konnten ihn nichts und niemand aus der Fassung bringen. Allein schon aus beruflichen Gründen hatte er es gelernt, immer cool zu bleiben und die Ruhe zu bewahren. Es gehörte zu seinen Stärken, immer überlegt zu reagieren und sich jeder Situation sofort anzupassen.

Er wusste selbst nicht, warum sein sonst so klarer Kopf mit einem Mal aussetzte.

Dann stand sie vor der Tür.

Er öffnete und bat sie freundlich herein.

Die Frau schenkte ihm ein scheues Lächeln. Scheinbar liebte sie die Farbe Weiß, denn sie trug ein weißes, kniefreies Kleid aus einem hauchdünnen Stoff. Dieses Kleid hatte weder Knöpfe, noch einen Reißverschluss. Es glich einem Kimono, welcher von einem breiten, vorne verknoteten Stoffgurt, der die außergewöhnlich schlanke Taille betonte, verschlossen war.

Sven wies auf sein Sofa.

„Setzen Sie sich", forderte er sie auf und wunderte sich selbst darüber, dass er vor Aufregung nicht stotterte.

„Darf ich Ihnen etwas zu trinken anbieten", fragte er, nachdem sie Platz genommen hatte.

„Was können Sie mir denn anbieten?", fragte sie.

Söhlbach merkte, wie seine Aufregung langsam wich.

„Champagner habe ich leider nicht da", antwortete er und lächelte.

„Ich möchte auch nichts Alkoholisches", sagte sie. „Mir reicht ein Glas Wasser."

„Mit oder ohne Kohlensäure? Ich habe beides da."

„Mit", sagte sie mit ihrer besinnlich klingenden Stimme. „Ein wenig prickeln darf es schon."

Sven begab sich in die Küche, um das gewünschte Getränk aus dem Kühlschrank zu holen.

Mein Gott, ging es ihm durch den Kopf, *Ich kann´s nicht glauben. Sie sitzt tatsächlich bei mir im Wohnzimmer.* In diesem Moment schrillten in seinem Inneren die Alarmglocken. *Bleib jetzt ganz ruhig*, sagte er zu sich selbst, *Denk immer daran, wer sie ist und was sie macht.*

Er atmete einmal tief durch und ging dann zurück ins Wohnzimmer. Nachdem er das Getränk vor ihr auf den Tisch gestellt hatte, setzte er sich rechts von ihr, seitlich auf das Ecksofa.

„Danke", sagte sie und trank einen Schluck.

Auch wenn sich Svens anfängliche Aufregung nun deutlich gelegt hatte, die Tatsache, dass die mit Abstand aufregendste Frau, die ihm je begegnet war, nur im Abstand von einem Meter vor ihm auf seinem Sofa saß, überwältigte ihn.

Er sah sie auffordernd an.

„Dann erzählen Sie doch mal", sagte er.

„Der Mann, um den es geht, heißt Uwe Sommer. Für ihn steht viel auf dem Spiel und deshalb müssen Sie das alles sehr vertraulich behandeln."

„Ich verstehe. Weil er verheiratet ist."

„Auch deswegen. Uwe hat einen leitenden Posten mit Vorbildcharakter. Hauptberuflich sitzt er in der Chefetage eines weltweit vertretenen Unternehmens. Nebenbei sitzt er aber auch noch in einigen Aussichtsräten."

Sven nickte. „Dann kann ich verstehen, dass Sie seinen Namen nicht nennen wollten."

„Ich weiß zwar nicht genau, was Sie von Uwe wollen und was er gesehen haben könnte, aber als er gestern mit Svetlana auf der Marinalove war, war ich auch da. Ich hatte mich die ganze Zeit über auf dem Deck aufgehalten, hatte auf der breiten Liege gelegen und etwas gelesen. Als Uwe gegangen ist, hatte er sich noch bei mir verabschiedet. Kurze Zeit später war auch Svetlana zu mir auf das Deck gekommen. Wir hatten dort noch sehr lange zusammen gesessen. Svetlana wollte dann noch gemeinsam mit mir in die Stadt gehen, um sich ein neues Parfüm zu kaufen, doch ich hatte keine Lust dazu. Dann ist sie alleine gegangen."

„Wissen Sie noch, wann das war?"

„Nein, ich hatte nicht auf die Uhr geschaut. Es war aber noch hell. Irgendwann bin ich dann ins Bett gegangen. Als ich heute Morgen wach geworden bin und gesehen habe, dass Svetlana nicht da ist, habe ich mir nichts dabei gedacht, denn sie geht oft morgens alleine joggen. Uwe hat mit dem Verschwinden von Svetlana nicht das Geringste zu tun. Meinen Gästen vertraue ich blind", sagte Virgin in ihrer typisch leisen Tonlage. Ich mag Uwe. Er gehört schon viele Jahre zu unseren Gästen. Ob Sie es glauben oder nicht, Uwe würde mich von der Stelle weg heiraten."

Als sie das sagte, lächelte sie und in Svens Augen ließ dieses Lächeln ihr Gesicht zu einem Engelsgesicht werden.

Wenn sie lächelt, ist sie noch hübscher.

Schnell konzentrierte er sich wieder auf das, was sie gerade gesagt hatte.

„Er würde Sie heiraten?", fragte er. „Ich denke, er ist verheiratet."

„Ja, das ist er auch, aber für mich würde er sich auf der Stelle scheiden lassen. Ich vertraue Ihnen, Herr Söhlbach. Deshalb plaudere ich jetzt mal aus dem Nähkästchen. Er sagt, dass er sich unsterblich in mich verliebt hat."

„Und Sie haben seinen Heiratsantrag abgelehnt, weil sie seine Ehe nicht zerstören wollen", folgerte Sven.

„Nein, ich möchte ihn nicht heiraten, weil er nicht der Richtige für mich ist."

„Aber er scheint doch sehr wohlhabend zu sein."

„Eine Luxusvilla, eine Garage voller Nobelkarossen und Millionen auf dem Konto sind für mich kein Grund, jemanden zu heiraten. Sie glauben gar nicht, wie viele meiner Gäste mir schon ihre Liebe zu mir gestanden und mir so einen Antrag gemacht haben. Es ist schon erstaunlich, dass sie mich wollen, obwohl sie wissen, dass ich eine käufliche Frau bin." Ihr Blick war für einen Moment auf den Boden gerichtet, so, als würde sie sich schämen. „Und glauben Sie mir, Herr Söhlbach, das waren nicht nur ältere Herren."

Sven war in diesem Moment sprachlos. Er wusste nicht, was er dazu sagen sollte. Ja, er hatte sogar Angst, etwas Falsches zu sagen, was sie verletzen könnte.

„Entschuldigen Sie, Herr Söhlbach, dass ich so offen zu Ihnen bin, aber wie ich schon sagte, habe ich das Gefühl, dass ich Ihnen mein Vertrauen schenken kann."

„Was ist mit Ihren Gästen?", fand Sven seine Sprache wieder. „Denen müssten Sie doch auch vertrauen können. Ich dachte immer, dass..." Er brach den Satz ab, denn beinahe wäre ihm das Wort Prostituierte herausgerutscht, und so wollte er sie nicht nennen. „Ich dachte", begann er den Satz wieder neu, „dass Sie mit Ihren Gästen auch über private Dinge reden."

Virgin hatte sofort gemerkt, dass er eigentlich etwas anderes sagen wollte.

„Warum haben Sie nicht ausgesprochen, was Sie denken", sagte sie. „Sie wollten doch eigentlich sagen, dass Nutten mit ihren Gästen reden."

„Nein!". Sven schüttelte den Kopf. „So wollte ich das nicht sagen."

„Was wollten Sie denn sagen?"

Söhlbach atmete tief durch.

„Prostituierte", gab er zu.

„Und warum haben Sie das nicht gesagt? Es war doch sehr treffend. Ich bin eine Prostituierte."

Sie sah ihn an und ihre Blicke trafen sich. In diesem Moment war von ihrer bisher so zurückhaltenden Art nichts mehr zu spüren. Sie schaute ihm fest in die Augen.

„Was meine Gäste angeht", sagte sie, „erfahre ich sehr viel über sie. Da sie mir vertrauen, weiß ich nahezu alles über sie, denn sie berichten mir von ihren Jobs und erzählen viel über ihre Familien. Über mich wissen meine Gäste allerdings so gut wie gar nichts. Sie sollen sich bei mir wohlfühlen und gut gelaunt wieder nach Hause gehen. Deshalb hüte ich mich davor, ihnen etwas über mein nicht immer so prickelndes Leben zu erzählen, denn das würde sie runterziehen." Sie atmete tief durch. „Svetlana war die Einzige, die alles über mich wusste, und sie war die Einzige, der ich immer alles anvertraut hatte."

Während sie erzählte, hatte Sven das Gefühl, von ihrer zarten Stimme sanft berieselt zu werden.

„Ist Ihr Leben so schlimm, dass es Ihre Gäste runterziehen würde?", fragte er. „Das kann ich mir bei Ihrem Lebensstandard nicht vorstellen."

„Seitdem ich auf dieser Jacht bin, hat sich meine Lage drastisch verbessert. Ich bin absolut selbstständig und kann mir meine Gäste aussuchen. Das war nicht immer so. Tatjana, Svetlana und ich haben eine Zeit lang in einem Haus an der Charlottenstraße gearbeitet. Das Haus gehörte zwei Männern und wir konnten dort Zimmer anmieten. Als diese Männer merkten, dass wir drei besonders gute Geschäfte machten und besonders viele Gäste hatten, war die Miete für diese Zimmer um das Doppelte gestiegen. Hinzu kam, dass die beiden Besitzer des Hauses im Eingangsbereich ein Büro hatten. Jeder Besucher musste durch dieses Büro gehen. Von dort aus wurden die Gäste dann auf die entsprechenden Zimmer geschickt. In diesem Büro wurde den Gästen auch eine Vermittlungsgebühr abgenommen. Es war für uns keine schöne Zeit, denn wir mussten alle Gäste empfangen, die hinaufgeschickt wurden. Es ist nicht angenehm, wenn man total betrunkene oder ungewaschene Männer empfangen muss. Er gab Typen, die dermaßen gestunken haben, als wenn sie sich ein halbes Jahr nicht mehr gewaschen hätten. Sie glauben nicht, wie ekelhaft das war, und dennoch wurden wir dazu gezwungen, sie zu empfangen."

„Sie wurden gezwungen?", fragte Sven. „Wer hat Sie denn dazu gezwungen?"

„Die beiden Hausbesitzer. Sie haben uns damit gedroht, uns sofort auf die Straße zu setzen, wenn wir nicht jeden Kunden bedienen."

„Hätten Sie sich denn nicht woanders Zimmer anmieten können?"

„Nein. Zu dieser Zeit war alles belegt und es gab genug Frauen, die nur darauf warteten, dass ein Zimmer frei wird, um es anzumieten."

„Und Sie haben nicht ein einziges Mal daran gedacht, alles hinzuschmeißen?"

„Das ist alles so einfach gesagt. Natürlich hatte ich schon daran gedacht, aber dann hätte ich mittellos auf der Straße gestanden."

Virgin erhob sich von dem Sofa.

„Entschuldigung", sagte sie zu Sven. „Dieses Kimonokleid schnürt mir alles ab, wenn ich sitze. Ich muss es mal etwas lockerer binden."

Sie löste den Knoten, der den Stoffgurt stramm um ihre Taille hielt. Dann zog sie das vorne zusammengelegte Kleid etwas auseinander. „So ist es angenehmer", meinte sie und knotete den nun gelockerten Gurt wieder zu.

„Sie schauen so interessiert, Herr Söhlbach", sagte sie. „Gefällt Ihnen das Kleid?" Dabei drehte sie sich einmal um ihre eigene Achse, damit Sven es von allen Seiten sehen konnte."

„Ja", antwortete Sven verdutzt und betrachtete das aus einem hauchdünnen Stoff bestehende Kleidungsstück, welches Virgins Körper nun ganz locker bedeckte. „Ja. Es ist sehr schön."

Sie trägt keinen BH, dachte er, nachdem das Kleid kurz einen schmalen Streifen Haut im Brustbereich freigelegt hatte.

Als sie sich wieder auf das Sofa setzte, rutschten die Seiten des Kleides untenherum zur Seite, so, dass ihre Beine fast bis zum Schritt frei lagen.

„So ist es doch gleich viel angenehmer", sagte sie.

Söhlbach stellte fest, dass die Frau vor ihm besonders schlanke Beine hatte. In diesem Moment wurde ihm bewusst, dass er bis jetzt noch nicht ein einziges Mal auf ihren Körper geachtet hatte. Das wunderschöne Gesicht und die sachte Stimme, die fast schon einem vielversprechenden Flüstern glich, hatten ihn so fasziniert, dass ihn alles andere nicht interessiert hatte.

Virgin beugte sich nach vorne, um nach dem Wasserglas zu greifen. In diesem Moment klappte das nun locker angelegte Kleid im oberen Bereich auf und gewährte einen freien Blick auf ihre rechte, mädchenhaft kleine Brust.

Wie zart sie ist, ging es Söhlbach durch den Kopf.

Damit sie seine heimlichen Blicke nicht merkt, schaute er nun belanglos auf den Tisch. Dort befand sich noch eine aufgeklappte Zeitschrift, die er vergessen hatte, weg-zuräumen. Neben der Zeitung lag ein Kugelschreiber, mit dem er eigentlich ein Kreuzworträtsel lösen wollte.

Virgin saß nun aufrecht und trank.

Für einen Moment freute sich Söhlbach darauf, dass sie das Glas gleich wieder abstellen würde, um ihm wieder diesen aufreizenden Anblick zu bieten. Doch er riss sich zusammen und während sie sich wieder nach vorne beugte, nahm er den Kugelschreiber zur Hand und schob die Zeitung zu ihr rüber.

„Sind Sie so lieb", sagte er, „und schreiben mir die Namen der Hausbesitzer von der Charlottenstraße und die Hausnummer auf?"

„Gerne", hauchte sie in ihrer typischen, einnehmenden Art.

Söhlbach sah nicht was sie schrieb, denn ihr Kleid hatte sich beim Nachvornebeugen so weit geöffnet, dass nun beide Brüste frei lagen. Er konnte seinen Blick nicht davon abwenden.

Erst als die Frau sich wieder aufrichtete, ergriff Söhlbach die Zeitung, um zu lesen, was seine Besucherin geschrieben hatte.

Als er das Geschriebene las, stutzte er.

„Zwei Vornamen und eine Zahl?", wunderte er sich.

„Ja, sagte sie, die Namen der Hausbesitzer und die Hausnummer. Die Nachnamen kenne ich leider nicht. Die beiden waren für uns immer nur Piet und Hakan. Sagen Sie mir, warum Sie diese Namen haben wollten?"

„Es geht um Mord. Da befragen wir routinemäßig alle, die etwas mit dem Mordopfer zu tun hatten."

„Ich stelle mir Ihre Polizeiarbeit sehr aufregend vor", sagte Virgin. „Haben Sie schon viele Mörder geschnappt."

Söhlbach nickte. „Ja. Da kommen schon einige zusammen."

Er sah sie verzückt an und wieder nahm dieses aufregende Gefühl Besitz von ihm.

Wie wunderschön sie ist, dachte er zum wiederholten Mal.

Als er sie so anschaute, war er sich sicher, dass vor ihm die begehrenswerteste Frau saß, die ihm je begegnet ist.

Virgin waren seine Blicke nicht entgangen.

„Möchte Sie mich irgendetwas fragen, Herr Söhlbach?"

„Ich hätte tausend Fragen", antwortete er, „aber die werde ich nicht stellen, weil sie nicht dienstlich sind."

Die Frau vor ihm machte eine weit ausladende Geste.

„Wenn ich es richtig sehe", sagte sie, „sitze ich hier in einer Privatwohnung, und deshalb dürfen Sie mir auch private Fragen stellen." Sie sah ihn aufgefordert an. „Na los, fragen Sie."

Söhlbach fühlte sich überrumpelt, denn er wusste im Moment nicht, was für private Dinge er sie fragen durfte.

Hätt´ ich nur nicht gesagt, dass ich tausend Fragen habe.

Es gab eine Frage, die er ihr gerne gestellt hätte, und das war die Frage danach, was eine Stunde mit ihr kostet. Doch diese Frage war für ihn absolut tabu. Für einen Moment dachte er auch daran, sie über ihr Leben auszufragen, doch das empfand er als zu privat.

Virgin bemerkte seine plötzliche Unsicherheit.

„Nicht so schüchtern. Sagen Sie ruhig, was Sie über mich wissen wollen", forderte sie ihn auf. „Ich denke, es wird Sie interessieren, wie eine Frau wie ich zu so einem Beruf kommt, oder?"

„Ja", antwortete Sven und war erleichtert, dass sie ihm mit diesem Thema entgegen kam.

„Also, Herr Söhlbach, oder darf ich Sie Sven nennen?"

„Warum nicht?"

„Sven, darf ich Sie dann auch mit Du anreden?"

„Ja."

„Das freut mich. Weißt du, Sven, irgendwie mag ich dich und Menschen, die ich mag, rede ich gerne in einer vertrauten Form an." Sie lächelte und wirkte für einen Augenblick verzückt.

Wie ein Engel, dachte Sven. *Wie ein wunderschöner Engel.*

„Ich finde es schön, dass wir zwei uns jetzt duzen", hauchte sie.

93

„Ich auch, Virgin. Dann erzähle mir doch mal etwas aus deinem Leben."

„Gerne, aber vorher habe ich noch eine Bitte. Nenne mich bitte nicht mehr Virgin, sondern Anna. Das ist mein richtiger Name. Außer Svetlana, die mich privat auch immer so genannt hatte, nennen mich alle immer nur Virgin. Virgin ist mein Arbeitsname. Privat möchte ich die sein, die ich wirklich bin, und das ist Anna."

Sven nickte. „Na gut, Anna. Ich denke, deine Geschichte wird bestimmt interessant, und ich denke, du wirst deshalb noch einige Zeit mein Gast sein. Darf ich dir etwas anderes zu trinken anbieten? Ich möchte dir gerne einen guten Wein anbieten."

„Danke, das ist lieb von dir, aber ich trinke keinen Alkohol. Wasser ist schon okay. Das letzte Mal, dass ich Alkohol getrunken hatte, war auf meinem sechsundzwanzigsten Geburtstag."

Söhlbach hatte ihr Alter eigentlich auf knapp unter fünfundzwanzig geschätzt.

„Darf ich fragen, wie alt du bist, Anna?"

„Ich bin dreiunddreißig. Ich weiß, du wirst jetzt sagen, dass ich viel jünger aussehe, denn das sagen alle. Naja, hab´ mich halt irgendwie ganz gut gehalten. Und wie alt bist du?"

„Ich bin fünf Jahre älter als du."

Sie lachte. „Dann sind wir zwei ja fast im selben Alter."

Sven wusste nicht, warum, aber er hatte das Gefühl, mit dieser wunderschönen Frau, die ihm gegenüber saß, heute einen schönen Abend zu haben.

Doch genau in diesem Moment schrillten in seinem Inneren die Alarmglocken.

Vorsicht!, ging es ihm durch den Kopf. *Sie will dich einwickeln.*

Er dachte daran, dass diese wunderschöne Frau, die da vor ihm saß, eine Professionelle war, eine Frau, die mit Sicherheit genau wusste, wie man Männer beeinflusst. Für einen Augenblick grübelte Sven sogar darüber nach, ob diese zurückhaltende, fast hilfsbedürftige Frau, die sie nach außen hin gab, überhaupt echt war. Wer weiß, vielleicht war das alles nur gespielt?

Du musst aufpassen, sagte er zu sich selbst, *Lass´ dich auf nichts ein.*

„Weißt du auch, Sven, dass ich froh bin, jetzt hier bei dir sein zu dürfen?", wurde er von ihr aus seinen Gedanken gerissen. „Du kannst dir bestimmt vorstellen, wie ich mich im Moment fühle, und deshalb brauche ich jetzt jemanden, mit dem ich reden kann, jemanden, der mir zuhört. Svetlanas Tod zieht mich total runter. Ich habe sie geliebt wie eine Schwester. Am liebsten würde ich mich einfach gehen lassen und mich in die Ecke werfen und heulen. Aber das mache ich nicht. Ich habe gelernt, dass man sich nicht gehen lassen darf, denn dann verliert man den Zugriff auf das eigene Leben. Meine Termine für die nächsten Tage habe ich alle abgesagt. Ich könnte das alles im Moment nicht. Wenn ich mir vorstelle, dass ich jetzt alleine auf der Jacht wäre, zieht mich allein der Gedanke daran runter. Genau deshalb bin ich froh, hier bei dir sein zu dürfen. Ich hoffe, dass du mir nicht böse bist, dass ich dich heute als so eine Art Seelentröster missbrauchen möchte. Wenn du lieber deine Ruhe haben willst, kannst du mich jederzeit nachhause schicken." Sie blickte ihn fragend an. „Willst du immer noch die Geschichte meines Lebens hören?"

„Ich höre mir gerne deine Geschichte an."

„Tja, wo fange ich da an? Von meiner Kindheit weiß ich nicht mehr so viel. Da waren meine Eltern, die ich über alles geliebt habe. Sie waren sehr einfache Leute. Mein Vater war Tischler und arbeitete in einer großen Schreinerei. Ich kann mich noch daran erinnern, dass er immer viele Überstunden gemacht hatte, damit wir über die Runden kamen. Meine Mutter hatte oft stundenlang zuhause an der Nähmaschine gesessen, um für kleines Geld Kleider für andere Leute zu ändern. Im Prinzip taten sie das alles für mich, denn ich war damals in der Schule nicht klar gekommen weil ich große Lernprobleme hatte. Ich war zehn, als sie den Lehrer gebeten hatten, mir nach Unterrichtsschluss, noch Nachhilfestunden zu geben. Das tat er auch und als ich dann allein mit ihm im Klassenzimmer war, hatte er von innen die Tür abgeschlossen. Er hatte mir gesagt, dass ich nichts lernen müsse. Er wollte mir bessere Noten geben, wenn ich einfach nur das machen würde, was er mir sage. Ich war damals sehr naiv und hatte nicht geahnt, was er von mir wollte. Erst als ich mich auf einen Stuhl setzen musste, er sich vor mich stellte und seine Hose öffnete, um mir sein Geschlechtsteil zu präsentieren, war mir bewusst geworden, dass hier etwas falsch lief. Er hatte gesagt, wenn ich nicht genau das tue, was er mir sagt, würde er meinen Eltern böse Dinge über mich erzählen. Mein Lehrer kannte mich ganz genau und er wusste, dass mich die halbe Klasse mobbte und ich mich niemals wehrte. Eine wie ich, war als Opfer geboren und das nutze mein Lehrer aus. Er hatte mir befohlen, sein Ding anzufassen und zu streicheln, und ich gehorchte. Was ich noch alles für ihn tun musste, möchte ich jetzt nicht erzählen, aber es war für mich damals ekelerregend, so ekelerregend, dass es mich dazu trieb, etwas zu tun, was ich bis dahin noch nie in meinem Leben getan hatte. Ich wollte mich zum ersten Mal gegen etwas wehren. Deshalb hatte ich es zuhause meinen Eltern erzählt. Sie wollten es mir zunächst nicht glauben, waren aber dann doch mit mir zur Schule gegangen, um das abzuklären. Der Lehrer, ein verheirateter Familienvater, hatte empört reagiert und behauptet, dass ich ihn erpressen wollte, um bessere Noten zu bekommen. Das hatten ihm alle geglaubt und ich wurde von der Schule verwiesen. Meine Eltern hatten mich daraufhin in eine Privatschule gesteckt. Um das Schulgeld aufzubringen, hatten sie noch mehr arbeiten müssen. Als ich mit achtzehn die Schule beendet hatte, waren meine Eltern bei einem tragischen Verkehrsunfall ums Leben gekommen. Ihr Leben hatte immer nur daraus bestanden, zu arbeiten, um die Schule bezahlen zu können, damit aus mir etwas werden sollte."

Virgin schaute Sven fragend an.

„Soll ich weiter erzählen oder langweilt dich das?"

„Erzähl´ weiter. Ich möchte mehr über dich erfahren, Anna."

Sie lächelte.

„Es ist ein wunderschönes Gefühl, wenn jemand Anna zu mir sagt. Doch nun weiter mit meiner Geschichte. Nach dem Tod meiner Eltern ging es mit mir bergab. Es gab keine Verwandten, an die ich mich hätte wenden können. Ich war mittellos und auf mich allein gestellt. Alles, was meine Eltern immer angespart hatten, war für die Schule drauf gegangen. Weil ich die Miete nicht bezahlen konnte, wurde mir die elterliche Wohnung gekündigt und ich stand wortwörtlich auf der Straße. Ich musste betteln, um über die Runden zu kommen. Ob du es glaubst oder nicht, Sven, ich hatte mich damals von Resten aus den Papierkörben ernährt und das wenige Geld, was ich erbettelt hatte, für Alkohol ausgegeben. Dann war ich irgendwann auf Svetlana und Tatjana gestoßen. Sie hatten mir dann gezeigt, wie leicht man als Frau Geld verdienen kann. Dennoch war es mir anfänglich sehr schwer gefallen, mich an Männer zu verkaufen. Um das alles besser ertragen zu können, hatte ich meinen Alkoholkonsum gesteigert, so sehr, dass ich davon nicht mehr losgekommen war. Die Alkoholsucht hatte mich zerfressen. Ich habe es Svetlana und Tatjana zu verdanken, dass ich heute trocken bin. Sie hatten mich damals einfach in eine Klinik gesteckt und waren mir nicht von der Seite gewichen, um auf mich aufzupassen. Die beiden hatten mir erklärt, dass sie mich lieben, wie ihre eigene Schwester und dass sie immer für mich da sind. Wir drei waren wie eine Familie und mit dieser Familie im Rücken hatte ich es schließlich geschafft, trocken zu werden und es bis heute zu bleiben."

„Warst du niemals mit einem Mann zusammen? Ich meine, hattest du niemals einen Freund?"

Sie schüttelte den Kopf. „Hakan und Piet hatten sich immer als meine Freunde ausgegeben, aber auf solche Freunde kann ich verzichten. Deshalb hatten wir uns auch von ihnen getrennt. Svetlana und ich hatten einen gut betuchten Stammkunden. Es war ein älterer Herr, der ganz entsetzt reagiert hatte, als er von mir erfuhr, dass ich mit dem Gedanken spielte, mich in irgendeiner anderen Stadt selbstständig zu machen. Da sagte er, dass er eine große Jacht hatte, die er selbst aus Altersgründen nicht mehr nutzte und dass man auf dieser Jacht theoretisch sogar wohnen könnte. Er hatte darauf bestanden, dass wir uns das Boot einmal ansehen und dass, wenn es uns gefällt, wir darauf leben könnten. Allerdings müsste er uns auf dem Boot auch regelmäßig besuchen dürfen. Du kannst dir vorstellen, dass wir allein beim Anblick dieser schönen Jacht schon begeistert waren. Wir hatten sein Angebot sofort angenommen und damit wir mit der Jacht auch herumfahren durften, hatte er jeder von uns einen Bootsführerschein bezahlt. Eines Tages war ein Mann auf die Jacht gekommen und hatte uns die Einladung zu einem Termin beim Notar übergeben. Dort hatten wir erfahren, dass der Besitzer der Jacht verstorben war und dass er bereits zwei Monate vor seinem Tod Svetlana und mir das Boot überschrieben hatte. Noch beim Notar hatten wir Tatjana als dritte Bootseigentümerin eintragen lassen, denn die Jacht sollte unserer kleinen Familie gemeinsam gehören. Übrigens hatte der alte Herr, der uns die Jacht überschrieben hatte, mir auch schon einige Heiratsanträge gemacht. Er war Witwer und wenn ich ihn geheiratet hätte, wäre ich heute reich."

„Warum hast du ihn denn nicht geheiratet?", wollte Sven wissen. „Oder wusstest du damals noch nicht, wie reich er war?"

„Vielleicht mag dir das jetzt ungläubig erscheinen, aber trotz meines Berufs habe ich immer noch feste Moralvorstellungen. Meine schon lange verstorbenen Großeltern hatten schon aus Liebe geheiratet und sie waren bis zum Schluss sehr glücklich miteinander. Die beiden waren so richtig süß und man merkte, dass sie sich auch nach so vielen Jahren immer noch liebten, wenn sie auch im Alter noch Hand in Hand spazieren gingen. Auch meine Eltern hatten sich geliebt und waren immer füreinander da. Für mich als Kind gab es nichts Schöneres, als zu wissen, dass die Eltern so glücklich miteinander sind. Und deshalb habe ich meine genauen Vorstellungen von einer Ehe, denn ich hatte tolle Vorbilder."

„Hast du denn überhaupt schon einmal ernsthaft daran gedacht, zu heiraten? Ich meine, sei mir bitte jetzt nicht böse, aber für eine Frau mit deinem Beruf dürfte es schwer sein, einen normalen Mann zu finden." Sven schluckte laut. „Entschuldige bitte. Das hätte ich jetzt nicht sagen sollen."

„Warum hättest du das nicht sagen sollen? Es entspricht doch der Wahrheit. Aber was ist schon ein normaler Mann? Im Prinzip sind all meine Gäste normale Männer, aber es war noch keiner dabei, für den ich so etwas wie Liebe empfinden konnte. Mindestens zehn meiner Gäste haben behauptet, dass sie sich in mich verliebt haben und dass sie mich heiraten möchten. Ihnen war egal, dass ich eine Prostituierte war. Ich weiß allerdings nicht, ob diese Männer es ehrlich gemeint hatten. Es kam aber ehrlich rüber. Die meisten meiner Gäste waren mir auch etwas zu alt. Aber um deine Frage zu beantworten, ja, ich habe schon drüber nachgedacht zu heiraten, denn ich trage immer noch den Wunsch in mir, mal eine richtige Familie zu haben, einen Mann und ein oder zwei Kinder. Doch ich bin mir auch der Tatsache bewusst, dass dieser Wunsch in immer weiterer Ferne rutscht. Du glaubst gar nicht, wie oft ich schon daran gedacht habe, mit einem Mann zusammen zu sein, mit dem ich aufrichtig über alles reden kann, einem Mann, mit dem ich über Gott und die Welt plaudern kann und dem ich all meine Gefühle offenlegen kann. Ich stelle mir dann immer vor, mit ihm auf einem

100

Sofa zu sitzen, meinen Kopf an seine Schultern zu legen und einfach glücklich mit ihm zu sein. Nur, und da sind wir wieder bei meinem Beruf, wie soll eine wie ich, so einen Mann finden?"

Söhlbach hatte ihr aufmerksam zugehört. Es hatte ihn beeindruckt, wie sie so offen und ehrlich ihre Probleme und ihre Sehnsüchte schilderte. Während sie geredet hatte, war ihre ohnehin schon sanfte Stimme manchmal noch leiser geworden. Sie hatte ihm in kürzester Zeit fast ihr komplettes Leben erzählt. Sven war sich sicher, dass sie ihm ihre zurückhaltende Art nicht vorspielte, auch wenn ihm vorhin Zweifel gekommen waren. In Moment war er sich ganz sicher, dass vor ihm eine aufrichtige Frau mit einem sehr sanftmütigen Wesen saß, eine Frau, der das Leben übel mitgespielt hatte.

„Das, was dir alles passiert ist, tut mir wirklich leid, Anna. Hast du noch nie darüber nachgedacht, mal etwas anderes zu machen?"

„Auch wenn es ein sehr lukrativer Job ist, sich an Männer zu verkaufen, wir haben alle schon einmal darüber nachgedacht, etwas anderes zu machen. Svetlana und ich dachten schon darüber nach, wie es wäre, gemeinsam eine Boutique mit einem eigenem Modelabel zu eröffnen. Das hätten wir uns problemlos leisten können, denn unsere Bankkonten sind gut gefüllt und wir könnten auch die Jacht verkaufen. Aber das waren leider immer nur Träume."

„Darf ich dich mal fragen, was so eine Jacht wert ist?"

„Es gab jemanden, der hatte uns für die Marinalove 600.000 Euro geboten. Wir wissen aber, dass dieselbe Jacht mit der gleichen Luxusausstattung auf einer Auktion schon eine Million gebracht hat. An einem Verkauf haben wir bis jetzt aber noch nie ernsthaft gedacht."

„Eine Million", murmelte Söhlbach. „Das ist mal 'ne Hausnummer."

Als sein weiblicher Gast sich wieder nach vorne beugte, um nach dem Wasserglas zu greifen, fiel das locker gebundene Kimonokleid im oberen Bereich wieder nach vorne und gewährten erneut einen freien Blick auf ihre mädchenhaften Brüste.

Sven versuchte, nicht hinzuschauen, doch er konnte seine Augen nicht von diesem Anblick lösen.

Wie zart sie doch ist, dachte er zum wiederholten Mal.

Als sich die Frau vor ihm mit dem Glas in der Hand wieder aufrichtete, bemerkte sie seine Blicke.

„Oh, entschuldige bitte, Sven", sagte sie. „Ich habe nicht mehr daran gedacht, dass mein Kleid so locker ist. Das habe ich nicht extra gemacht. Denke jetzt bitte nicht, dass ich dich irgendwie anmachen wollte."

Söhlbach schluckte.

„Du musst dich nicht entschuldigen, Anna. Ich muss mich entschuldigen, dass ich da hingeguckt habe."

Sie lachte kurz.

„Oh man", sagte sie. „Bis jetzt hat sich noch nie ein Mann bei mir dafür entschuldigt, dass er auf meine Brüste geschaut hat."

Virgin lachte erneut. Offensichtlich fand sie diese Situation sehr lustig.

„Im Gegenteil", sprach sie weiter, „die Männer haben für diesen Blick sogar bezahlt. Svetlana und Tatjana fanden meine Brüste immer viel zu klein. Sie wollten mich schon oft dazu überreden, dass ich mir die Brüste vergrößern lasse. Vielleicht hätte ich es ja auch gemacht, wenn ich nicht so eine große Angst davor gehabt hätte."

Sie schaute Sven forschend in die Augen.

„Du bist neutral", sagte sie. „Wenn ich dir eine Frage stelle, versprichst du mir, ganz ehrlich darauf zu antworten?"

„Ja. Was möchtest du mich fragen?"

„Sei ganz ehrlich, Sven, findest du auch, dass meine Brüste zu klein sind?"

„Deine Brüste sind wunderschön", kam es, ohne auch nur eine Sekunde nachzudenken, über seine Lippen.

„Danke", sagte sie. „Das klang sehr ehrlich."

Virgin nahm das Glas an den Mund und leerte es.

„Darf ich dir noch etwas anderes anbieten", fragte Sven sofort. „Ich hätte auch noch Cola oder Orangensaft."

„Nein danke", kam es zaghaft über ihre Lippen.

Dabei schenkte sie Sven ein Lächeln, welches ihm erneut das Gefühl gab, vor einem leibhaftigen Engel zu sitzen.

„Darf ich dir auch ein paar ganz private Fragen stellen, Sven?"

„Was möchtest du denn wissen?"

„Nun", sagte sie. „Ich habe dir viel von mir erzählt und es hat mir richtig gut getan, mal mit jemanden über mein Leben zu reden. Das hätte ich niemals getan, wenn ich mich nicht so wohl in deiner Gesellschaft fühlen würde. Ich würde gerne auch etwas mehr über dich wissen. Immerhin weiß ich schon, wie alt du bist und ich kenne deinen Beruf, aber das ist auch schon alles. Hast du eigentlich auch eine Familie? Wenn du nicht darüber reden möchtest, ist es nicht schlimm. Ich wäre dir deshalb nicht böse."

Für Söhlbach gab es keinen Grund, der dagegen sprach, dieser wunderschönen Frau auch etwas über sein Leben zu erzählen.

So erfuhr seine Besucherin, dass er momentan ungebunden war. Sie erfuhr aber auch, dass seine Kollegin Silvia ihm als beste Freundin beiseite stand und dass er sich liebevoll um seine Mutter kümmerte.

Anna hörte ihm aufmerksam zu und immer, wenn sie über einige Dinge in seinem Leben etwas mehr wissen wollte, ging er gerne auf ihre Fragen ein.

Die zwei plauderten, als würden sie sich schon ewig kennen.

Irgendwann blickte Virgin zufällig auf die Uhr.

„Zehn Uhr? Ist es wirklich schon so spät?", sagte sie. „Ich habe das Gefühl, Sven, in deiner Gegenwart werden die Stunden zu Minuten."

„Es liegt wohl eher an deiner Gegenwart, Anna. Ich habe auch nicht gemerkt, wie die Zeit verging."

„Sei mir jetzt bitte nicht böse, Sven, aber ich möchte mich jetzt von dir verabschieden."

„Wie könnte ich jemandem wie dir böse sein?"

„Ach du", sagte sie fast flüsternd und schaute ihm in die Augen. „Weißt du, Sven, ich…" Sie brach den Satz ab.

„Was?", hakte er nach.

Sie atmete einmal tief durch.

Dann sagte sie: „Ach, nichts."

Virgin erhob sich wortlos und Söhlbach begleitete sie zur Tür.

Erst als sie bereits einen Schritt in den Hausflur gemacht hatte, drehte sie sich noch einmal um.

Nun erkannte Sven, dass ihre Augen feucht wurden. Ganz offensichtlich stand sie den Tränen nah.

Bevor er darauf eingehen konnte, sagte sie: „Ich muss gerade an Svetlana denken. Warum, Sven, warum?"

Sie ergriff seine Hände und er spürte, wie sie für einen Moment leichten Druck darauf ausübte.

„Sven, es war ein wunderschöner Abend mit dir." Als sie ihm tief in die Augen schaute, merkte er, dass ihr Blick wieder klar geworden war. „Bei dir", sprach sie weiter, „habe ich mich seit langer Zeit mal wieder wie ein normaler Mensch gefühlt. Danke."

Während ihre Hände langsam wieder von den seinen abließen, wurde ihr Blick unsicherer. Dann wandte sie sich von ihm ab und ging davon.

Erst als sie im Flur um eine Ecke gebogen war und so aus Svens Blickfeld verschwand, sagte er leise: „Tschüss."

Gedankenversunken ging er in die Küche, nahm eine Flasche Bier aus dem Kühlschrank und ein Glas vom Regal. Dann ging er wieder ins Wohnzimmer. Er setzte sich auf das Sofa und hielt das Bierglas beim Einschenken schrägt, um zu viel Schaum zu vermeiden. Schließlich trank er das volle Glas mit nur einem Zug aus.

Söhlbach fühlte sich merkwürdig beschwingt. Es war ein schönes Gefühl und er wusste, dass Anna dieses Gefühl bei ihm ausgelöst hatte.

In seinen Gedanken sah er sie vor sich.

Sie ist wunderschön, sie ist warmherzig, sie sieht aus wie ein Engel, sie ist eine Traumfrau. Dann stutzte er in seinen Gedanken. *Und sie ist eine Prostituierte.*

In diesem Moment schwirrten so viele Gedanken in seinem Kopf herum, dass es ihm nicht gelang, sie zu sortieren.

Nun ging ihm noch einmal das Zusammensein mit ihr durch den Kopf. Sie hatten geplaudert und gelacht, und es war, als hätten sie sich schon seit Ewigkeiten gekannt. So eine tiefe Vertrautheit zu einer eigentlich Fremden, das war etwas ganz Besonderes.

Als sie im Flur nach meinen Händen gegriffen hat, dachte er, *hatte ich das Gefühl, als wolle sie mehr von mir.*

Je mehr er darüber nachdachte, je mehr glaubte er, dass sie eigentlich gar nicht von ihm gehen wollte.

Sie wäre gerne bei mir geblieben.

Sven erinnerte sich daran, dass sie vorhin etwas sagen wollte, aber den Satz nicht vollendet hatte. Was wollte sie ihm sagen? Vielleicht, dass er der Mann war, den sie heiraten würde?

Denk nicht mal an so etwas.

Er dachte noch einmal an ihre letzten Worte. Sie hatte gemeint, dass es ein wunderschöner Abend mit ihm war. Dann hatte sie ihm tief in die Augen geschaut und gesagt: „Bei dir habe ich mich seit langer Zeit mal wieder wie ein normaler Mensch gefühlt. Danke."

Erneut sah er ihr Gesicht vor seinem geistigen Auge.

Ein wunderschöner Engel, dachte er.

„Anna", sagte er leise zu sich selbst. „Was hast du mit mir gemacht?"

Ich glaub, ich hab´ mich verliebt.

*   *   *

Söhlbach saß schon an seinem Schreibtisch, als seine Kollegin das Büro betrat.

„'n Morgen", sagte sie laut. „Bist du heute aus dem Bett gefallen?"

„Ich bin halt ein pünktlicher Beamter", gab Sven zurück.

Silvia schmunzelte.

„Und?", fragte sie. „Gab es in den zehn Minuten, die du eher hier warst, schon etwas Neues?"

„Nein."

„Dann hat dieser anonyme Zeitungsmensch sich also auch noch nicht gemeldet. Er wollte uns doch die Hausnummer von der Charlottenstraße durchgeben."

„Das ist nicht mehr nötig. Ich kenne die Nummer bereits."

Muisfeld blickte ihn verwundert an.

„Hab´ ich irgendetwas verpasst?", fragte sie.

Sie kannte ihren Kollegen gut genug, um zu wissen, dass er ihr etwas sagen wollte, aber offensichtlich nicht wusste, womit er anfangen soll.

„Mach´ es nicht so spannend, Sven. Woher hast du diese Information?"

Söhlbach atmete tief durch.

„Ich habe noch ganz andere Informationen", sagte er schließlich. „Der letzte Gast von Svetlana Sarow war ein gewisser Uwe Sommer. Ihn können wir aber als Täter so gut wie ausschließen."

Muisfeld fasste die Lehne ihres Stuhls und zog ihn vor Söhlbachs Schreibtisch. Dann setzte sie sich darauf, stützte ihre Ellbogen auf den Tisch und schaute ihren Kollegen auffordernd an.

„Ich habe das Gefühl", sagte sie, „dass du mir einiges erzählen möchtest."

„Gestern am späten Nachmittag bekam ich einen Anruf von Virgin. Sie hatte gesagt, dass sie unbedingt will, dass wir den Mörder ihrer Freundin finden und dass sie mir deshalb den Namen von Svetlanas letzten Gast sagen wollte."

„Und bei der Gelegenheit hast du sie auch nach dem Haus auf der Charlottenstraße gefragt."

„Nein, so war es nicht. Sie wollte mir auch den Namen des Gastes nicht am Telefon nennen, sondern sich mit mir treffen, um mir Einzelheiten zu erklären."

Silvia machte große Augen.

Dann sagte sie: „Dann bist du also gestern noch einmal zur Marina gefahren, um sie auf der Jacht zu treffen?"

„Nein", kam es zögerlich aus Svens Mund.

Silvia sah ihn verdutzt an.

„Was ist los mit dir, Sven? Muss ich dir die Würmer einzeln aus der Nase ziehen?"

„Ich war nicht auf der Jacht. Virgin ist zu mir nach Hause gekommen."

Muisfeld wirkte für einen Moment sprachlos.

Dann sagte sie: „Dann hattest du gestern Nachmittag also noch Besuch von einer schönen Frau, …so, so."

„Ja, genauer gesagt gegen 18 Uhr."

„Und was genau hat dir Virgin erzählt?"

„Ich habe von ihr erfahren, dass sie auch am Bord der Jacht war, als Svetlanas letzter Gast, ein gewisser Uwe Sommer, das Boot wieder verlassen hat. Die beiden Frauen haben danach noch lange zusammen auf dem Deck gesessen. Irgendwann ist Svetlana noch einmal in die Stadt gegangen, um sich ein Parfüm zu kaufen. Dass sie nicht mehr zurückgekehrt war, hatten ihre beiden Freundinnen erst gestern Morgen bemerkt. Doch selbst da hatten sie sich noch nichts dabei gedacht, denn Anna sagte, dass Svetlana morgens oft alleine joggen ging."

„Anna?", kam es fragend aus Muisfelds Mund.

„Ja, Virgin. Sie heißt doch Anna."

„Du redest sie also schon mit Anna an, mein Lieber. Scheinst ja sehr vertraut mit dieser Schönheit zu sein. Wenn da irgendetwas zwischen euch war, musst du es mir auch nicht erzählen. Ich meine, du bist ein Mann und sie eine käufliche Frau. Da ist schließlich nichts bei."

„Eine käufliche Frau", murmelte Sven. „Nein, Silvia, zwischen uns war nichts. Da machst du dir ganz falsche Vorstellungen. Ich verspreche dir, dass da nichts war."

„Na?", sagte sie, „und da war wirklich nichts? Sie ist also nur kurz bei dir vorbei gekommen, um eine Aussage zu machen?"

„Willst du mich jetzt hier verhören oder was wird das hier?", grummelte Söhlbach.

Silvia lachte.

„Ja, siehe das mal als Verhör, lieber Sven. Also, wie lange war sie bei dir?"

„Ich hab´ doch nicht die Minuten gezählt."

„Aber du weißt doch bestimmt noch, um welche Uhrzeit sie gegangen ist, oder?"

Die Kommissarin merkte, dass ihr Kollege um eine Antwort herumkommen wollte.

„Was ist los, Sven. Da ist doch etwas passiert. Mir kannst du nichts vormachen. Ich dachte, ich bin deine beste Freundin und du hast keine Geheimnisse vor mir. Also, wann ist sie gegangen?"

„Gegen zehn Uhr."

„Zehn Uhr? Dann war sie ja vier Stunden bei dir. Tut mir leid, aber ich kann nicht glauben, dass ihr vier Stunden lang nur Händchen gehalten habt. Wie gesagt, du musst es mir auch nicht erzählen."

Söhlbach atmete tief durch.

„Silvia, ich schwöre dir, dass da nicht war. Wir haben uns wirklich nur den ganzen Abend lang unterhalten. Anna hat mir alles über ihr bisheriges Leben erzählt und du kannst mir glauben, bei ihr im Leben ist einiges schief gelaufen."

„Was hat sie dir denn erzählt, deine Anna? Die Geschichte einer Prostituierten?"

Sven schüttelte den Kopf.

„Du verstehst das falsch", sagte er. „Anna ist ein sehr liebenswürdiger Mensch. Dort, wo sie jetzt steht, gehört sie eigentlich nicht hin."

„Wahrscheinlich gehören alle Damen aus diesem Gewerbe nicht dort hin, aber sie sind halt da. Ich meine, es ist ja auch nichts Schlimmes und für diese Damen ein ganz normaler Job, und bei Virgin ist es nicht anders."

„Glaub´ mir Silvia, sie ist anders."

„Was ist los mit dir, Sven? Du hattest gestern schon durchblicken lassen, dass du von dieser Frau angetan warst. Was hat diese Frau in den vier Stunden, in denen sie bei dir war, mit dir gemacht?"

„Nichts. Kannst du dir nicht vorstellen, dass es Leute gibt, die sich einfach nur unterhalten? Wir haben gestern über Gott und die Welt geredet. Sie hat mir viel über sich erzählt und ich habe ihr von mir erzählt. Was ist schon dabei? Sicher, Anna ist schon etwas ganz Besonderes und für mich war es, ehrlich gesagt, aufregend, so eine wunderschöne Frau als Besuch bei mir zu haben. Auch wenn, wie ich es dir schon sagte, nichts zwischen uns passiert ist, war es ein wunderschöner Abend mit ihr. Und wenn sie zehnmal eine Prostituierte ist, ich kann mich nicht daran erinnern, dass mir jemals im Leben so eine liebenswerte Frau wie Anna über den Weg gelaufen ist."

Silvia blickte ihn mit großen Augen an.

„Du magst sie also?", fragte sie.

„Ja, ich mag sie. Warum auch nicht?"

„Es hört sich fast so an, als hättest du dich in sie verliebt. Hast du?"

Söhlbach winkte ab.

„Durch Anna kenne ich jetzt auch das Haus an der Charlottenstraße", versuchte er, das Gespräch in eine andere Richtung zu lenken.

„Du hast mir meine Frage noch nicht beantwortet", wechselte Muisfeld wieder das Thema. „Hast du dich in sie verliebt?"

„Langsam wird mir deine Fragerei zu albern", entgegnete Sven. „Ich wollte dir gerade etwas über die Charlottenstraße erzählen."

Silvia grinste und stand auf.

„Du hast dich in sie verliebt", sagte sie und stellte sich hinter ihn. Sie legte ihre Hände von hinten auf seine Schultern. „Mein Lieblingskollege hat sich in eine Prostituierte verliebt." Nun massierte sie sanft seine seitlichen Nackenpartien. „Wo die Liebe hinfällt. Du hättest vielen anderen Frauen dein Herz schenken können und was machst du? Du verliebst dich in eine wie Virgin. Hast du dich schon mal gefragt, wie das mit ihr funktionieren soll?"

Söhlbach schwieg.

Seine Kollegin ließ von ihm ab, setzte sich wieder auf den Stuhl und sah ihn an.

„Tut mir leid, Sven, aber ich glaube, das kann nicht funktionieren. Du hast da ein großes Problem."

Söhlbach wusste, dass Silvia die Wahrheit sagte. Seine Liebe zu Anna war ein großes Problem, ein sehr großes sogar.

„Wenn ich es richtig verstanden habe", sagte Silvia, „dann ist gestern nichts zwischen euch passiert. Ihr habt nur vier Stunden zusammen gesessen und euch wunderbar unterhalten. Und während dieser Unterhaltung hast du ihr zu tief in die Augen geschaut und dich in sie verliebt. Dann ist es für dich doch ganz einfach. Da zwischen euch noch nichts passiert ist, musst du einfach versuchen, sie zu vergessen."

Söhlbach verzog den Mund.

„Das sagt du so einfach. Du wirst es auch nicht verstehen, aber immer, wenn ich sie vor mir sehe, überfällt mich eine Art Glückgefühl. Anna ist anders, als alle anderen Frauen, sie ist..., sie ist einfach unbeschreiblich."

„Sie hat doch nicht etwa behauptet, dass sie sich in dich verliebt hat, oder?"

„Nein. Aber ich habe ganz deutlich gemerkt, dass sie mich mag."

„Mein lieber Sven, hast du etwa vergessen, welchen Beruf sie hat? Sie ist eine Professionelle, die ganz genau weiß, was sie tut. Sie wird es gelernt haben, die Männer um die Finger zu wickeln."

„Anna war gestern aber nicht beruflich bei mir, sondern privat, und genau so habe ich sie auch kennen gelernt, ganz privat. Die Frau, die gestern bei mir war, war nicht die Prostituierte, sondern der Mensch Anna. Nicht nur, dass sie wunderschön ist, sie ist so warmherzig und liebevoll wie keine andere. Als sie gestern von mir gegangen ist, habe ich deutlich gemerkt, dass sie gerne noch geblieben wäre und ich habe gespürt, dass sie mich

112

mag. Doch auch ihr war bewusst, dass eine Beziehung wegen ihres Jobs nicht funktionieren kann. Das hat sie zwar nicht gesagt, aber ich konnte es deutlich spüren."

„Und wie soll es mit euch beiden jetzt weitergehen?"

Sven zuckte mit den Schultern.

„Keine Ahnung."

„Bist du sicher, dass du sie liebst?"

Die Antwort war ein kurzes Nicken.

Nun war es Muisfeld, die das Thema wechseln wollte.

„Was wolltest du mir denn gerade über die Charlottenstraße erzählen?"

Scheinbar war es auch ihrem Kollegen recht, dass sie das Thema wechselte.

„Also", sagte Sven, „ich habe mir dieses Haus auf der Charlottenstraße mal im Internet angeschaut. Das Haus bietet Service rund um die Uhr. Mit anderen Worten, wir müssen nicht warten, bis es öffnet. Wir können sofort dorthin fahren, um uns mal mit ihren ehemaligen Betreuern, wie dieser Zeitungsmensch sie nannte, zu unterhalten. Der Mann hatte uns doch erzählt, dass dieser Hakan und dieser Piet geschimpft und geflucht hatten, weil ihre besten Pferdchen im Stall sie schwer enttäuscht hätten und dass das noch ein Nachspiel haben würde. Die Vermutung, dass die beiden herausgefunden haben, dass ihre ehemaligen Damen auf einer Jacht selbstständig arbeiten, liegt nah."

„Aber werden sie deshalb gleich zu Mördern?", meinte Silvia.

„Verdächtig sind sie auf jeden Fall."

„Dann lass uns mal zur Charlottenstraße fahren."

Mit dem Auto war es vom Polizeipräsidium zur Charlottenstraße ein Katzensprung. Sie fuhren über die Heerstraße, vorbei am TAM, dem Theater am Marientor und hatten bald schon die Charlottenstraße vor ihrer Nase. Trotzdem mussten sie noch einen Umweg fahren, da die Charlottenstraße eine Einbahnstraße war, in die man nur von der entgegengesetzten Seite hineinfahren konnte. So fuhren sie zunächst über die Vulkanstraße, die Straße, an der sich zu ihrer linken Seite ein Bordell an das andere reihte.

Die spitze Bemerkung: „Hier arbeiten die Kolleginnen von Virgin", konnte sich Silvia nicht verkneifen.

Söhlbach äußerte sich nicht dazu.

Schließlich hatten sie ihr Ziel erreicht.

Sie parkten das Auto, stiegen aus und standen wenige Augenblicke später vor der Tür des Hauses, ein Altbau, in dem das Mordopfer einmal gearbeitet hatte.

Sven drückte die Türklingel. Die direkt darüber angebrachte Kamera war ihm nicht entgangen.

Es dauerte einen Moment, bis sich eine Männerstimme aus dem Lautsprecher neben der Klingel meldete.

„Ja bitte?"

„Kripo Duisburg", sagte Sven und hielt seinen Dienstausweis vor die Kamera. „Wir würden gerne mal mit Ihnen sprechen."

„Worum geht es?"

„Das sagen wir Ihnen, wenn Sie uns rein lassen."

Es vergingen einige Sekunden, bis das Summen des Türöffners zu hören war.

Muisfeld und Söhlbach betraten einen schwach ausgeleuchteten Flur, dessen Seitenwände bis auf halber Höhe mit dunkelroter, teils verblasster Lackfarbe bemalt waren. Einige Löcher in den Wänden und herausgefallener Putz ließen erkennen, dass hier schon seit Ewigkeiten nichts mehr erneuert worden war. Die außergewöhnlich hohe Decke ließ Reste von Stuckverzierungen erkennen, die mit staubigen Spinnweben überzogen waren.

Der muffige Geruch, der den beiden in die Nasen stieg, war mehr als unangenehm.

Der Flur endete vor einer geöffneten Tür.

In dem Raum dahinter erwartete sie ein Mann, der hinter einem alten Schreibtisch saß.

„Was kann ich für die Herrschaften der Polizei tun?", fragte er.

Auch wenn der Mann saß, konnte man erkennen, dass er ein breitschultriger Hüne war. Seine schwarzen Haare waren seitlich am Kopf komplett wegrasiert. Ein ungepflegt wirkender Vollbart gab ihm ein verwegenes Aussehen.

„Sind Sie Hakan?", fragte Söhlbach.

„Ja. Was wollen Sie von mir?"

„Zunächst möchte ich einmal Ihren Ausweis sehen", sagte der Kommissar.

Der Mann wühlte kurz in der Schreibtischschublade herum, zog dort einen Pass heraus und übergab ihn dem Polizist.

Söhlbach warf einen kurzen Blick darauf, fotografierte das Ausweisdokument mit dem Handy und gab es zurück.

„Wir hätten ein paar Fragen zu einer Dame, die hier einmal gearbeitet hat", gab Sven dem Mann zu verstehen.

„Hier haben schon viele Damen gearbeitet", entgegnete Hakan.

„Es geht um Svetlana Sarow."

Das Gesicht des Hünen hinter dem Schreibtisch verfinsterte sich.

„Svetlana", sagte er abfällig. „Mit dieser Schlampe habe ich nichts mehr zu tun."

„Warum reden Sie so abfällig von ihr?", wollte Söhlbach wissen.

„Weil sie etwas getan hat, was gegen jeden Anstand verstößt."

„Anstand?", wunderte Muisfeld. „Ich wusste gar nicht, dass es in diesem Milieu so etwas wie Anstand gibt."

„Sie haben doch überhaupt keine Ahnung", sagte der Mann, der sich Hakan nannte. „Es gibt Regeln, an die sich alle zu halten haben, Regeln, gegen die man niemals verstoßen darf, und diese Schlampe Svetlana hat dagegen verstoßen."

„Was hat sie denn gemacht?", fragte Silvia, obwohl sie es bereits genau wusste.

„Was sie gemacht hat?" Als Hakan das sagte, erhob er sich von seinem Stuhl. Vor Muisfeld und Söhlbach stand ein etwa 1,90 Meter großer, muskelbepackter Mann. „Da sorgt man für die Mädchen", redete er weiter, „man beschützt und behütet sie, und dann haut sie einfach ab, sie und zwei weitere Schlampen."

„Dann sind Sie doch bestimmt sehr wütend auf Svetlana, oder?", fragte Silvia.

„Wenn ich sie damals erwischt hätte, dann..." Hakan zog kurz die Schultern nach oben. „Aber ich habe sie ja nicht erwischt. Die drei sind einfach untergetaucht."

„Und was hätten Sie getan, wenn Sie sie erwischt hätten?", wollte Silvia wissen.

„Na, was wohl. Diese Schlampen hätten sich warm anziehen können."

„Können Sie das auch etwas genauer erklären? Was verstehen Sie unter warm anziehen?"

Hakan lachte kurz.

„Dann lassen Sie doch mal Ihre Fantasy spielen", sagte er. „Ich werde es Ihnen nicht erklären."

Nun ergriff Söhlbach das Wort: „Es muss für Sie als Zuhälter doch eine Demütigung sein, wenn die besten Pferdchen im Stall einfach auf Nimmerwiedersehen auf und davon galoppieren, oder?"

Der Muskelberg vor ihm schien plötzlich innerlich zu kochen. Die Kieferknochen in seinem Gesicht bewegten sich nervös auf und ab und es sah so aus, als würden die Adern an den Schläfen anschwellen.

„Merken Sie sich eins", zischte er Söhlbach mit zusammengebissenen Zähnen an. „Ich bin kein Zuhälter. Alle Damen in diesem Haus sind selbstständig und mieten sich bei mir nur Zimmer an."

„Und deshalb beschützen und behüten Sie sie?"

Hakan entspannte sich wieder.

„Als Mann ist es ja wohl eine Pflicht, hilflose Damen zu beschützen, wenn denen jemand etwas Böses will", sagte er. „Ich bin nichts anderes, als ein Beschützer der Damen. Wer hat Ihnen denn gesteckt, dass die drei meine besten Pferdchen im Stall waren?"

Sven grinste. „Wir haben da so unsere Quellen."

Hakan setzte sich wieder hinter den Schreibtisch. Er streckte seine Beine nach vorne und lehnte sich in den Stuhl zurück.

„So, so, Ihre Quellen", murmelte er. „Das mit diesen drei Schlampen ist übrigens so lange her, dass ich es schon fast vergessen habe."

„Das wissen wir."

„Dann sind Sie ja sehr genau im Bilde", sagte Hakan, der nun total tiefenentspannt wirkte. „Warum fragen Sie mich nach so langer Zeit nach Svetlana?"

Sven ging nicht auf seine Frage ein. Stattdessen stellte er dem Mann selbst eine Frage: „Wann haben Sie Svetlana das letzte Mal gesehen?"

„Bevor sie damals abgehauen ist. Danach hat sie und diese beiden anderen Schlampen noch die Frechheit besessen, uns Postkarten von Malle zu schicken. Darauf stand, dass sie einen wunderschönen Urlaub dort verbringen. Einen Monat später bekamen wir wieder Post von ihnen. Dieses Mal aus Australien. Es war ein Brief, in dem stand, dass alle drei geheiratet haben und den Rest des Lebens bei ihren wohlhabenden Männern in Australien verbringen wollen."

„Australien?", wiederholte Sven.

„Ja, und danach habe ich nie mehr wieder etwas von ihnen gehört."

„Und Sie glauben, dass die drei Frauen jetzt in Australien leben?"

„Nein, das glaube ich nicht", sagte Hakan. „Ich hatte diesen Brief für ein Ablenkungsmanöver gehalten, damit wir nicht weiter nach ihnen suchen. Die drei wären niemals ausgewandert. Svetlana hatte eine Freundin, die in Australien lebt. Ich vermute, sie hat diesen Brief geschrieben und ihn zu dieser Freundin geschickt, damit diese ihn in einen anderen Umschlag steckt und mit einer australischen Briefmarke und einem dem entsprechenden Poststempel an unsere Adresse schickt. Ich bin doch nicht blöd. Die drei und auswandern? Niemals."

„Können Sie uns sagen, wo Sie in der Nacht vom letzten Sonntag auf Montag waren?"

Hakan machte große Augen.

„Warum wollen Sie das wissen?", stellte er im ruhigen Ton die Gegenfrage.

„Das erklären wir Ihnen, wenn Sie uns gesagt haben, wo Sie waren."

„Nun", antwortete Hakan und hob beide Hände in die Höhe. „Ich war hier."

„Die ganze Nacht?"

„Ja, die ganze Nacht."

„Gibt es dafür Zeugen?", wollte Muisfeld wissen.

Der Mann hinter dem Schreibtisch blieb ruhig. Schließlich lächelte er und sagte: „Langsam machen Sie mich neugierig."

„Gibt es Leute, die bezeugen können, dass Sie hier waren?", wiederholte Silvia ihre Frage.

„Die Herren, die hier zu Besuch waren, kenne ich leider nicht namentlich, aber die Damen, die Sonntagnacht hier gearbeitet haben, können das bezeugen."

„Ich denke, die Damen arbeiten in ihren Zimmern?", sagte Söhlbach. „Von den Zimmern aus können sie ja schlecht sehen, ob Sie hier waren."

„Die Damen haben auch Pausen und sitzen dann bei mir im Büro." Er deutete auf drei alte Sessel, die in einer Zimmerecke standen.

„Wie lange waren Sie denn am Montagmorgen hier?", fragte Sven.

„Das weiß ich nicht mehr genau. Ich denke es war so sieben oder halb acht, als ich abgelöst wurde."

„Wer hat Sie denn abgelöst?"

„Mein Partner."

„Der Piet", sagte Söhlbach.

„Sie kennen Piet?", wunderte Hakan sich.

„Nicht persönlich."

Der muskelbepackte Mann hinter dem Schreibtisch blickte seine beiden Besucher abwechselnd fragend an.

„So langsam würde ich jetzt gerne erfahren, worum es hier eigentlich geht."

„Es geht um Mord", antwortete Muisfeld.

„Um Mord? Wer ist ermordet worden?"

„Svetlana Sarow."

Hakan schaute sie an, als hätte er die Antwort nicht verstanden. Seine Gesichtszüge spiegelten Ungläubigkeit wider. „Svetlana? Ermordet?"

Seine sonst so sichere Stimme klang plötzlich heiser. Er wirkte unsicher. Sein Kopf bewegte sich langsam hin und her.

Söhlbach beobachtete Hakans Reaktion ganz genau. Der Mann vor ihm wirkte sichtlich überrascht. Sven war sich fast sicher, dass diese Reaktion echt war, ansonsten wäre Hakan ein hervorragender Schauspieler.

„Sie glauben doch nicht, dass ich etwas damit zu tun habe, oder?", fragte er unsicher.

„Wir glauben gar nichts", antwortete Muisfeld, „aber Sie hätten einen Grund dafür gehabt, sich an Svetlana zu rächen."

„Ja", sagte Söhlbach. „Sie haben doch noch vorhin gesagt, dass etwas passiert wäre, wenn Sie sie erwischt hätten."

„Aber ich bringe doch keine Frau um."

„Wir hätten gerne die Namen der Damen, die bezeugen können, dass Sie Sonntagnacht hier waren", gab Silvia ihm zu verstehen.

„Die kann ich Ihnen gerne aufschreiben", antwortete Hakan. Dann schien er für einen Moment zu überlegen.

„Zwei von den Mädchen können Sie jetzt schon befragen. Die beiden hatten gestern frei und sind erst vor fünf Minuten gekommen." Er griff nach seinem Handy und tippte ein paar Mal darauf herum. „Ich werde den Mädchen Bescheid sagen." Hakan nahm das Handy ans Ohr. „Daria", sagte er schließlich, „komm mal zu mir runter, und bringe Mila mit."

Eine Minute später betraten zwei junge Frauen den Raum. Sie wirkten ängstlich und blickten den Mann hinter dem Schreibtisch unsicher an.

„Da seid ihr ja schon", sagte Hakan. „Die Herrschaften hier hätten ein paar Fragen an euch."

Bevor noch jemand etwas sagen konnte, stellte Silvia die erste Frage:

„Haben Sie auch Sonntagnacht hier gearbeitet?"

„Ja", sagten sie fast gleichzeitig.

„Wie lange waren Sie hier? Wann haben Sie das Haus wieder verlassen?"

„Wir gewesen hier bis sieben Uhr", sagte eine von ihnen mit einem starken polnischen Akzent.

„War Hakan zu dieser Zeit auch hier?"

Die beiden jungen Frauen schauten den Mann, um den es ging, fragend an.

„Na los", sagte er, „Erzählt den Herrschaften die Wahrheit."

„Ja", sagte dieselbe Frau, die gerade schon geantwortet hatte. „Hakan hier war."

„Darf ich Ihren Namen wissen?", fragte Muisfeld.

„Daria."

„Also, Daria, woher wollen Sie denn so genau wissen, dass er hier in seinem Büro saß, wenn Sie oben in einem anderen Zimmer waren? Er hätte ja auch mal weggehen können."

„Er aber nie weggehen, weil er nie alleine uns lässt."

„Uns geht es um die Zeit ab drei Uhr", sagte Silvia. „Hakan hätte doch bestimmt zwischendurch das Haus auch mal unbemerkt verlassen können."

„Drei Uhr", wiederhole die Frau. „Sonntagnacht nicht viel los war. Gegen halb vier ist gegangen mein letzter Kunde. Danach ich habe ich hier gesessen bei Hakan. Eigentlich ich hätte gehen können auch nach Hause. Als ich um sieben Uhr gegangen bin, war Hakan noch hier."

Silvia war überzeugt davon, dass die Frau noch nicht lange der deutschen Sprache mächtig war, denn ihr polnischer Akzent war so sehr ausgeprägt, dass man schon genau hinhören musste, um sie zu verstehen.

„Und als Sie gegen halb vier hier ins Büro gekommen waren, war Hakan hier?", fragte Muisfeld.

„Ja", sagte die Polin. „Hakan hier war, Hakan, Milena und Mila." Sie deutete auf die junge Frau neben sich.

Silvia wandte sich an die andere Frau.

„Sie sind Mila?"

Die Angesprochene nickte.

„Als Ihre Kollegin um halb vier ins Büro kam, saßen Sie hier mit Hakan zusammen?", wollte die Kommissarin von ihr wissen.

„Ja. „habe gesessen mit Milena da." Sie deutete auf die alten Sessel, die in der Zimmerecke standen.

„Seit wann haben Sie denn da gesessen?"

„Nicht weiß genau. Vielleicht eine Stunde."

Ihr Deutsch war noch schlechter, als das ihrer Kollegin.

„Sie meinen, dass Sie bereits eine Stunde dort gesessen hatten, als Ihre Kollegin Daria ins Büro kam?"

122

„Ja."

Silvia blickte Söhlbach forschend an.

„Hast du noch Fragen an die Damen?"

Ihr Kollege schüttelte den Kopf.

„Na dann", sagte Silvia zu den beiden Polinnen. „Danke für die Auskunft. Wir brauchen Sie nicht mehr."

Die zwei jungen Frauen verließen den Raum erst, nachdem Hakan sie angewiesen hatte, wieder in ihre Zimmer zu gehen.

„Soll ich Ihnen noch die Namen der anderen Mädchen aufschreiben?", fragte der Mann hinter dem Schreibtisch.

„Nein, danke", sagte Söhlbach. „Wir würden aber gerne noch mit Piet sprechen."

„Das ist im Moment schlecht", gab Hakan ihm zu verstehen. Er schaute auf seine Uhr. „Piet sitzt jetzt gerade im Flugzeug."

„Im Flugzeug? Wohin fliegt er denn?"

„Nach Warschau."

„Nach Warschau? Was macht er denn dort."

„Sie sind aber ganz schön neugierig, Herr Kommissar."

„Das ist mein Beruf", sagte Söhlbach. „Da muss man neugierig sein."

Hakan schmunzelte.

Dann sagte er: „Piet besucht polnische Freunde in Warschau."

„Wie lange bleibt er denn dort?"

„Er kommt morgen schon wieder zurück." Noch während er antwortete, erhob er sich. „Wenn Sie wollen", sprach er weiter, „dann kann ich Ihnen Piets Telefonnummer geben. Sie können ihn gerne anrufen."

„Das ist eine gute Idee", meinte Sven. „Sie können uns doch bestimmt auch sagen, wo Piet Sonntagnacht war, oder?"

„Ja, klar. Piet lag zuhause in seinem Bett und hat geschlafen."

Söhlbach schmunzelte.

„Und woher wollen Sie das so genau wissen? Sie haben ja nicht danebengelegen."

„Nein. Ich war ja hier. Piet war seit Sonntagmorgen hier und ist bis zwei Uhr nachts geblieben. Dann ist er nachhause gefahren, um ein paar Stunden zu schlafen. Am Montagmorgen hat er mich hier abgelöst. Er wohnt in Ratingen und wenn man die Fahrtzeit abzieht, blieben ihm noch knapp vier Stunden zum schlafen, und diese Zeit hat er deshalb auch garantiert im Bett verbracht."

„Was für ein Auto fährt Piet denn? Welche Marke und welche Farbe?", fragte Muisfeld nun, in der Hoffnung, dass die Antwort ein schwarzer Mercedes GL war.

„Ich weiß zwar nicht, warum Sie das wissen wollen", sagte Hakan, „aber der Piet fährt `ne absolut geile Karre, einen schneeweißen Oldsmobile Delta von 1983."

„Kenn ich nicht", murmelte Silvia etwas enttäuscht und schaute ihren Kollegen an. „Kennst du so ein Auto, Sven?"

„Ja", antwortete Söhlbach. „Das ist so ein spritschluckender Amischlitten."

Der muskelbepackte Hüne, der sich als Beschützer der Damen sah, übergab Muisfeld einen Zettel. „Das steht Piets Telefonnummer drauf. Wenn Sie etwas wissen wollen, rufen Sie ihn einfach an. Sie können ihn aber auch gerne anrufen, wenn Sie mal an einen beruflichen Wechsel denken."

Silvia ging auf diese Bemerkung nicht ein.

Stattdessen fragte sie ihn: „Und Sie haben weder Svetlana, noch die anderen beiden Damen seit damals nicht mehr gesehen?

„Nein. Das sagte ich Ihnen doch schon."

„Hat Ihnen vielleicht eines Ihre Mädchen erzählt, dass sie die drei zwischendurch mal gesehen haben?"

„Nein. Diese Schlampen sind einfach abgehauen, ohne ein Wort zu sagen. Auch ihre damaligen Kolleginnen waren von ihrem plötzlichen Verschwinden überrascht gewesen. Sie können mir glauben, hätte eines der Mädchen davon gewusst, dann hätte ich es aus ihr rausgekitzelt."

Silvia schaute kurz auf den Zettel, den Hakan ihr in die Hand gedrückt hatte.

„Da steht nur eine Telefonnummer drauf", sagte sie und blickte den Mann vor sich fragend an.

„Ja. Sie wollten diese Telefonnummer doch haben."

„Wie wäre es denn mit einem Namen zu dieser Nummer?", fragte sie.

„Piet", war die kurze Antwort.

„Und wie weiter? Piet hat doch bestimmt auch einen Nachnamen."

Hakan grinste die Kommissarin an.

„Ich kenne seinen Nachnamen nicht. Für mich ist er nur Piet und alles andere interessiert mich nicht. Wenn Sie seine vollen Namen wissen wollen, dann rufen Sie ihn doch einfach an und fragen ihn danach. Seine Nummer haben Sie ja jetzt."

Da Söhlbach und Muisfeld der Überzeugung waren, hier keine weiteren Informationen mehr zu bekommen, verließen sie das Haus.

Draußen vor der Tür nahm Muisfeld ihr Handy und wählte die Nummer, die Hakan ihr gegeben hatte.

„Dann wollen wir doch mal nachhorchen, wann wir Piet sprechen können."

„Meinst du, das macht ihn nicht misstrauisch?"

„Er soll ruhig wissen, dass wir etwas von ihm wollen. Vielleicht wird er dann nervös. Wer nervös ist, macht Fehler. Außerdem können wir davon ausgehen, dass ihn sein Freund Hakan schon informiert hat."

Sie lauschte in ihr Mobiltelefon.

„Der Gesprächsteilnehmer ist im Moment nicht erreichbar", sagte sie. „Dann eben nicht."

Die beiden setzten sich in ihren Dienstwagen und fuhren zurück ins Präsidium.

*   *   *

Wenn einem Menschen etwas Verletzendes zugefügt wurde, sucht er dafür einen Schuldigen. Kennt er den oder die Schuldigen bereits, kann er sie zur Rede stellen.

Doch das ist manchmal nicht einfach und manchmal ist es aus anderen Gründen überhaupt nicht möglich.

Dann entwickelt der Verletzte oft nach und nach Wut auf die Schuldigen. Aus dieser Wut wird dann Hass, und aus dem Hass entsteht ein unstillbares Rachegefühl.

Es steigert sich zu einer Sucht, sich für das Unerträgliche, was einem angetan wurde, zu rächen.

Dann brodeln die Gedanken daran, die Schuldigen aus Rache zu töten, immer mehr, bis schließlich der finale Entschluss feststeht:

Die Schuldigen werden sterben. Eine nach der anderen.

Es wird ein genauer Plan geschmiedet, denn niemand soll auch nur im entferntesten Gedanken darauf kommen, wer die Schuldigen getötet hat.

Es wäre eine Schande, wenn sie, nachdem, was sie getan haben, noch weiterleben dürften.

Trotz den oft wirren und bösartigen Gedanken gilt es, nach außen cool und ruhig zu wirken, besonders, wenn der erste Teil der Rache schon vollendet ist.

Svetlana ist tot. Ein zunächst befriedigender Gedanke. *Es war ein großartiges Gefühl, als ich sie in das Boot geworfen habe und es hörte sich gut an, als ihr Schädel gegen die Bordwand schlug. Leider konnte sie das nicht mehr spüren. Es ging zu schnell, viel zu schnell. Virgin ist die nächste. Ich werde mir mit ihr mehr Zeit lassen.*

*   *   *

Söhlbach und Muisfeld saßen wieder in ihrem Büro.

Sie redeten darüber, inwieweit Hakan und Piet in den Mord verwickelt sein könnten.

„Sie bezeichnen sich als Beschützer", sagte Silvia verächtlich. „Dabei sind es eiskalte Zuhälter. Hast du gesehen, wie ängstlich die beiden Polinnen Hakan angeguckt haben?"

Ihr Kollege nickte. „Das ist mir nicht entgangen."

„Und außerdem", redete Silvia weiter, „glaube ich nicht, dass dieser Piet nach Polen geflogen ist, um Freunde zu besuchen. Er wird sich in Warschau auf die Suche nach neuen Mädchen für die Charlottenstraße gemacht haben."

„Das vermute ich auch", sagte Sven.

Silvia spürte deutlich, dass ihr Kollege nicht ganz bei der Sache war. Seitdem die beiden wieder in ihrem Büro saßen, wirkte er irgendwie nachdenklich.

Er denkt an Virgin, ging es ihr durch den Kopf.

Sie wollte das Thema auch nicht mehr von sich aus ansprechen.

Wenn er drüber reden will, wird er es mir schon sagen.

Sie wurde aus ihren Gedanken gerissen, als sich plötzlich die Bürotür öffnete.

Metzger-Ibbenburg, der Leiter des Kommissariats, trat ein.

„Ich habe mir gerade Ihren Bericht über den momentanen Ermittlungsstand angesehen", sagte er. „Als ich meine Vermutung äußerte, dass der zurückliegende Fall mit der Toten vom Wambachsee einen Zusammenhang mit dem aktuellen Fall haben könnte, hatte ich ganz offensichtlich ein gutes Näschen. Dass die beiden Toten Prostituierte waren, kann kein Zufall sein."

„Daran haben wir auch schon gedacht", erklärte Söhlbach.
„Gibt es im Fall Svetlana Sarow sonst noch etwas Neues?", wollte der Chef wissen.

Silvia berichtete über ihren Besuch auf der Charlottenstraße und dass die beiden Zuhälter zu den Tatverdächtigen zählen könnten.

„Einer von den beiden", sagte sie, „er heißt Hakan, hat aber für den fraglichen Zeitraum ein Alibi. Der andere, der sich Piet nennt, ist im Moment in Warschau, soll aber angeblich morgen wieder zurück nach Deutschland kommen."

Metzger-Ibbenburg nickte.

„Mit den Worten „Dann bleiben Sie mal am Ball", verließ er das Büro.

„Ist der Chef krank?", sagte Muisfeld, nachdem Metzger-Ibbenburg die Tür hinter sich geschlossen hatte. „So ausgeglichen kenne ich ihn gar nicht."

„Du hast Recht, Silvia. Sonst drängt er uns doch immer und sagt, dass er schnelle Ermittlungsergebnisse sehen will."

Seine Kollegin lachte.

„Ich habe heute auch seinen Standardspruch vermisst."

Sven blickte sie an.

„Welchen der vielen Metzger-Ibbenburg-Sprüche meinst du?"

„Na, welchen wohl? Man, man, man, was soll ich bloß der Presse sagen?"

Jetzt lachten sie beide.

Der Kommissariatsleiter Metzger-Ibbenburg war ein Mann, der den Kollegen in seiner Abteilung alles abverlangte. Egal, worum es ging, er forderte Einsatz und er forderte schnelle Ermittlungsergebnisse. Oft fühlten sich die

Mitarbeiter des Kommissariats von ihm unter Druck gesetzt. Trotz der vielen Überstunden, die den Kollegen aufgebrummt wurden, hatte Metzger-Ibbenburg ein gutes Händchen für seine Leute. Er spürte, wenn irgendein Kollege, was die Arbeit angeht, an seine Grenzen gekommen war. Dann schickte der Chef ihn spontan für einige Zeit nach Hause, damit er seine Überstunden abfeiern konnte. Trotz des Drucks, den Metzger-Ibbenburg auf seine Mitarbeiter ausübte, war er bei ihnen beliebt, denn er war ein Chef, der voll hinter seinen Leuten stand. Wenn es mal von außen irgendwelche Beschwerden über Kollegen seiner Abteilung gab, dann war er es, der diese Beschwerden, selbst wenn sie berechtigt waren, abschmetterte. Erst vor einem Monat hatte ein Kollege aus seinem Kommissariat bei Ermittlungsarbeiten gegen die Dienstvorschriften verstoßen, um an Beweise zu kommen. Es war darum gegangen, einen Mann, der im Verdacht stand, ein elfjähriges Mädchen vergewaltigt und danach getötet zu haben, zu überführen. Der ermittelnde Kommissar war eigenmächtig nachts über einen Zaun geklettert, um in den Garten des Tatverdächtigen einzudringen. Dort hatte er einen Ohrring und die Zahnspange des Mordopfers entdeckt. Diese Beweismittel hatte er an Ort und Stelle gelassen, mit dem Plan, am nächsten Tag, gemeinsam mit Kollegen, dem Tatverdächtigen einen Besuch abzustatten. Bei diesem Besuch wollte er die Beweismittel offiziell sicherstellen. Leider war er, als er das Grundstück wieder verlassen wollte, vom Tatverdächtigen und dessen Freund, der zufällig auch sein Anwalt war, erwischt worden. Als der Kommissar am nächsten Morgen seinen Dienst angetreten hatte, war er bereits erwartet worden. Der

Anwalt des Tatverdächtigen hatte bereits alles mobilisiert und sogar den Polizeipräsidenten, den er offensichtlich persönlich kannte, dazu gebracht, anwesend zu sein, wenn er mit einer Dienstbeschwerde gegen den Polizisten, der eigenmächtig in fremde Gärten eingedrungen war, vorgeht. Der beschuldigte Kommissar hatte sich im Beisein vieler Kollegen des Kommissariats die schweren Vorwürfe anhören müssen. Der Anwalt hatte eine sofortige Suspendierung des Mannes gefordert. Die Anwesenheit des Polizeipräsidenten sorgte dafür, dass der beschuldigte Beamte alle Vorwürfe über sich hatte ergehen lassen. Spätestens, als der Präsident persönlich ihn gefragt hatte: „Sind Sie sich der Schwere dieses Vergehens eigentlich bewusst?", war der Beschuldigte davon überzeugt gewesen, nun seinen Job verloren zu haben.

Dann hatte Metzger-Ibbenburg den Raum betreten. „Was ist denn hier los?", hatte er wissen wollen. Nachdem der Polizeipräsident eine kurze Erklärung abgegeben hatte, reagierte Metzger-Ibbenburg auf seine ganz eigene Weise. „Jetzt werde ich Ihnen mal was erzählen", hatte er mit durchdringender Stimme gesagt. „In manchen Abteilungen scheint der Dienst ja ruhig dahinzuplätschern. In meinem Kommissariat geht es aber um Tötungsdelikte und das bringt meine Mitarbeiter oft an ihre Grenzen. Da wird hart gearbeitet. Wo gearbeitet wird, werden auch Fehler gemacht, und wo schwer gearbeitet wird, wird auch mal ein schwerer Fehler gemacht." Dann hatte er sich mit folgenden Worten an den Anwalt gewandt: „Ihre Beschwerde habe ich zur Kenntnis genommen. Ich werde mich darum kümmern. Sie dürfen gehen." Ohne noch einmal auf den anwesenden

Polizeipräsidenten einzugehen, hatte der Kommissariatsleiter den beschuldigten Mitarbeiter darum gebeten, ihn in sein Büro zu begleiten. Dort hatte sich Metzger-Ibbenburg die Geschichte des Kommissars angehört und sofort bei der Staatsanwaltschaft einen Durchsuchungsbeschluss für das Haus des Mordverdächtigen beantragt. Bei der danach durchgeführten Hausdurchsuchung waren sogar noch mehr Beweismittel gefunden worden, die den Mörder des Mädchens endgültig überführt hatten. Der Kommissar, der unbefugt auf das Grundstück des Mörders eingedrungen war, tat unterdessen weiterhin seinen Dienst, als sei nichts geschehen. Alle Kollegen wussten, dass Metzger-Ibbenburg es geschickt verstanden hatte, diese Ge-schichte, ohne weitere Folgen für den beschuldigten Kommissar, einfach unter den Tisch zu kehren.

So war er, der Chef von Söhlbach und Muisfeld, streng, fordernd, aber gerecht. Er war ein Chef, der trotz seiner oft polternden Art, beliebt war.

Dass sich Sven und Silvia, wie eben erst geschehen, oft über ihn lustig machten, gehörte einfach dazu.

„So", sagte Sven, „Jetzt werde ich mir erst mal diesen Hakan näher anschauen."

Er nahm sein Handy und sah sich das Foto von Hakans Pass an. Dann gab er die Daten in den Computer auf seinem Schreibtisch ein.

„Ich hab´s geahnt", murmelte er. „Dieser Hakan ist kein unbeschriebenes Blatt. Ein Vorstrafenregister, was sich sehen lassen kann. Diebstahl, Verstöße gegen das Betäubungsmittelgesetz, unerlaubter Waffenbesitz, Drogenhandel, Waffenhandel und zwei Haftstrafen wegen schwerer Körperverletzung."

„Junge, Junge", meinte seine Kollegin.

„Nach der ersten Haftstrafe, zwei Jahre ohne Bewährung, war er wegen guter Führung nach einem Jahr wieder auf freien Fuß gekommen. Zwei Jahre später hatte er schon wieder eingesessen. Da waren es vier Jahre, von denen er drei absitzen musste."

„Viel erlauben kann der sich nicht mehr", folgerte Silvia.

„Schade, dass wir noch nichts Näheres über diesen Piet wissen. Ich denke, er wird genau so ein Strafregister haben."

Söhlbach wollte sich gerade dazu äußern, als sein Handy klingelte.

„Ja bitte?", meldete er sich.

Sven hörte eine ganze Zeit lang dem Anrufer aufmerksam zu.

Dann sagte er: „Okay, ich komm´ gleich."

Der Kommissar beendete das Gespräch.

Seiner Kollegin war Svens plötzlicher, nachdenklicher Gesichtsausdruck nicht entgangen.

Als Söhlbach nicht sofort Anstalten machte, etwas über den Telefonanruf zu sagen, wurde Muisfeld neugierig.

„Was ist los?", fragte sie. „Wohin musst du?"

„Ich treffe mich mit Anna", antwortete er.

„Oh", sagte Silvia. „Etwas Privates."

Ihr Kollege schüttelte den Kopf.

„Nein, es ist etwas Dienstliches."

Die junge Kommissarin merkte sofort, dass Sven aufgeregt war. Er wirkte unruhig.

„Sagst du mir, worum es geht?", fragte sie.

„Anna hat wieder diese rothaarige Frau gesehen. Die Frau hatte auf der Buckelbrücke gestanden und ihre Jacht beobachtet."

„Und deshalb triffst du dich jetzt mit ihr?"

„Es gibt Fotos. Anna hat diese Frau mit dem Handy fotografiert und ich soll mir diese Fotos mal ansehen."

Silvia grinste.

„Anna", sagte sie. „Warum nennst du sie nicht bei ihrem Künstlernamen Virgin?"

Sven ging auf ihre Anmerkung nicht ein.

„Ich werde jetzt zu ihr fahren und mir diese Fotos mal anschauen."

„Meinst du, ich weiß nicht, warum du zu ihr fahren willst? Wenn es dir nur um die Fotos gegangen wäre, dann hättest du dir die Bilder auf dein Handy schicken lassen."

„Ja, schon", gab Söhlbach ihr zu verstehen, „aber ich wollte Anna ja auch noch zum Verhalten dieser Rothaarigen befragen."

„Und wo triffst du dich mit ihr?"

„Auf der Jacht."

„So, so", sagte Silvia. „Du triffst dich mit ihr also auf dem Boot, diesem schwimmenden Luxuspuff."

„Es ist aber dienstlich", entgegnete Sven, „und es ist wichtig. Oder hast du vergessen, dass wir in einem Mordfall ermitteln?"

Als er das sagte, wirkte er ungehalten. Man merkte ihm an, dass ihm diese spitzen Anmerkungen seiner Kollegin nicht passten.

„Wenn es dienstlich ist", sagte Muisfeld, „dann kann ich dich ja begleiten, um dich bei der Befragung der Zeugin zu unterstützen."

Söhlbach holte tief Luft.

Dann sagte er: „Ich werde allein dorthin fahren. Anna hat gesagt, dass sie mit mir auch noch über etwas anderes reden möchte, und das hörte sich nicht so ganz dienstlich an."

„Tust du mir einen Gefallen, Sven?"

„Und welchen?"

„Lass dich bitte nicht von ihr um den Finger wickeln."

„Ich denke", antwortete Söhlbach, „du weißt genau, dass sie mich nicht um den Finger wickeln will. Ihr geht es darum, dass der Mord an ihrer besten Freundin aufgeklärt wird. Dass ich Anna nett finde, hat nichts mit den Ermittlungsarbeiten zu tun."

Sven erhob sich von seinem Platz und ging zur Tür.

„Und außerdem", sagte er, „musst du dich nicht in meine Privatangelegenheiten einmischen. Du bist schließlich nicht meine Mutter."

Als Söhlbach das Büro verlassen wollte, rief Silvia ihm noch einmal hinterher.

„Sven."

Er wandte sich zu ihr um.

„Ja?"

„Bitte, mein Lieblingskollege, mach´ keinen Scheiß."

Die Antwort war ein kurzes Schulterzucken.

Dann schloss er die Tür hinter sich.

* * *

Virgin hatte ihren Besucher bereits am Tor erwartet, um ihm den Zugang zur Marina zu gewähren.

„Hallo Sven", begrüßte sie ihn mit ihrer sanften Stimme.

„Hallo Anna", grüßte er zurück und spürte sofort wieder die unglaubliche Anziehungskraft dieser Frau.

„Du hast also Fotos von dieser Rothaarigen gemacht?"

„Ja, aber lass uns darüber auf der Jacht reden."

Die junge Frau ging vor und Sven folgte ihr.

Virgin hatte das gleiche Kleid an, welches sie bei ihrem Besuch in seiner Wohnung getragen hatte, das Kleid, welches einem Kimono glich.

Während Söhlbach hinter ihr her schritt, hatte er keine Augen für die vielen Jachten, die hier in der Marina festgemacht hatten. Sein Blick war einzig und allein auf Virgin gerichtet.

Wie sie sich bewegt, dachte er. *Es sieht aus, als ob sie schwebt.*

Er schaute von hinten auf ihre rotbraunen Haare, die sich bei jedem ihrer Schritte leicht auf und ab bewegten.

Ihre Haare wirken so seicht, so locker und leicht.

Für einen Moment glaubte er, einen wunderschönen, dezenten Duft wahrzunehmen, der von der vor ihm schreitenden Frau sanft zu ihm herüber wehte.

Was für eine Schönheit.

In dem Moment, als er das dachte, hatte er das Gefühl, sich selbst wachrütteln zu müssen.

Denk an etwas anderes.

Die beiden erreichten die Jacht.

Als Virgin über die leicht erhöhte Reling auf die Jacht stieg, rutschte ihr Kleid im Schritt für einen Moment nach hinten und legte ihr Bein frei. Für einen kurzen Augenblick gewährte das geöffnete Kleid Sven auch einen Blick, der etwas höher als das Bein reichte.

Sie trägt nichts darunter!

Wirre Gedanken gingen ihm durch den Kopf. Er dachte daran, ob sie das absichtlich gemacht hatte oder ob das Kleid nur aus Versehen so weit nach oben gerutscht war.

In diesem Moment fühlte sich der sonst so selbstbewusste Söhlbach wie ein kleiner, unsicherer Junge, dem es im Prinzip egal war, ob es ein Versehen oder Absicht war. Der Anblick, auch wenn er ihm nur für einen Sekundenbruchteil gewährt worden war, war mehr als erregend.

Als er das Boot bestieg, wäre er fast über die Reling gestolpert, weil seine Augen immer noch wie gebannt auf die Schönheit vor ihm gerichtet waren.

Virgin betrat den mit weißen Sitzmöbeln ausgestatteten Raum und Söhlbach folgte ihr.

„Setz dich, Sven", forderte sie ihn auf.

Nachdem er auf einem schneeweißen Sofa Platz genommen hatte, bot Virgin ihm mir ihrer sanften, fast flüsternden Stimme etwas zu trinken an.

„Wasser", antwortete er.

Es war der Moment, als es ihm gelang, seine Sinne wieder beieinander zu halten.

Aus der hinteren Tür trat Tatjana in den Raum.

„Hallo", grüßte sie freundlich.

Söhlbach grüßte zurück.

Tatjana wandte sich an ihre Freundin.

„Virgin, meine Liebe, du hast vergessen, unten etwas wegzuräumen."

„Ach so", antwortete ihre Freundin. „Das mache ich gleich."

Söhlbach konnte nicht ahnen, was Tatjana gemeint hatte, denn das, was Virgin vergessen hatte wegzuräumen, waren ein paar Hunderteuroscheine. Es war Geld, was Virgin heute Morgen schon verdient hatte. Ihr morgiger Gast war erst vor einer Stunde gegangen. Es war Uwe Sommer, der Mann, der auch die ermordete Svetlana als letzter besucht hatte.

Sven bemerkte sofort, dass Tatjana niedergeschlagen wirkte. Ihre Gesichtszüge spiegelten Traurigkeit wider und unter ihren Augen sah man Ansätze von Tränensäcken. Ihre markanten Narben auf dem Kinn und der Nase wirkten tiefer. So ausgeprägt hatte Sven die Narben nach ihrer ersten Zusammenkunft nicht in Erinnerung.

Tatjana ging wortlos an ihm vorbei.

Als sie die Tür, die hinaus auf das Außendeck führte erreicht hatte, fragte Virgin sie: „Was hast du vor? Wohin gehst du?"

Die Angesprochene blickte sie an, zuckte kurz mit den Schultern und meinte: „Was soll ich schon vorhaben? Ich fahr' wieder etwas herum."

Söhlbach sah durch die großen Panoramascheiben, dass Tatjana das Boot verließ und über den Steg in Richtung Ausgang verschwand.

„Deine Freundin sieht sehr mitgenommen aus", sagte er zu Virgin.

„Ja, sie ist nur noch unterwegs, um sich abzulenken", antwortete die junge Frau, während sie ein Glas Wasser vor ihrem Besucher auf den Tisch stellte. „Tatjana kommt mit dem Tod von Svetlana genauso wenig klar, wie ich. Heute Morgen hatten wir uns weinend in den Armen gelegen. Wir können das einfach nicht verstehen. Tatjana versucht, sich irgendwie abzulenken. Zuerst war sie in der

Stadt unterwegs. Sie ist erst vorhin zurückgekommen. Kurz bevor du gekommen bist hat sie gemeint, dass sie es auf der Marinalove nicht mehr aushält. Sie hat gesagt, dass sie sich vielleicht einfach ins Auto setzen will, um irgendwo herumzufahren, damit sie sich ablenken kann. Ich hab´ das Gefühl, sie hat es noch mehr getroffen als mich. Wenn ich ehrlich bin, dann würde ich am liebsten auch einfach weglaufen, irgendwohin, wo ich das alles vergessen kann."

„Ich dachte", sagte Söhlbach, „ihr seid mit der Jacht hier hergekommen. Mit was für einem Auto ist Tatjana denn unterwegs?"

„Überall, wo wir festmachen, ordern wir schon vorher einen Leihwagen. Genauer gesagt, sorgt Tatjana dafür. Sie organisiert immer alles. Sie bucht nicht nur die Leihwagen, sondern sorgt auch dafür, dass wir immer besonders schöne Liegeplätze in den Jachthäfen bekommen. Hier in Duisburg ist die Innenstadt schnell zu Fuß erreichbar, doch das ist bei anderen Marinas nicht immer der Fall." Für einen Augenblick wirkte Virgin nachdenklich. „Hoffentlich fährt Tatjana vorsichtig."

Die Traurigkeit, die von ihr ausging, konnte Sven fast körperlich spüren.

„Darf ich dich mal etwas über Tatjana fragen, Anna?"

„Was möchtest du denn wissen?"

„Diese Narben in ihrem Gesicht, wie ist das passiert?"

Das Gesicht der jungen Frau vor ihm verfinsterte sich. Sie atmete tief durch. Es war, als hätte Söhlbach mit dieser Frage eine tiefe Wunde aufgerissen.

„Es war ein Unfall", sagte sie mit zitternder Stimme. „Sie hatte großes Glück, hätte tot sein können." Tränen schossen ihr in die Augen. „Wenn sie damals gestorben wäre, dann hätte ich jetzt niemanden mehr."

Sie ist fix und fertig, ging es Sven durch den Kopf. *Ich hätte ihr diese Frage nicht stellen dürfen.*

„Du wolltest mir doch die Handyfotos zeigen", versuchte er, sie abzulenken.

„Ja, natürlich", sagte sie leise und wischte sich die Tränen aus den Augen.

Sie nahm ihr Handy von einem Regal und begab sich zu ihm. Dann setzte sie sich rechts neben ihrem Besuch auf das Sofa.

Dass sie mit dem Handy in der Hand so dicht an Sven heran rutschte, dass ihre Beine die seinen berührten, ließ ihn für einen Moment angenehm erschauern. Diese Berührung machte ihn aber gleichzeitig nervös.

Die junge Frau merkte seine Reaktion sofort.

„Bin ich dir zu nah´ gekommen, Sven? Soll ich etwas weiter wegrücken?" Wie immer, glich ihre Stimme fast einem Flüstern. Sie klang warm und zurückhaltend.

„Nein", antwortete er. „Im Gegenteil."

Oh Gott, schoss es ihm in diesem Moment durch den Kopf. *Was habe ich da gerade gesagt?*

Virgin lächelte und nahm seine Antwort als Aufforderung, noch näher an ihn heran zu rücken, so nah, dass sich auch ihre Schultern fast berührten.

Dann zeigte sie ihm die Fotos auf ihrem Handy.

„Siehst du, da steht die Frau wieder auf der Brücke."

Insgesamt hatte Virgin die Frau fünfmal fotografiert.

„Ich werde dir die Fotos auf dein Handy schicken", sagte sie. „Die Frau stand leider ziemlich weit weg und ich habe sie beim Fotografieren schon etwas heran gezoomt."

Virgin vergrößerte das Foto auf dem Handy.

„Leider kann man das Gesicht nicht richtig erkennen, weil es beim Vergrößern total unscharf wird. Sie stand eben viel zu weit weg. Vielleicht kannst du die Fotos ja auf dem Computer hochladen und dann etwas mehr erkennen."

Söhlbach hörte zwar ihre Worte, aber die Nähe zu Anna, die in seinen Augen die absolute Traumfrau war, ließen keine konzentrierten Gedanken zu.

Sven hatte das Gefühl gefesselt zu sein. Er saß neben ihr, ihre Körper berührten sich und er wusste nicht, wie er sich in diesem Moment verhalten sollte. Ihm fehlten sogar die Worte, jetzt etwas Passendes zu sagen.

Die Frau neben ihm schwieg aber auch.

Nach einer Weile sagte sie leise: „Sven, hast du etwas dagegen, wenn ich meinen Kopf an deine Schulter lege?"

Söhlbach schluckte.

„Nein", kam es heiser und kaum hörbar aus seinem Mund und man hatte den Eindruck, als wollte seine Stimme versagen. Er räusperte sich und sagte dann noch einmal: „Nein."

Sie legte ihren Kopf an seine Schulter und seufzte.

Das war der Moment, als Söhlbach endgültig keinen klaren Gedanken mehr fassen konnte. Er wusste nicht, ob es an dem angenehmen Duft lag, der aus ihren Haaren zu ihm herüber strömte oder ob es an der sanften Berührung lag, aber er hatte in diesem Moment das Gefühl, zu schweben.

Dieses angenehme Gefühl steigerte sich, als die betörend schöne Frau Svens rechte Hand ergriff und über ihren Kopf hob, um seinen Arm um ihre Schulter zu legen.

„So ist es bequemer", sagte sie.

„Ja", bestätigte er, obwohl er nicht wusste, wie er sich in dieser Situation verhalten sollte.

Anna saß angekuschelt neben ihm und es war, als würde sie es genießen.

Sven wollte etwas zu ihr sagen, doch er wusste nicht, was. Ihm fielen einfach keine passenden Worte ein. Er hatte auch Angst, in diesem Moment etwas Falsches zu sagen.

„Ach, Sven", hauchte sie und schmiegte ihren Kopf an seine Schulter. „Ich..."

Mehr sagte sie nicht.

„Was wolltest du sagen, Anna?"

„Ich weiß nicht, wie ich es dir erklären soll und eigentlich kann ich es auch nicht richtig erklären, Sven, aber der gestrige Abend bei dir war so wunderschön."

„Ja, das war er."

„Weißt du, Sven, als wir zwei gestern in deiner Wohnung zusammen saßen, hast du es irgendwie geschafft, mich sogar für einige Zeit von meiner Trauer abzulenken. Wir zwei haben uns über Gott und die Welt unterhalten und uns gegenseitig viel von unserem Leben erzählt. Du hattest es sogar geschafft, mich zum Lachen zu bringen, und das heißt was."

„Mir hat der Abend mit dir auch gefallen, Anna."

Trotz des Glücksgefühls, welches Sven momentan verspürte, war tief in seinen Gedanken immer noch eine Stimme, die ihn leise daran erinnerte, dass er neben einer Prostituierten saß.

„Aber du unterhältst dich doch bestimmt auch mit deinen Gästen über viele Dinge", sagte er zu ihr.

„Ja, natürlich", kam es mit der für sie typischen, zurückhaltener Stimme über ihre Lippen. „Meine Gäste erzählen mir sogar sehr private Dinge. Diese Gespräche sind aber trotzdem in meinen Augen irgendwie geschäftlich. Ich sag´ es zwar nicht gerne, aber es sind halt meine Kunden und nicht mehr."

Sie nahm ihren Kopf hoch und schaute Sven in die Augen.

„Ich kann mich nicht mehr daran erinnern, wann ich das letzte Mal mit einem Menschen so frei und ungezwungen geredet habe. Gestern war für mich eigentlich ein schrecklicher Tag, doch du hast mich abends von diesem Schrecken befreit und das nur durch deine Anwesenheit."

„Wenn ich ehrlich bin", sagte Sven und erwiderte ihren Blick, „dann fühle ich mich in deiner Anwesenheit auch sehr wohl."

Sie lächelte tiefgründig.

„Auch jetzt", hauchte sie, „spüre ich wieder dieses schöne Gefühl. Es ist schön, dir so nah sein zu dürfen."

Söhlbach wandte seinen Blick von ihr ab um schaute durch das große Panoramafenster nach draußen.

„Was hast du?", fragte sie ihn.

Er atmete tief durch.

„Ach, Anna", sagte er. „Ich weiß nicht, was mit mir los ist."

„Wie meinst du das?"

„Das mit dir ist so anders."

„Wie, anders?"

Er schaute ihr wieder in die Augen.

„Ich kann´s dir nicht erklären, Anna. Ich verspüre ein wunderbares Gefühl, wenn ich bei dir bin, aber ich weiß einfach nicht, wo ich bei dir dran bin."

Anna nahm seine Hand.

„Wenn ich dir sage, dass ich mich in deiner Nähe wohl fühle", erklärte sie, „dann meine ich das ernst. So etwas habe ich vorher noch nie erlebt. Ich habe das Gefühl, dass mit dir jemand ganz Besonderes in mein Leben getreten ist. Bisher gab es für mich mit Tatjana und Svetlana immer nur zwei Menschen, denen ich vertraut habe. Wahrscheinlich lag es daran, dass sie mich damals von der Straße geholt haben. Sie waren immer für mich da und haben mich sogar selbstlos aus dem Sumpf meiner Alkoholsucht gezogen. Ganz genau genommen, war ich von den beiden aber auch abhängig. Sie hatten mich dazu gebracht, für Geld meinen Körper zu verkaufen. Ich hatte noch nie viel Selbstvertrauen und das haben die beiden ausgenutzt. Glaub´ nicht, dass ich sie jetzt schlecht machen möchte, denn mir ist bewusst, dass ich ohne sie damals unwiderruflich in der Gosse geendet wäre. Die beiden haben mich von ihnen abhängig gemacht. Ich hatte noch nie das Gefühl, so richtig frei zu sein." Sie wies mit ihrer Hand auf die noble Einrichtung der Jacht. „Was nutzt der ganze Luxus hier, wenn man sich darin wie eine Gefangene vorkommt? Weißt du, Sven, du bist der einzige Mensch, mit dem ich jemals über meine Gefühle geredet habe, und es tu gut, es mal los zu werden."

Söhlbach wurde immer unsicherer.

Warum erzählt sie mir das alles? Ging es ihm durch den Kopf. *Warum ausgerechnet mir?*

„Ich fühle mich in deiner Anwesenheit auch sehr wohl, Anna und auch ich hab´ das Gefühl dass ich dir alles anvertrauen könnte. Ich habe sogar das Gefühl, dass ich…" Er brach den Satz ab.

„Dass du was?", wollte sie wissen.

„Ich weiß es selbst nicht", antwortete er.

„Vielleicht willst du es auch einfach nicht wissen", sagte sie. „Ich habe die halbe Nacht über uns beide nachgedacht, Sven. Hab´ mir immer wieder gesagt, dass es so etwas nicht geben kann. Ich meine damit, dass man einen Menschen nur wenige Stunden kennt und schon

144

glaubt, für immer bei diesem Menschen bleiben zu wollen. Und jetzt sage ich dir ganz ehrlich, was ich fühle und ich hoffe, es wird dich nicht schockieren. Sven, du bist der Mensch, von dem ich mich sofort aus diesem goldenen Käfig hier befreien lassen würde." Sie blickte ihm tief in die Augen. „Sven, ich hab´ mich in dich verliebt."

Ihre Worte hämmerten regelrecht durch seinen Schädel. Hatte sie das wirklich gesagt? Ist es überhaupt möglich, dass sich so eine Traumfrau, so eine Göttin, in einen wie ihn verliebt?

Er schluckte und brachte keinen Ton heraus.

„Warum sagst du nichts?", fragte sie leise.

„Anna", sagte er schließlich, „Ich weiß nicht, was ich jetzt sagen soll."

„Magst du mich nicht?"

„Doch."

„Aber?"

„Ach Anna", sagte er. „Ich glaub´ ich hab mich schon in dich verliebt, als ich dich das erste Mal gesehen habe, aber…"

Auch dieses Mal brachte er den Satz nicht zu Ende.

„Verstehe", sagte sie leise. Ihr Blick ging nach unten. „Es ist, weil ich eine Prostituierte bin."

Man hörte Söhlbach laut schlucken.

Ihm war, als hätte sich soeben sein Gehirn von ihm verabschiedet, als sei sein Kopf nur noch eine leere Kugel. Er wusste, dass sie Recht hatte. Tief in seinem Inneren war immer diese leise Stimme gewesen, die ihn daran erinnert hatte, daran, dass sie eine Prostituierte war.

Ich liebe sie, ging es ihm durch den Kopf. *Ich liebe eine Prostituierte.*

„Sven", hörte er ihre Stimme wie aus weiter Ferne. „Bitte sag mir die Wahrheit. Liegt es daran?"

Er atmete tief durch und nickte.

Die nächste Minute wurde von einem fast unerträglichen Schweigen begleitet.

Schließlich schaute Söhlbach sie an. Die wundervollste Frau, die ihm je begegnet war, saß mit gesenktem Kopf neben ihm. Ihr anmutiges Gesicht spiegelte Verzweiflung wider und über ihre Wangen rollten Tränen hinab.

Ich bin das schuld, dachte er verzweifelt, *ich habe sie unglücklich gemacht.*

Er war sich sicher, dass alles, was sie zu ihm gesagt hatte, ehrlich gemeint war. Für sie war er der Mann, der sie in ein anderes Leben führen konnte, in ein ganz normales Leben, das Leben, von dem sie immer geträumt hatte.

Sie hat gesagt, dass sie mich liebt. Ich liebe sie doch auch.

Sven dachte daran, dass es eigentlich etwas Wunderschönes war, wenn sich Menschen ineinander verlieben, doch diese Liebe hier war anders.

Er blickte sie an und spürte fast körperlich, wie sie litt. Er wusste, dass ihre Gefühle zu ihm echt waren und dass die Tränen in ihrem Gesicht pure Verzweiflung ausdrückten.

Söhlbach erhob sich. Er nahm ihre Hände und zog sie hoch. Als sie stand, nahm er sie in den Arm und drückte sie.

„Ach Anna", sagte er. „Ich liebe dich doch auch."

Nun flossen auch bei ihm die Tränen.

„Ich weiß", sagte sie leise. „Ich habe es von Anfang an gespürt."

Dann machte sie einen Schritt zurück.

„Sven, ich habe die halbe Nacht über uns nachgedacht und ich habe versucht, mich in dich hinein zu versetzen. Ich hab´ mich gefragt, was ein Mann, der mit einer wie mir zusammen ist denkt, wenn er mit mir schläft. Er wird immer daran denken, mit wie vielen Männern ich schon Sex hatte. Auch wenn dieser Sex beruflich war, wenn er nur gespielt war und ich nichts dabei empfunden habe, es würde diese Beziehung für immer begleiten."

Söhlbach blickte sie an. Über das, was sie gerade gesagt hat, hatte er sich noch keine Gedanken gemacht.

„Das zwischen uns beiden", sagte sie, „wird nicht funktionieren." Sie schluckte, wirkte aber wieder gefasst. Dann meinte sie: „Ich bin im Moment zu aufgebracht, um mit dir darüber reden zu können. Trotzdem möchte ich mich noch einmal mit dir treffen. Vielleicht Morgen? Lass uns bitte eine Nacht darüber schlafen. Was hältst du davon?"

„Können wir machen", antwortete Söhlbach unsicher.

„Morgen Abend bei dir?", fragte sie.

Er nickte.

„Ich geh´ dann jetzt", sagte er und begab sich zur Tür.

Dabei hatte er das Gefühl, durch eine irreale Welt zu schreiten.

Als er die Jacht verlassen hatte und auf dem Steg stand, trat Anna aus der Tür. Sie stand auf dem Deck und schaute ihn an.

„Sven", sagte sie noch einmal.

„Ja?"

„Sven, ich liebe dich."

Dann verschwand sie wieder in den Innenraum.

Söhlbach trottete über den Steg.

Dass der eigentliche Grund seines Besuchs auf der Marinalove die Fotos der rothaarigen Frau gewesen waren, hatte er vergessen.

Ein merkwürdiges Gefühl machte sich in seiner Magengegend breit, ein Unwohlsein, was er sich nicht erklären konnte. Durch seinen Kopf schwirrten konfuse Gedanken.

Reiß dich zusammen!

Mit diesem Gedankengang versuchte er, seine perplexe Situation zu besiegen.

Reiß dich zusammen, wiederholte er die Gedanken.

Er dachte an Annas Worte. Sie hatte gesagt, dass er, wenn sie zusammen wären, immer an ihre Vergangenheit denken würde. Ja, sie hatte sogar gesagt, dass es mit ihnen nicht funktionieren würde. Ihre letzten Worte waren aber: „Ich liebe dich." Und das hatte sie ernst gemeint.

Anna hatte gesagt, dass sie eine Nacht darüber schlafen sollten. Vielleicht war das ja eine gute Entscheidung?

Schlafen, dachte Söhlbach. *Ich werde heute Nacht kein Auge zutun.*

Morgen Abend wird Anna zu ihm kommen. Was wird sie ihm sagen? Dass es sinnlos ist? Was wird passieren, wenn sie zusammen sind? Werden sie sich ihrer Liebe hingeben? Wird Anna mit ihm schlafen, um herauszubekommen, was er beim Sex mit ihr empfindet? Kann er überhaupt mit ihr schlafen, ohne daran zu denken, wie viele andere Männer schon vor ihm das gleiche getan haben?

Jetzt dachte Sven daran, dass er selbst ja schon mit einigen Frauen zusammen war. Es gab schon einige feste Beziehungen, die allerdings nicht lange gehalten hatten, weil immer, wenn sie etwas geplant hatten, etwas Berufliches dazwischen gekommen war. In Svens Leben gab es aber auch Begegnungen mit Frauen, mit denen er nur eine einzige Nacht verbracht hatte. Dabei war es nur um das Vergnügen gegangen.

Er dachte daran, dass all die Frauen, mit denen er schon Sex hatte, vor ihm auch schon mit anderen Männern im Bett waren. Hatte er sich beim Sex jemals Gedanken darüber gemacht, mit wie vielen anderen Männern diese Frauen schon geschlafen hatten?

Nein, das hatte er nicht. Er konnte sich nicht daran erinnern, jemals auch nur einen Gedanken daran verschwendet zu haben.

Sven ging in seinen Überlegungen sogar noch weiter. Alle Frauen, mit denen er bisher Sex hatte, taten es aus reinem Vergnügen. Sie hatten sich der Leidenschaft hingegeben und es genossen. Anna tat es, um Geld zu verdienen und dabei gab es weder Genuss noch Leidenschaft.

Je mehr er darüber nachdachte, je konsternierter wurde er. Für einen Augenblick blieb er stehen und atmete tief durch. Dann versuchte er, seine chaotischen Gedankengänge wieder in andere Bahnen zu lenken.

Freu dich einfach auf Morgen.

Er ging weiter.

Ich werde mich ihr einfach hingeben und ich weiß, es wird wunderschön.

*   *   *

Als Silvia Muisfeld ihr Büro betrat, saß ihr Kollege an seinem Schreibtisch und tippte auf der Computertastatur herum.

„Ach, hier bist du", sagte sie. „Bist du schon lange wieder zurück?"

„Geht so."

„Ich habe dich beim Essen vermisst."

„Hab´ heute keinen Hunger."

„Du, und keinen Hunger?" Der verwunderte Gesichtsausdruck der Kommissarin drückte Unglauben aus. „Bist du krank?"

„Ich hab´ einfach keinen Hunger". Söhlbach blickte zur Uhr. „Dafür hast du ja heute deine Mittagspause bis zur letzten Sekunde ausgenutzt."

„Das klingt ja schon fast vorwurfsvoll. Geht es dir wirklich gut?"

„Ja."

„Und? Hast du die Fotos dieser rothaarigen Frau?"

„Ja." Sven deutete auf den Monitor auf Muisfelds Schreibtisch. „Ich habe die Bilder schon auf deinen Rechner hochgeladen. Die Fotos sind bereits vergrößert, aber man kann die Frau leider nicht genau erkennen."

Silvia schaute sich das Foto an.

Zu sehen war eine Frau, die auf der Fußgängerbrücke, die über den Innenhafen führte, stand. Das Gesicht der Frau war unscharf.

„Diese roten Haare", murmelte Muisfeld. „Sieht wirklich fast wie der Pumuckl aus."

„Was hat denn deine Virgin sonst noch gesagt?", wollte sie von ihrem Kollegen wissen.

Er zuckte mit den Schultern.

150

„Sie ist immer noch nicht über den Tod ihrer Freundin hinweg. Diese Tatjana hat es auch tief getroffen. Bleibt ja auch nicht aus."

„Tatjana war auch da?"

„Ja, aber nur kurz. Sie ist weggegangen, um sich irgendwie abzulenken."

„Und dann warst du mit Virgin ganz allein auf der Jacht. Ihr zwei habt euch doch bestimmt lange und sehr intensiv unterhalten, oder?"

Söhlbach antwortete nicht.

Er stand auf und ging zum Fenster.

Silvia erkannte sofort, dass er ins Leere starrte. Sie trat neugierig neben ihn.

„Sag schon, Sven, was liegt dir auf dem Herzen?"

„Alles Scheiße", sagte er und schaute sie an. „Ach Silvia, ich könnte jetzt deine Hexenkräfte gebrauchen, damit du diesen Zauber von mir nimmst."

Seitdem Söhlbach wusste, dass in der Zeit der Inquisition in Duisburg tatsächlich eine Hexe namens Muisfeld angeklagt und verbrannt worden war, bezeichnete er seine Kollegin spaßeshalber oft als kleine Hexe.

Silvia lächelte.

„Dass Virgin dich verzaubert hat, wusste ich ja", stellte sie fest, „aber dass es so schlimm ist, hätte ich nicht gedacht. Möchtest du mir erzählen, was heute auf der Jacht passiert ist?"

„Was soll schon passiert sein? Wir haben uns unterhalten."

„Die Unterhaltung muss ja sehr intensiv gewesen sein, wenn sie dich so mitgenommen hat."

Söhlbach zuckte erneut mit den Schultern.

„Was soll ich dazu sagen? Ich liebe Anna. Ich liebe eine Prostituierte und sie liebt mich auch. Sie hat es mir gesagt und sie meint es ehrlich."

„Sven, sei mir bitte nicht böse, aber bei mir klingeln da die Alarmglocken. Du bist verliebt, doch Liebe macht blind. Deine Anna ist eine bildhübsche Frau. Ich möchte sie sogar als Naturschönheit bezeichnen. Sie weiß ganz genau, was für eine große Anziehungskraft sie auf Männer hat und sie wird dieses Wissen auch einsetzten. Anna braucht einen Mann nur ansehen und schon ist sie in der Lage, ihn um den Finger zu wickeln. Sie ist…"

„Quatsch!", fuhr Sven ihr ins Wort. „Anna liebt mich. Ich kenne ihre ganze Lebensgeschichte und ich weiß, dass sie das Leben, was sie jetzt führt, eigentlich verabscheut. Was hätte sie davon, wenn sie mich um den Finger wickeln würde? Ich gehöre nicht zu den wohlhabenden Gästen, die sie sonst besuchen. Bei mir gibt es nichts zu holen."

„Das ist allerdings richtig", stimmte Silvia ihm zu. „Bei dir gibt es nichts zu holen, und gerade das macht mich stutzig. Vielleicht hat sie ja etwas mit dem Mord an ihrer Freundin zu tun? Wenn sie dir nahe ist, dann hofft sie vielleicht, etwas über den Stand der Ermittlungen zu erfahren."

„Das ist erst recht Quatsch. Warum sollte sie ihre beste Freundin ermorden? Und überhaupt, woher soll so ein zartes Wesen wie sie, die Kraft her nehmen, den Körper des Mordopfers auf das Boot zu werfen?"

„Da muss ich dir leider zustimmen, Sven. Das würde eine Frau nicht schaffen. Meyer hat gesagt, dass die Tote im hohen Bogen in das Boot geworfen wurde und das erfordert immense Kraft. Der Mörder muss ein starker

Mann gewesen sein. Ich habe ja nicht gesagt, dass Virgin selbst die Mörderin ist, sondern dass sie vielleicht etwas mit dem Mord zu tun haben könnte. Sie könnte den Täter kennen."

Söhlbach schüttelte den Kopf.

„Anna belügt mich nicht", sagte er. „Du kennst mich und weißt ganz genau, dass mich meine Menschenkenntnis noch nie getäuscht hat."

Muisfeld lachte kurz auf und setzte sich an ihren Schreibtisch.

„Na ja, Sven, noch nie ist übertrieben, aber ich muss zugeben, dass du bei der Einschätzung von Leuten fast immer richtig lagst."

„Sag ich doch."

„Aber dieses Mal gibt es bei deiner Einschätzung Abzüge, denn du bist verliebt, und wie ich schon sagte, Liebe macht blind."

Sven winkte ab. „Aber nicht so blind, dass ich nicht ganz genau weiß, dass Anna nichts damit zu tun hat. Wir dürfen bei den Ermittlungen Hakan und diesen Piet nicht aus den Augen lassen. Diese Zuhälter hätten ein Mordmotiv."

„Es könnte aber auch ein Freier gewesen sein", vermutete Silvia. „Die Damen auf der Jacht hatten gut betuchte Kunden. Vielleicht gehörte Svetlana Sarow ja zu den Frauen, die ihre Kunden schamlos gemolken haben."

„Wie meist du das?"

„Ich meine damit, dass sie ihre Kunden erpresst haben könnte. Vielleicht hatte sie ihnen damit gedroht, den Ehefrauen etwas über die Besuche der Männer auf der Jacht zu erzählen. Es besteht ja die Möglichkeit, dass einer der Männer für ihr Schweigen nicht bezahlen wollte und es vorgezogen hat, sie aus dem Verkehr zu ziehen.

Ein klassisches Mordmotiv. Der Erpresser wird aus dem Weg geräumt."

Söhlbach nickte.

„Diese Möglichkeit dürfen wir auf keinen Fall aus-schließen."

„In diese Richtung zu ermitteln", meinte Silvia, „stellt uns aber vor ein großes Problem. Wir kennen die Freier der Sarow nicht."

„Wir nicht", sagte Sven, „aber vielleicht kann uns Anna weiterhelfen."

Er griff nach seinem Handy.

Seine Kollegin grinste. „Eure Nummern habt ihr auch schon ausgetauscht?"

„Rein dienstlich", gab Söhlbach ihr zu verstehen und wählte Annas Nummer.

„Hallo Anna", sagte er schließlich. „Ich bin´s noch mal."

Ausnahmsweise hatte er den Lautsprecher des Handys nicht angeschaltet und seine Kollegin konnte nicht mithören.

Silvia stellte sich gerade vor, wie Virgin ihren Kollegen soeben am Telefon mit ihrer betörend sanften Stimme berieselte.

„Nein", sagte Sven nach kurzer Zeit. „Deshalb rufe ich nicht an. Darüber reden wir morgen Abend ganz in Ruhe. Es geht darum, dass der Mörder deiner Freundin auch einer ihrer Gäste gewesen sein kann. Gibt es eine Möglichkeit, an die Namen von Svetlanas Gästen zu kommen?"

Zu gerne hätte Muisfeld jetzt mitgehört, um zu wissen, was Virgin ihrem Kollegen gerade zuflüsterte. Dieses Mal musste sie sich etwas länger gedulden, bis Sven wieder redete.

„Danke, Anna", hörte Silvia ihn schließlich sagen. „Danke für dein Vertrauen und ich verspreche dir, dass wir es ganz diskret angehen. Niemand wird erfahren, dass die Infos von dir kommen. Ich komme dann Morgen früh zu dir auf die Jacht. Bis dann."

Damit beendete er das Gespräch.

Silvia blickte ihn fragend an. „Und? Das hörte sich ja vielversprechend an."

„Anna will, dass Svetlanas Mörder unbedingt gefasst wird und deshalb unterstützt sie uns. Ich werde morgen um zehn Uhr bei ihr auf der Jacht sein. Dann ist sie alleine und wird mir die Liste von Svetlanas Gäste zukommen lassen."

„Dann haben diese Damen also eine Gästeliste? Diese Liste dürfte ganz schön heikel sein. Ich glaube, wenn die Freier wüssten, dass es so eine Liste gibt, könnten sich die Damen warm anziehen."

„Es weiß aber niemand", sagte Sven. „Anna sagte mir, dass jede von ihnen in ihrem Zimmer auf der Jacht ein Geheimfach hat. Darin sind die Gästelisten gut versteckt."

„Hat dir deine Anna auch verraten, warum sie so eine Liste führen?"

„Ja. Sie sagte, dass Tatjana darauf bestanden hatte, solche Listen anzulegen, damit sie darauf zugreifen können, wenn einer der Gäste mal durchdrehen sollte. Es wäre schließlich gut, immer zu wissen, mit wem man es zu tun hat. Anna sagte aber auch, dass sie diese Listen noch nie gebraucht haben."

Silvia lehne sich zurück und grinste.

„Dann hast du ja alles richtig gemacht, mein lieber Kollege. Gute Arbeit. Du hast dich extra mit Anna angefreundet, um an Infos zu kommen."

Er schaute in ihr grinsendes Gesicht.

„Und du, meine liebe Kollegin, bist manchmal wirklich eine Hexe und zwar eine richtig bösartige."

Jeder von den beiden wusste ganz genau, dass der andere solche Anmerkungen nicht ernst meinte.

Muisfelds Blick ging zum Monitor. Dort war das Foto mit der rothaarigen Frau zu sehen, die auf der Buckelbrücke im Innenhafen stand.

„Gibt es, außer diesem Pumucklfoto noch etwas Neues in diesem Fall?", fragte sie Sven. „Kann ja sein, dass ich in meiner Mittagspause noch etwas verpasst habe."

„Nee, sonst gibt es nichts. Das heißt, doch, aber es ist unwesentlich. Mein Bekannter Bernd vom Bootsverleih am Wambachsee hat mich angerufen und mir erzählt, dass er und Silke so fertig seien, dass sie den Bootsverleih für den Rest der Woche nicht mehr aufmachen wollen. Er hatte mich auch gefragt, ob ich wüsste, wann er denn sein Boot wieder zurück bekäme. Daraufhin habe ich bei der KTU angerufen und gefragt, wie weit sie mit der Untersuchung des Bootes sind. Ich wollte Bernd wenigstens in etwa sagen können, wann er mit seinem Boot wieder rechnen kann."

„Lass mich raten, Sven. Die KTU braucht für die Untersuchung noch mindestens drei Tage."

„Drei Tage", wiederholte Söhlbach ihre letzten Worte. „Wenn ich ehrlich bin, habe ich mit einer ganzen Woche gerechnet, aber manchmal können die Mädels und Jungens von der KTU einen auch echt überraschen."

„Warum?", wunderte sich Silvia. „Brauchen sie dieses Mal etwa zwei Wochen?"

„Nein. Ob du es glaubst oder nicht, die Untersuchungen am Boot sind abgeschlossen."

„Nicht zu glauben", sagte Muisfeld. „Es geschehen tatsächlich noch Wunder."

„Na ja, als Wunder würde ich das nicht bezeichnen. Die Kollegin der KTU, mit der ich telefoniert hatte, machte so eine komische Andeutung. Metzger-Ibbenburg hatte wohl ein längeres Gespräch mit der Abteilungsleitung der KTU und soll denen, wie die Kollegin sich ausgedrückt hatte, Feuer unterm Arsch gemacht haben, damit schnelle Ergebnisse da sind."

Silvia lächelte. „Ich sag´ ja immer, dass der Chef manchmal sogar zu etwas zu gebrauchen ist."

„So ist es", sagte Söhlbach, „Ich hab´ natürlich sofort beim Bootsverleih zurück gerufen und Bernd hatte sich riesig gefreut, als ich ihm sagte, dass er sein Ruderboot noch heute Nachmittag zurück bekommen soll."

In diesem Moment öffnete sich die Bürotür.

„Wenn man vom Teufel spricht", murmelte Sven leise, als er sah, dass Metzger-Ibbenburg den Raum betrat.

„Ich gehe davon aus", sagte der Chef, „dass es im Fall Svetlana Sarow noch nichts Neues gibt?"

„So ist es", antwortete Muisfeld. „Außer dem verschwommenen Foto einer verdächtigen Frau gibt es noch nichts Neues."

„Was für ein Foto?", wollte der Kommissariatsleiter wissen.

Silvia deutete auf den Monitor und Metzger-Ibbenburg warf einen kurzen Blick darauf.

„Was ist mit dieser Frau?", fragte er.

„Sie hat in der letzten Zeit regelmäßig die Jacht in der Marina beobachtet."

„Und deswegen ist sie verdächtig?", wunderte der Chef sich. „Vielleicht bewundert sie einfach nur die schönen Schiffe, die dort liegen."

„Das glauben wir nicht, denn sie hat sich einmal sogar an die Jacht der Damen herangeschlichen und durch die Fenster ins Innere geschaut."

„Auch da finde ich nichts Außergewöhnliches dran. Mich würde auch interessieren, wie so eine tolle Jacht von innen aussieht."

„Laut Aussagen der Damen auf der Jacht", erklärte Silvia, „hat diese rothaarige Frau jedes Mal, wenn sie aufgetaucht ist, gezielt auf ihre Jacht gestarrt. Das finden wir schon verdächtig."

Metzger-Ibbenburg schüttelte den Kopf.

„Bei dem Mörder muss es sich um einen kräftigen Mann handeln", sagte er. „Deshalb möchte ich, dass Sie gleich morgenfrüh zum Haus an der Charlottenstraße fahren, um diesen Piet unter die Lupe zu nehmen."

„Das wollten wir eigentlich erst nachmittags machen", erklärte Söhlbach, „denn erstens wissen wir nicht, ob der Mann schon so früh aus Polen zurück ist und zweitens haben wir für morgen Früh etwas anderes geplant."

Der Chef sah ihn fragend an.

„Gibt es über diesen Fall etwas, was Sie mir noch nicht gesagt haben?"

Nun ergriff Muisfeld das Wort: „Der Herr Kommissar Söhlbach wird sich morgen um zehn Uhr mit eine der Damen von der Jacht treffen. Sie hat eventuell ein paar hilfreiche Infos für uns:"

„Das hört sich ja interessant an", sagte Metzger-Ibbenburg. „Um was für Infos geht es denn?"

„Infos, die uns möglicherweise zum Täter führen könnten",
antwortete Silvia.

„Und wie genau sollen diese Infos aussehen?"

„Also, es ist so", sagte Söhlbach. „Ich habe mit dieser Frau
telefoniert. Bei dem Gespräch kam heraus, dass sie uns
vielleicht Material liefern kann, welches uns zum Täter
führen könnte. Am Telefon wollte sie aber nicht genauer
darauf eingehen."

Der Kommissariatsleiter nickte. „Freut mich, dass Sie
immer am Ball bleiben." Er schaute auf die Uhr. „Sieht so
aus, als gäbe es für Sie beide heute nichts mehr zu tun.
Ich würde sagen, Sie machen jetzt Feierabend. Fahren
Sie nach Hause, ruhen Sie sich aus und denken Sie mal
an etwas anderes, damit Sie morgen wieder frisch ans
Werk gehen können."

Die Angesprochenen blickten ihn überrascht an.

„Ja, was ist", sagte der Chef. „Hab´ ich mich unklar
ausgedrückt? Machen Sie die Computer aus und dann ab
nach Hause." Mit den Worten: „Einen schönen
Feierabend", verließ er das Büro.

Silvia grinste. „Einem Chef darf mach nicht widersprechen.
Also, Feierabend."

*   *   *

Sven Söhlbach hatte soeben seine Wohnung betreten.
Es war doch noch ein schöner Tag, dachte er mit Rückblick auf die letzen Stunden.
Silvia hatte ihn nach dem verfrühten Feierabend gefragt, ob er nicht noch Lust hätte, gemeinsam mit ihr zum Rhein-Ruhr-Bad zu fahren, um dort schwimmen zu gehen. Sven war eine Wasserratte und deshalb hatte ihn diese Idee begeistert. Er war sofort auf diesen Vorschlag eingegangen, denn Schwimmen war für ihn schon immer Entspannung pur.
Söhlbach und Muisfeld waren nach dem Dienst kurz nach Hause gefahren, um ihre Schwimmsachen zu holen.
Danach hatten sie sich im Rhein-Ruhr-Bad getroffen.
War wirklich schön, ging es Sven noch einmal durch den Kopf.
Eine halbe Stunde lang hatte er im großen Sportbecken im Kraulstil seine Bahnen gezogen und sich dabei so richtig verausgabt. Danach war er in den Relaxbereich des Schwimmbads gewechselt. Seine Kollegin hatte dort bereits entspannt im Whirlpool gelegen. Sven hatte sich dazu gelegt.
Auch wenn es eine wunderschöne Ablenkung war, so hatte er die Gedanken an Anna nicht aus dem Kopf bekommen. Es gab eigentlich nur wenige Momente, in denen er im Schwimmbad nicht an sie denken musste. Solche Momente hatte es für ihn gegeben, als er, wie ein ausgelassener Junge, ein paar Mal die Wasserrutsche hinunter gesaust war.
Jetzt, wieder zu Hause angekommen, hatten die Gedanken an Anna erneut die Herrschaft in seinem Kopf übernommen.

Als plötzlich sein Handy klingelte, dachte er sofort: *Ob sie es ist?*

Er nahm das Gespräch entgegen und es überraschte ihn nicht einmal, dass es tatsächlich Anna war, die ihn anrief.

„Hallo Sven", sagte sie zurückhaltend. „Ich hoffe, ich störe dich nicht."

„Nein, du störst nicht."

„Ich rufe an, weil ich noch mal mit dir reden wollte."

„Ist dir noch etwas Wichtiges eingefallen?"

„Nein, Sven. Ich wollte einfach nur noch mal mit dir reden. Ich wollte nur deine Stimme hören."

Söhlbach schluckte.

„Wenn ich dich störe", redete Anna weiter, „dann sag es mir bitte. Kann ja sein, dass du gerade etwas vor hattest."

„Nein, ich habe nichts vor."

„Sven, ich muss immer daran denken, wie schön es gewesen wäre, wenn wir uns nicht in dieser Situation kennen gelernt hätten. Ich weiß, wir wollten morgen erst in Ruhe darüber reden, aber diese Situation lässt mir keine Ruhe. Ich weiß nicht, wie ich es dir sagen soll, aber an diesem Abend bei dir ist mit mir etwas passiert. Da ist bei mir mit einem Schlag der Wunsch aufgetaucht, endgültig ein anderes Leben zu führen. Den Gedanken, mein Leben zu ändern, hatte ich schon oft, doch es war halt immer nur so ein Gedanke, dem ich niemals ernsthaft nachgekommen bin." Sie machte eine kurze Sprechpause. „Hörst du mir noch zu, Sven?"

„Ja, natürlich hör´ ich dir zu. Warum fragst du?"

„Es war nur so ein komisches Gefühl. Stört es dich wirklich nicht, dass ich dich so spät noch anrufe?"

„Hör´ zu, Anna, ich kann mir genau jetzt nichts Schöneres vorstellen, als deine Stimme zu hören. Warum sollte mich das stören?"

„Weil wir unsere Situation eigentlich erst überschlafen wollten. Ich möchte dich auch nicht drängeln, Sven, aber hast du schon über uns zwei nachgedacht? Wenigstens ein bisschen?"

„Um ehrlich zu sein, ich denke nur an dich", gab er ihr zu verstehen.

„Da haben wir eine Gemeinsamkeit, denn mir geht es ganz genau so."

„Und du, Anna? Hast du dir schon Gedanken darüber gemacht, wie es mit uns weitergehen soll? Du warst es schließlich, die gesagt hat, dass es nicht funktionieren kann."

„Ja, das habe ich gesagt, weil ich mir viel zu viel durch den Kopf hab gehen lassen. Kennst du das Gefühl, wenn du glaubst, dick in Watte gepackt durch die Gegend zu laufen? Alles um mich herum ist irgendwie außen vor und weit weg. Svetlanas Tod hat mich tief runter gezogen und das Gefühl, darüber nicht hinweg zu kommen, hat mich, …ich weiß nicht, wie ich es dir erklären soll, es hatte mich in eine Art Depression fallen lassen. Ich bin damit einfach nicht klar gekommen. Dann kam der Abend mit dir und plötzlich war alles anders. Die Trauer um Svetlana war und ist zwar immer noch da, aber du hast es irgendwie geschafft, mir neuen Mut zu geben. Ich weiß, Sven, das alles hört sich jetzt für dich bestimmt sehr komisch an, aber ich weiß nicht, wie ich es dir anders erklären könnte."

„Was soll ich dir jetzt dazu sagen, Anna? Auch ich hab´ das Gefühl, dass ich irgendwie neben mir stehe, seitdem ich dich kenne. Ich weiß einfach nicht mehr, wo ich dran bin und wie es weitergehen soll."

Nach diesem Satz war eine ganze Weile Stille.

Schließlich war es Anna, die diese Stille brach: „Sven, wenn du morgen Früh zu mir auf die Jacht kommst, dann werde ich dir Svetlanas Gästeliste übergeben. Ich möchte, dass du das Boot sofort wieder verlässt, wenn du die Liste hast."

Söhlbach wunderte sich über diese Aussage.

„Weil Tatjana zurück kommt?", fragte er.

„Nein. Ich möchte einfach nicht mit dir auf der Jacht sein."

„Gibt es dafür einen Grund?"

„Ja. Es gibt einen Grund dafür." Ihre Stimme war nun deutlich leiser geworden. „Die Jacht ist der Ort, an dem ich immer meine Gäste empfangen habe. Ich möchte einfach nicht mehr, dass du dich hier aufhältst. Das ist für mich ein komisches Gefühl. Sven, ich werde mit diesem Beruf aufhören. Ich werde ihn für immer an den Nagel hängen. Wenn ich ehrlich bin, dann hoffe ich, dass du mich dabei unterstützt."

Söhlbach wusste im Moment nicht, was er dazu sagen sollte.

„Hast du mich verstanden, Sven?", fragte Anna, nachdem er sich nicht sofort dazu geäußert hatte.

„Ja", antwortete er. „Aber wie stellst du dir das vor? Wie kann ich dich unterstützen?"

„Ich habe es mir mal genau durch den Kopf gehen lassen", erklärte Anna. „Finanziell stehe ich sehr gut da. Hab´ viel gespart. Da Svetlana nicht mehr lebt, würde der Erlös für den Verkauf der Jacht jetzt durch zwei geteilt. Ich weiß, dass Tatjana schon lange mit dem Gedanken spielt, nicht mehr auf der Jacht leben zu müssen. Sie hatte mal angemerkt, dass sie sich lieber irgendwo ein Haus kaufen würde. Ich glaub´ ich hatte dir ja schon gesagt, dass die Jacht auf einer Versteigerung eine Million oder sogar mehr bringen kann. Das heißt für Tatjana 500.000 und für mich 500.000 Euro. Finanziell bin ich also abgesichert. Wenn ich dich um Unterstützung für mein weiteres Leben bitte, dann meine ich damit, dass ich in dem Moment, in dem ich aussteige, niemanden mehr habe, niemanden, außer dir. Ich kenne dich gerade mal etwas mehr als einen Tag, habe aber das Gefühl dir so nah zu sein, wie niemanden sonst. Sven, ich habe mich in dich verliebt, aber wenn du es nicht schaffst, diese Liebe zu erwidern, weil ich eine Prostituierte bin, dann möchte ich dich darum bitten, mir wenigstens als guter Freund zur Seite zu stehen. Meinst du, du kannst das?"

„Das, was du mir gerade gesagt hast, kommt für mich etwas überraschend", sagte Söhlbach. „Ich wusste bisher überhaupt nicht so recht, wo ich bei dir dran war, aber das hatte ich dir ja schon erzählt. Anna, ich möchte dir auch nichts vormachen, denn ich weiß es immer noch nicht. Das hört sich ja alles gut an, aber…"

Er brachte den Satz nicht zu ende.

„Aber?", fragte Anna.

Nachdem Söhlbach ihr keine Antwort gab, sagte sie: „Hab´ verstanden. Es ist mein Beruf, der dich unsicher macht. Obwohl ich damit aufhören werde, könntest du niemals vergessen, dass ich es mal getan habe."

„Ich weiß es nicht, Anna."

„Sven, du liebst mich doch auch. Fällt es dir so schwer, alles andere zu vergessen, um dich einfach dieser Liebe hinzugeben?"

„Was soll ich dazu sagen. Für mich gäbe es nichts Schöneres, als mit dir zusammen zu sein, aber ich weiß nicht, ob ich es kann. Wenn du wüsstest, was sich bei mir im Kopf alles abspielt."

„Ich kann dich verstehen, Sven. Es wäre besser gewesen, ich hätte dich nicht angerufen, aber ich wollte unbedingt heute noch mal deine Stimme hören. Wenn ich morgen Abend zu dir komme, reden wir ganz in Ruhe über alles. Ist das okay für dich?"

„Ja. So machen wir das."

„Und wenn ich morgen Abend bei dir bin, dann sollten wir zwei es einfach einmal versuchen."

„Was versuchen?", fragte Sven unsicher.

„Wir sollten versuchen, uns einfach unseren Gefühlen hinzugeben, ohne darüber nachzudenken. Wir zwei lieben uns und wir sollten diese Liebe ausleben. Was passieren wird, entscheidest du ganz alleine, Sven. Denk´ mal drüber nach."

Nach diesen Worten wünschte Anna ihm noch eine gute Nacht und beendete das Gespräch.

Sven saß auf seinem Sofa und wusste nicht, wie ihm geschah, denn jetzt freute er sich auf das morgige Treffen mit Anna noch mehr und er war sich mit einem Mal ganz sicher, dass es der schönste Abend seines Lebens werden könnte.

*   *   *

Sven Söhlbach und Silvia Muisfeld saßen vor ihren Schreibtischen und arbeiteten an noch unerledigten Berichten.

Die Ermittlungsarbeit im Fall Svetlana Sarow war momentan auf die Seite gelegt.

Söhlbach hatte um zehn Uhr einen Termin auf der Jacht. Mit Hilfe von Svetlanas Gästeliste, die Anna ihm übergeben wollte, würden die Ermittlungen dann weitergehen.

„Und?", sprach Silvia ihren Kollegen an. „Bist du schon aufgeregt?"

„Warum sollte ich aufgeregt sein?", wunderte Sven sich.

„Nun, in anderthalb Stunden triffst du deine Traumfrau. Ich weiß ganz genau, dass du deshalb schon ein wenig unruhig bist."

„Quatsch. Ich bin die Ruhe in Person", sagte Söhlbach. „Anna wird mir die Unterlagen geben und dann werde ich sofort wieder von der Jacht verschwinden."

„Du bleibst nicht bei ihr? Ihr habt euch doch bestimmt viel zu sagen. Da kannst du mir nicht erzählen, dass du nicht mindestens `ne halbe Stunde bei ihr bleibst."

„Ich habe mit Anna ausgemacht, dass ich nach der Übergabe von Svetlanas Liste sofort wieder gehe."

„Muss ich das verstehen?"

„Hör zu, Silvia, Anna möchte nicht, dass ich auf dieser Jacht bleibe, weil sie auf dem Boot immer ihre Gäste empfängt. Sie sagt, dass sie ein schlechtes Gefühl hat, wenn ich an diesem Ort bin, weil es mich daran erinnert, welchen Beruf sie hat."

Seine Kollegin blickte ihn mit großen Augen an. „Das hast du mir ja noch gar nicht erzählt. Habe ich da irgendetwas verpasst?"

„Ich habe gestern Abend noch mit Anna telefoniert."

„Ach so. Das erklärt ja einiges. Doch warum hat sie mit einem Mal ein schlechtes Gefühl? Warum will sie plötzlich, dass du nicht mehr auf dem Boot bleibst?"

„Du bist vielleicht neugierig", sagte Sven und kratzte sich unsicher am Kopf.

Seine Kollegin merkte sofort, dass er sich um die Beantwortung ihrer Frage drücken wollte. Ihre Neugier auf eine Antwort wurde immer größer.

„So so. Da will sich mein Lieblingskollege wohl nicht zu äußern. Unsere Abmachung, dass wir zwei keine Geheimnisse voreinander haben, hast du wohl vergessen."

Söhlbach wirkte immer noch unsicher.

Dann aber sagte er: „Anna will diesen Job an den Nagel hängen. Sie will das nicht mehr machen."

„Sie gibt die Prostitution auf?"

„Ja, das hat sie vor."

„Das ist ja schön, aber warum hat sie dann ein schlechtes Gefühl, wenn du mit ihr auf der Jacht bist?"

„Ist doch egal", antwortete Sven. „Weil sie das einfach nicht mehr möchte."

Silvia sah ihren Kollegen misstrauisch an.

„Sag mal, Sven, ihr zwei habt gestern wirklich nur miteinander telefoniert oder war sie etwa wieder bei dir und zwischen euch beiden ist etwas passiert?"

„Nein, wir haben nur telefoniert." Söhlbach holte tief Luft. „Und ja", sprach er weiter, „zwischen uns ist etwas passiert. Wir haben uns ineinander verliebt. Anna hat mich gebeten, sie in ihrem weiteren Leben zu unterstützen. So, jetzt weißt du `s."

„Ich hab´ die ganze Zeit über schon geahnt, dass sich da etwas Ernstes zusammen braut", sagte Silvia. „Es ist deine Entscheidung, Sven. Du musst wissen, was du tust. Doch ich bleibe dabei, ich habe bei dieser Sache kein gutes Gefühl. Ich hatte dir ja schon gesagt, warum."

„Anna hat gemeint, dass sie verstehen kann, wenn ich mit ihrem Beruf nicht klar komme und ich mich deswegen nicht mit ihr einlassen würde. Sie bat mich darum, sie wenigstes als guter Freund zu unterstützen."

„Guter Freund?" Muisfeld schaute ihn ungläubig an. „Wie kannst du ihr guter Freund sein, wenn sie dich gerade mal zwei Tage kennt. Das wird ja immer schöner. Was will diese Frau von dir?"

„Ach Silvia, ich weiß es doch selbst nicht genau. Heute Abend kommt Anna wieder zu mir und dann werde ich sehen, was passiert."

„Was meinst du denn, was passieren wird?", fragte Silvia.

„Anna und ich wollen es einfach auf uns zukommen lassen. Doch egal, was passieren wird, ich freue mich auf heute Abend."

Muisfeld wollte sich gerade dazu äußern, als das Telefon auf ihrem Schreibtisch ging.

Sie nahm das Gespräch entgegen und sagte nach einem kurzen Augenblick: „Moment bitte." Während sie auf die Lautsprechertaste drückte, meinte sie zu ihrem Kollegen: „Es ist schon wieder passiert." Dann wandte sie sich wieder dem Telefon zu. „Erzählen Sie weiter."

„Wie gesagt, soeben ging über den Notruf die Meldung ein, dass schon wieder eine nackte Frau in einem Boot auf dem Wambachsee treibt. Die Frau soll angeblich tot sein. Die Spurensicherung ist schon unterwegs."

„Danke", sagte Muisfeld. „Wir fahren sofort los."

Damit war das Gespräch beendet.

Die beiden hatten ihr Büro noch nicht verlassen, als Söhlbachs Handy klingelte.

Er schaute auf sein Display.

„Das ist Bernd vom Bootsverleih", sagte er und machte den Lautsprecher des Handys an, damit seine Kollegin mithören konnte.

„Hallo Bernd", meldete er sich.

„Es ist schon wieder passiert, Sven", klang es aufgeregt aus dem Handy. „Eine nackte Frau im Ruderboot. Ich glaub, sie ist tot. Ich hab´ es schon der Polizei gemeldet, aber dich wollte ich auch noch mal anrufen."

Die Stimme des Mannes überschlug sich fast.

„Hast du die Frau entdeckt?", fragte Söhlbach.

„Ja. Ich wollte eigentlich nur nach dem Rechten sehen, weil ich das Boot gestern nur provisorisch angebunden hatte. Deine Kollegen hatten mir doch gestern am späten Nachmittag das Boot zurück gebracht. Ich hatte dir doch gesagt, dass wir wegen der toten Frau diese Woche nicht mehr aufmachen. Deshalb wollte ich gestern schnell wieder nach Hause und hatte das Boot nur mit einem Tau angebunden. Als ich heute Morgen hier ankam, war das Boot verschwunden. Draußen auf dem See konnte ich es nicht entdecken. Da hab´ ich das Fernglas genommen und damit das gegenüberliegende Ufer abgesucht. Doch auch da war das Boot nicht zu sehen. Dann aber habe ich es entdeckt. Es war nicht mal weit weg von mir. Das Boot trieb in Ufernähe im Schatten unter herabhängenden Bäumen. Deshalb war es nur schwer zu erkennen. Dass da wieder eine Frau drin lag, hatte ich erst bemerkt, als ich mit einem Boot hin gerudert bin, um es in Schlepp zu nehmen. Ich bin wieder fix und fertig. Wer macht sowas?"

„Bernd", sagte Söhlbach, „wir sind bereits unterwegs. Lasse niemanden an das Boot heran."

Söhlbach beendete das Gespräch, um sofort wieder eine andere Nummer zu wählen.

„Wem rufst du an?", fragte seine Kollegin neugierig.

„Anna."

Sven wirkte sehr nervös.

Silvia ahnte, woher diese Nervosität kam.

„Du denkst, die Frau im Boot könnte Anna sein?", sagte sie.

Söhlbach nickte.

Er lauschte in das Handy und sagte: „Bitte, lieber Gott, lass sie rangehen."

Schließlich schüttelte er den Kopf uns meinte: „Der Gesprächsteilnehmer ist momentan nicht erreichbar."

Er wurde hektisch.

Als die beiden sich auf den Weg zum Dienstwagen machten, bewegte sich Söhlbach fast im Laufschritt.

„Mach mal langsam, Sven", sagte seine Kollegin zu ihm.

„Egal wer die tote Frau im Boot ist. Wenn du schneller da bist, wird sie auch nicht mehr lebendig."

Auch als sie etwas später im Auto saßen, versuchte Sven, der auf dem Beifahrersitz saß, Silvia zum schnelleren Fahren zu überreden.

„Möchtest du fahren?", wollte sie von ihm wissen. „Dann sag´ Bescheid. Ich halte dann an."

Ihr war klar, dass Söhlbach nicht selbst fahren würde, weil die Sitzeinstellung des alten Passats etwas hakte. Jedes Mal, wenn Sven hinter dem Lenkrad saß, musste wegen seiner langen Beine der Sitz total verstellt werden. Den Sitz bis zum Anschlag zurück zu schieben, war kein Problem, aber wenn die Rückenlehne schräg nach hinten gestellt wurde, damit er nicht mit den Kopf an die Decke kommt, rastete diese oft nicht richtig ein und fiel ganz nach unten. Das war Söhlbach sogar schon ein paar Mal während der Fahr passiert. Wegen diesem Problem war der Wagen schon zweimal in der Werkstatt, doch die Reparatur hatte nie lange gehalten.

Während der Fahrt versuchte Sven immer wieder, Anna mit dem Handy zu erreichen, doch er bekam keine Verbindung.

Als sie auf den Parkplatz am Kalkweg einbogen, sahen sie sofort Polizeiautos und die Fahrzeuge der Spurensicherung, die in der Höhe des Bootsverleihs parkten.

„Bitte lass es nicht Anna sein", sagte Sven und schnallte sich schon während der Fahrt ab.

Der piepende Ton, der deshalb sofort im Innenraum erklang, begleitete die beiden, bis sie das Fahrzeug abgestellt hatten.

Söhlbach sprang hektisch aus dem Wagen. Während Silvia noch das Auto verschloss, war Söhlbach bereits durch das Tor, hinter dem die breite Treppe zum Bootsverleih hinunter führte, verschwunden.

Seine Kollegin blickte ihm hinterher.

Der arme Kerl, dachte sie. *Hoffentlich ist es nicht Anna.*

Sie wusste ja, dass Sven sich in diese Frau verliebt hatte, aber sie hätte es nicht für möglich gehalten, dass diese Liebe schon so tief war. Sie kannte ihren Kollegen in- und auswendig, aber so hatte sie ihn noch nicht erlebt. Sven, der normalerweise immer die Ruhe selbst war und sich eigentlich nie aus seiner Gelassenheit herausbringen ließ, legte ein Verhalten an den Tag, welches sie nicht von ihm kannte.

Hoffentlich ist es nicht Anna, ging es ihr noch einmal durch den Kopf. *Das würde ihn aus der Bahn werfen.*

Tief im Inneren hatte sie aber das Gefühl, dass es durchaus Anna sein könnte. Bereits während der Fahrt hierher hatte sie im Auto darüber nachgedacht. Nicht nur, dass die ermordete Svetlana Sarow eine Prostituierte war, auch die Frau, die man vor langer Zeit hier tot in einem Boot gefunden hatte, war diesem Beruf nachgegangen. Die Wahrscheinlichkeit, dass es auch jetzt wieder eine Prostituierte ist, war groß. Svetlana Sarow hatte einen direkten Bezug zu Anna und zu Tatjana. Es lag also nah, dass sich der Mörder einer dieser beiden Frauen ausgesucht hatte.

Sie nahm sich noch die Zeit, den Polizisten, der oben neben dem Tor stand, zu grüßen, bevor sie zum Bootsverleih hinunterstieg. Sven war an diesem uniformierten Kollegen einfach achtlos vorbei gerannt.

Auf dem Steg, an dem zu beiden Seiten in langen Reihen Tretboote festgemacht waren, war viel Betrieb. Neben einigen Polizeibeamten erkannte Muisfeld die weiß-gekleideten Leute der Spurensicherung.

Drei von ihnen bestiegen gerade am linken Ende des Stegs ein Ruderboot.

Auch Sven stand dort.

Silvia sah, wie er suchend zum linken Ufer blickte.

Von ihrem Standpunkt aus konnte sie das Boot mit der toten Frau nicht sehen. Deshalb ging sie nun auch zum Steg hinunter.

Jetzt sah sie es. Es war das gleiche hellgrüne Ruderboot, welches nur wenige Meter vom Ufer entfernt im Wasser trieb, und sie erkannte den nackten Frauenkörper, der vorne im Bug lag.

Es war fast die gleiche Inszenierung, wie beim letzten Mal. Auch wenn der Körper dieses Mal auf der linken Seite im Bug lag, so war die Stellung der Toten fast identisch, denn die Arme und der Kopf hingen über die Reling.

Die Kommissarin konnte von ihrer Sicht aus nicht viel erkennen, nicht einmal die Haare der Frau, deren Farbe ihr vielleicht schon einen Hinweis auf die Frau hätte geben können.

Das einzige, was sie jetzt schon erkannte, war, dass die Frau im Boot einen sehr schlanken Körper hatte.

Anna ist so schlank, wurde es ihr in diesem Moment bewusst.

Sofort waren ihre Gedanken bei Sven.

Sie sah ihn dort am Ende des Steges stehen; sah, wie er unruhig von einem Fuß auf den anderen trat.

Wenn das Anna ist, dachte sie, *dann braucht er mich jetzt.*

Die Kommissarin beeilte sich, zu ihrem Kollegen zu kommen.

Dann stand sie neben ihm.

„Kannst du sie schon erkennen?", fragte sie.

„Ich glaub´, es ist Anna", kam es unsicher über seine Lippen.

Jetzt erst erkannte Silvia die Tränen, die über Svens Wangen hinunter rollten.

Das Ruderboot mit den Männern der Spurensicherung hatte das hellgrüne Boot fast erreicht. Dann ruderten sie vorsichtig um das Boot herum und fotografierten es von allen Seiten.

Ralf Meier, der Leiter der Spurensicherung war auch in dem Boot. Er nahm ein Seil zu Hand, welches am Heck des Bootes befestigt war und verknotete es an einer Metallschlaufe am Bug des Bootes mit der Toten.

174

Nun ruderten sie langsam in Richtung Steg.

Das Boot mit dem Frauenkörper drehte sich gemächlich. Schließlich konnte man die über die Reling hängenden Arme und den Kopf sehen. Das Gesicht war nicht zu erkennen, aber die Haare. Die Tote hatte lange, rotbraune Haare.

„Anna", kam es fast flüsternd aus Söhlbachs Mund. „Anna."

Silvia war nun ganz dicht an Sven herangetreten. Am liebsten hätte sie ihn jetzt irgendwie festgehalten, doch sie ließ es.

Diese Haare, dachte sie. *Es kann nur Anna sein.*

Söhlbach setzte sich langsam auf den Steg und verbarg sein Gesicht in den Händen.

Silvia stellte sich hinter ihn und legte ihre Hände auf seine Schultern. Sie hatte das Bedürfnis, ihrem Kollegen zu sagen, wie leid es ihr tut und dass sie mit ihm fühlt, aber sie brachte keinen Ton heraus.

Als die beiden Boote am Steg festgemacht waren, stieg Ralf Meier ins Boot mit der Toten.

Sven Söhlbach schaute nicht hin. Es war, als wollte er sich diesen Anblick ersparen.

Seine Kollegin allerdings sah, wie Meier vorsichtig die Haare der Frau zur Seite schob, um einen Blick auf das Gesicht der Toten zu werfen. Es war Anna. Ihr Gesicht war entstellt. Der Mörder hatte sein Opfer schrecklich zugerichtet. Der Bereich um den Mund herum war blutverschmiert und die Lippen wirkten unter der Blutkruste wie ausgefranst. Beide Wangenknochen waren grün und blau unterlaufen.

Als Muisfeld spürte, wie Übelkeit in ihr aufstieg, wandte sie sich ab.

Auch wenn sie in ihrem Beruf schon oft mit grausam zugerichteten Mordopfern konfrontiert worden war, so konnte sie sich einfach nicht daran gewöhnen. Anderen Kollegen machte ein solcher Anblick nicht mehr viel aus, aber Silvia merkte in solchen Situationen oft, wo ihre Grenzen waren.

In diesem Moment war sie froh, dass Sven immer noch die Hände ins Gesicht gelegt hatte und sie hoffte, dass er auch nicht hinschauen würde.

Nach kurzer Zeit ließ Meier die Haare der Toten wieder vor ihr Gesicht fallen.

Silvia Muisfeld stand da und wusste im Moment nicht so recht, wie sie sich verhalten sollte. Sie wollte auf keinen Fall, dass Sven das Gesicht der toten Frau sah.

Dann aber sagte sie zu ihrem Kollegen: „Komm, Sven, wir gehen. Ich möchte nicht, dass du sie siehst. Es tut mir leid."

Söhlbach saß da und regte sich nicht.

„Bitte, Sven, lass uns gehen. Du musst weg von hier."

Sie beugte sich zu ihm hinunter, griff nach seiner Hand und sagte noch einmal: „Komm, Sven."

Dabei zog sie leicht an seiner Hand.

Schließlich stand Söhlbach auf und ließ sich von seiner Kollegin wie ein kleiner Junge an der Hand wegführen.

Silvia war froh darüber, dass Sven sich die Tote nicht mehr angeschaut hatte. Sie war sich sicher, dass es deshalb war, weil er vor diesem Anblick Angst hatte.

Kurz bevor die beiden den Ausgang erreicht hatten, vernahmen sie eine Stimme.

„Sven, was ist hier los? Was passiert hier?"

Es war die Stimme von Bernd, dem Besitzer des Bootsverleihs.

„Hast du die Frau gesehen?", fragte er, während er auf die zwei zuging. „Sie war auch nackt. Ist das ein Irrer?"
Als der Mann Söhlbachs Gesicht sah, wunderte er sich.
„Was ist los, Sven? Geht's dir nicht gut?"
Söhlbach sah ihn nur kurz an und schüttelte den Kopf.
„Ihm geht's nicht gut", beantwortete Silvia seine Frage. „Er kannte die Tote. Das hat ihn etwas mitgenommen."
Dann verließen die beiden den Bootsverleih.
„Tut mir leid", sagte Bernd leise und blickte ihnen hinterher.
Muisfeld und Söhlbach stiegen in ihr Dienstfahrzeug.
Die zwei saßen schweigend im Auto und Silvia fehlten die Worte, mit denen sie Sven hätte trösten können.
Schließlich startete sie den alten Passat und fuhr zurück in Richtung Polizeipräsidium.

*   *   *

Sven Söhlbach saß an seinem Schreibtisch und starrte wortlos vor sich hin.

Während der ganzen Autofahrt zum Präsidium hatte er nicht geredet und auch bis jetzt war ihm noch kein einziges Wort über die Lippen gekommen.

Seine Kollegin stellte eine Tasse Kaffee vor ihn auf dem Schreibtisch.

„Danke, Silvia", kam es gequält aus seinem Mund.

„Schön, dass du wieder sprichst, Sven. Ich dachte schon, es hätte dir für immer die Sprache verschlagen."

Söhlbach ging auf ihre Äußerung nicht ein.

„Anna wollte, dass ich den Mörder ihrer Freundin finde", sagte er. „Und jetzt ist sie auch tot."

Seine Stimme klang monoton.

„Ich weiß, wie du dich jetzt fühlst, Sven. Geh´ nach Hause und nimm dir ein paar Tage frei. Ich werde allein zur Marina fahren und mit Tatjana reden. Außerdem werde ich dafür sorgen, dass die Jacht bewacht wird, denn Tatjana könnte das nächste Opfer dieses Täters sein. Wenn ich zur Charlottenstraße fahre, um mir diesen Piet vorzuknöpfen, werde ich einen Kollegen mitnehmen. Sven, du bist von diesem Fall persönlich betroffen und deshalb möchte ich, dass du außen vor bleibst."

„Nein", erwiderte Söhlbach. „Auf keinen Fall. Ich werde den Mörder finden und du hilfst mir dabei."

„Aber Sven…"

„Kein aber. Ich werde diesen Kerl finden."

Bevor Silvia etwas sagen konnte, öffnete sich die Bürotür.

Metzger-Ibbenburg betrat den Raum.

„Wieso sind Sie noch hier?", fragte er verwundert. „Es ist wieder passiert. Wieder eine Tote am Wambachsee."

Er wirkte aufgeregt.

„Wir sind schon wieder zurück", antwortete Muisfeld. „Die Arbeit, die dort noch zu tun ist, erledigt die Spusi."

„Haben Sie wenigstes ein Foto der Toten für einen Abgleich?", wollte der Chef wissen. „Vielleicht ist es ja wieder eine dieser Damen von der Jacht."

„Es ist nicht nur vielleicht eine dieser Damen", gab Silvia ihm zu verstehen. „Die Tote heißt Anna Müller und sie ist eine dieser Damen."

Metzger-Ibbenburg machte große Augen.

„Ich habe gerade noch mit Ralf Meier telefoniert", sagte er. „Von ihm habe ich erfahren, dass beim Mordopfer nichts zu finden war, was auf die Identität hinweist. Haben Sie der Spurensicherung etwas unterschlagen?"

„Nein", entgegnete die Kommissarin. „Wir kennen das Mordopfer. Wir haben die Frau gesehen, als wir auf der Jacht waren."

„Wenn ich mich recht erinnere", sagte der Kommissariats-leiter, „dann waren doch drei Damen auf der Jacht, oder?"

„Ja", antwortete Silvia, „und zwei von ihnen wurden ermordet. Deshalb sollten wir umgehend einen Beamten zur Marina schicken, damit das Boot bewacht wird. Die noch verbliebene Dame könnte das nächste Opfer sein."

„Oh man", meinte der Chef, „an diese Möglichkeit habe ich überhaupt noch nicht gedacht. Ich werde das sofort in die Hand nehmen und einen Beamten zum Boot schicken."

Er verließ das Büro und sagte beim Hinausgehen: „Und wenn es etwas Neues gibt, dann möchte ich es sofort wissen."

Sven Söhlbach hatte die ganze Zeit über schweigend am Schreibtisch gesessen.

„Sven", sprach seine Kollegin ihn an, „möchtest du wirklich nicht lieber nach Hause gehen? Ich sehe doch, wie sehr dich das belastet."

„Nein. Auf keinen Fall."

In diesem Moment klingelte Söhlbachs Handy. Er nahm es zur Hand uns schaute auf das Display.

„Ralf Meier", murmelte er und reichte das Telefon seiner Kollegin. „Hier, sprich du mit ihm. Ich hab´ keinen Bock."

Silvia nahm das Gespräch entgegen.

„Ja, Ralf?"

„Wo seid ihr?", sagte Meier so laut, dass Söhlbach jedes Wort verstand, ohne dass der Lautsprecher an war. „Warum seid ihr einfach verschwunden?"

„Weil wir uns sofort in die Ermittlungen stürzen wollten", entgegnete Muisfeld. „Wir kennen die Tote. Es ist eine Kollegin des Mordopfers von Montag."

„Und da sagt ihr nichts?" Der Leiter der Spurensicherung wirkte ungehalten. „Ihr haut einfach ab, ohne einen Ton zu sagen. Ist das jetzt eine neue Masche von euch?"

„Jetzt mach mal halblang, Ralf. Wir müssen uns jetzt umgehend um die noch verbliebene Kollegin der Toten kümmern, denn sie ist ein potentielles Mordopfer."

„Dann passt mal gut auf diese Kollegin auf", sagte Meier, „denn wenn der Täter genauso weitermacht und alle zwei Tage zuschlägt, wäre diese Dame also übermorgen dran."

„Das werden wir verhindern, Ralf. Wenn deine Leute die Spurensuche abgeschlossen haben, wäre es nett von dir, wenn du das Ergebnis an mich persönlich schicken würdest."

„An dich persönlich?"

„Ja, an mich persönlich."

„Warum? Ist Sven etwa krank?"

„Nein, er ist nicht krank. Ich möchte dir das jetzt auch nicht weiter erklären. Bis dann, Ralf."

Damit war das Gespräch beendet.

Söhlbach blickte sie an.

„Vielleicht sagst du mir, warum du das Ergebnis persönlich haben möchtest?"

„Ganz einfach, mein Lieber. Ich habe gesehen, wie sehr dich der Anblick der Toten belastet hat und ich möchte deshalb nicht, dass du dich mit diesem Anblick noch einmal belasten musst. Du solltest dir die Fotos, auf denen sie tot im Boot liegt nicht noch einmal anschauen. Behalte deine Anna so in deinem Gedächtnis, wie du sie das letzte Mal lebend gesehen hast."

Bevor Sven sich äußern konnte, sagte Silvia: „Und wenn du mit zur Marina kommen möchtest, dann steh´ jetzt auf und begleite mich."

Die Kommissarin ging zur Tür und ihr Kollege folgte ihr wortlos.

*   *   *

Muisfeld und Söhlbach marschierten zügig über den Steg im Jachthafen auf die Marinalove zu.

Sven hatte sich wieder etwas gefangen.

Nach einem Gespräch, welches die zwei während der Fahrt im Auto geführt hatten, waren sich beide einig, dass Tatjana in allergrößter Gefahr war.

Als sie das luxuriöse Boot erreichten, sahen sie sofort den uniformierten Kollegen, der vorne auf dem Deck saß.

„Da hat der Chef aber schnell gehandelt", sagte Silvia.

„Hallo Silvia", grüße der Polizist.

Jetzt erst erkannte Muisfeld ihn. Sie hatten vor zwei Wochen gemeinsam den vorgeschriebenen Erste-Hilfe-Lehrgang besucht.

Sie grüßte freundlich zurück.

„Die Dame sitzt da drin", sagte der Polizist und wies mit der Hand auf die Tür. „Sie ist ziemlich sauer und wollte wissen, warum ich sie bewachen muss. Ich konnte ihr nichts dazu sagen, weil ich es selbst nicht weiß. Was ist passiert?"

„Es ist möglich", erklärte Silvia ihm leise, „dass der Mörder ihrer Kolleginnen es auch auf sie abgesehen hat."

Söhlbach und Muisfeld stiegen auf das Boot und betraten die Luxuskajüte.

„Was soll das", fuhr Tatjana ihre Besucher an und baute sich vor ihnen auf. „Warum werde ich von der Polizei überwacht?" In ihrer Stimme lag Wut. „Ich wollte gerade das Boot verlassen, als dieser Polizist kam und mir sagte, dass ich hier bleiben muss."

„Es ist zu Ihrer Sicherheit", sagte Muisfeld.

„Wie, zu meiner Sicherheit?"

„Wann haben Sie Ihre Kollegin Virgin das letzte Mal gesehen?", wollte die Kommissarin von ihr wissen.

„Warum? Was ist mit Virgin?"

„Sagen Sie uns bitte, wann Sie sie das letzte Mal gesehen haben", ergriff nun Söhlbach das Wort.

„Gestern Abend."

„Wann genau gestern Abend? Um welche Uhrzeit?"

„Keine Ahnung. Es muss so gegen Elf gewesen sein. Wir sind gleichzeitig schlafen gegangen."

„Und danach haben Sie sie nicht mehr gesehen?"

„Nein", antwortete Tatjana. „Als ich heute Morgen wach wurde, war sie nicht mehr da."

„Hatte sie Ihnen nicht gesagt, wohin sie wollte?"

„Nein. Warum sollte sie? Bin schließlich nicht ihre Mutter."

„Wir würden gerne den Raum Ihrer Kollegin sehen", sagte Sven.

„Haben Sie einen Durchsuchungsbeschluss? Jetzt sagen Sie mir endlich, was los ist. Hat Virgin etwas angestellt?"

„Virgin ist tot", klärte Silvia sie auf.

Die Frau vor ihr schüttelte ungläubig den Kopf. Sie schluckte laut hörbar. Dann machte sie zwei Schritte zurück und ließ sich langsam auf einen Sessel sinken.

Wortlos starrte sie auf den Boden.

„Frau Schulz", sprach Muisfeld sie an. „Hatte Virgin Ihnen vielleicht doch gesagt, wohin sie wollte? Denken Sie bitte mal genau nach."

Die Antwort war ein Kopfschütteln.

„Haben Sie vielleicht gehört, wann Ihre Kollegin von Bord gegangen ist?"

„Nein."

Tatjana schaute auf. Verzweiflung lag in ihrem Blick.

„Zuerst Svetlana und jetzt Virgin", kam es leise aus ihrem Mund. „Warum?"

„Würden Sie uns jetzt bitte in Virgins Raum begleiten", sagte Muisfeld. „Danach würden wir gerne noch den Raum von Svetlana sehen."

„Kommen Sie mit", sagte Tatjana schließlich und stand auf.

Sie führte Muisfeld und Söhlbach in das Unterdeck in einen winzigen, viereckigen Flur mit drei Türen. Auf jeder Tür war ein kleines Messingschild mit den Namen der jeweiligen Bewohnerin zu sehen.

Tatjana öffnete den Raum mit der Aufschrift „Virgin".

Die Kabine, in der Virgin gelebt und gearbeitet hatte, war mit edlen Möbeln ausgestattet. Der Tisch und die Stühle; die Schränke und die Regale; die hölzerne Wandvertäfelung und auch das Bett waren schneeweiß. Dieses Weiß beherrschte offensichtlich die komplette Jacht.

Als Söhlbach und seine Kollegin die Schränke und Regale durchsuchten, ließ Tatjana sie gewähren. Die Nachricht über den Tod von Virgin hatte sie offensichtlich tief getroffen und es war ihr nun egal, ob es einen Durchsuchungsbeschluss gab oder nicht.

Bereits nach kurzer Zeit wandte sich Söhlbach an Tatjana: „Zeigen Sie uns bitte den Raum von Svetlana."

Die Angesprochene führte die beiden einen Raum weiter. Dieser Raum war mit dem ersten nahezu identisch.

Auch hier suchten Silvia und Sven alles gründlich nach verwertbarem Material ab, doch auch hier wurden sie nicht fündig.

„Frau Schulz", sprach Söhlbach die gleichgültig wirkende Frau an. „Sind Sie bitte so lieb und zeigen uns die Geheimfächer?"

Diese Aufforderung schlug bei Tatjana augenscheinlich ein, wie eine Bombe. Die Gleichgültigkeit in ihrem Gesicht verschwand schlagartig.

„Was?", stammelte sie. „Woher wissen Sie…?"

„Wir wissen ganz genau, dass sich in jedem Raum ein Geheimfach verbirgt", sagte Söhlbach. „Wenn Sie nicht bereit sind, uns diese Verstecke zu zeigen, dann stehen hier ganz schnell die Kollegen mit einem Durchsuchungsbeschluss auf der Matte. Sie können mir glauben, die Jungens nehmen die Jacht komplett auseinander und sie werden jedes noch so gute Versteck finden."

Tatjana holte einmal tief Luft und atmete laut aus.

Dann sagte sie: „Verraten Sie mir, wonach Sie in den Geheimfächern suchen?"

„Wir möchten uns die Listen mit Ihren Kunden ansehen."

„Die Kundenlisten?", kam es fast erschrocken aus Tatjanas Mund. „Sie wissen, dass wir solche Listen eigentlich nicht führen dürfen, denn Diskretion ist unsere oberste Devise. Was in diesen Listen steht, ist sehr heikel. Woher wissen Sie überhaupt, dass es solche Listen gibt?"

„Wir wissen es aus ganz sicheren Quellen", entgegnete Söhlbach. „Und auch bei uns wird Diskretion großgeschrieben. Deshalb werden wir unsere Quellen nicht nennen."

„Und wozu brauchen Sie die Kundenlisten?", wollte Tatjana wissen.

„Es besteht die Möglichkeit, dass einer Ihrer Kunden ein Mörder ist."

„Sie glauben, dass einer unserer Gäste Svetlana und Virgin umgebracht hat?"

„Das können wir nicht ausschließen", sagte Muisfeld zu ihr. „Es besteht sogar die Möglichkeit, dass der Mörder noch einmal zuschlägt. Sie könnten das nächste Opfer werden."

„Ich?" Ungläubigkeit lag in Tatjanas Stimme. „Aber warum?"

„Das möchten wir gerne herausfinden", antwortete die Kommissarin. „Zeigen Sie uns jetzt bitte die Geheimfächer."

Tatjana begab sich zu einem kleinen Wandregal auf dem eine Porzellanskulptur stand; eine nackte Frauengestalt. Sie nahm die Skulptur vom Regal und stellte diese zur Seite. Dann hob sie das Regal an, sodass die zwei Metallwinkel, auf denen das Regal gelegen hatte, frei lagen. Tatjana griff nach einem der Winkel und drehte ihn einmal komplett herum. Diese Drehung löste einen Mechanismus aus, der direkt neben dem Regal eine Platte der hölzernen Wandvertäfelung nach unten gleiten ließ.

„Da haben Sie Ihr Geheimversteck", sagte sie und deutete auf ein nun frei gelegtes Fach in der Wand.

Silvia Muisfeld begutachtete den Inhalt des Faches. Zunächst nahm sie einen weißen Umschlag heraus und öffnete ihn.

„Oh", sagte sie, nachdem sie den Inhalt begutachtet hatte. „Geld, alles Hunderter. Ich schätze mal zweitausend Euro?"

Tatjana zuckte mit den Schultern.

„Kann schon sein", sagte sie und zog die Schultern nach oben. „Keine Ahnung."

Die Kommissarin legte den Umschlag wieder zurück und nahm nun einen Ringordner, der ebenfalls im Geheimfach lag, zur Hand.

„Guck mal an", sagte sie, nachdem sie den Ordner aufgeschlagen hatte. „Namen, Adressen und Telefonnummern. Das ist also die Kundenliste."

Die Frau vor ihr nickte.

„Sieh mal nach", sagte Söhlbach, „ob auch ein Uwe Sommer drin steht."

„Uwe", kam es fragend aus Tatjanas Mund. „Sie glauben doch nicht etwa, dass Uwe der Mörder ist? Da sind Sie aber dem Falschen auf der Spur."

„Sie kennen diesen Uwe Sommer offensichtlich sehr gut", sagte Sven. „War er auch Ihr Kunde?"

„Das geht Sie zwar nichts an, aber Uwe war unser aller Gast. Er ist ein sehr großzügiger Mensch. Uwe hat uns alle drei geliebt und das schon seit vielen Jahren. Uwe ist kein Mörder. Und überhaupt, woher wussten Sie, dass Uwe zu unseren Gästen gehört."

„Ich sagte Ihnen doch", entgegnete Söhlbach, dass wir unsere Quellen haben."

„Da habe ich ihn schon", sagte Silvia und tippte auf ein abgeheftetes Blatt in dem Ordner. „Uwe Sommer, nebst Adresse und Telefonnummer."

„Nein", sagte Tatjana. „Uwe war es garantiert nicht."

„Und warum sind Sie sich da so sicher?", wollte Muisfeld von ihr wissen.

„Uwe ist kein gewöhnlicher Gast von uns. Uwe ist schon seit vielen Jahren ein echter Freund."

„Dann wissen Sie doch bestimmt auch", sagte Silvia, „wann Uwe das letzte Mal hier war, oder?"

„Ja, er war gestern Morgen noch bei Virgin zu Besuch."

Die Kommissarin spitzte ihre Lippen.

„Ich kann mich noch ganz genau daran erinnern", sagte sie, „was Virgin uns gesagt hatte, als wir am Montag bei

Ihnen auf der Jacht waren. Sie hatte erzählt, das Svetlana genau einen Tag vor ihrem Tod um die Mittagszeit herum Besuch von diesem Uwe hatte. Und ganz zufällig hatte Virgin ebenfalls einen Tag vor ihrem Tod morgens noch Besuch von ihm. Zufall?"

„Das war bestimmt Zufall", sagte Tatjana. „Uwe kommt oft mehrmals in der Woche."

Muisfeld nahm ihr Handy und fotografierte die Daten von Uwe Sommer ab.

Dann meinte sie zu Tatjana: „Ich möchte Sie bitten, vorerst keine Kunden mehr zu empfangen. Bleiben Sie bitte auf dem Boot. Sicherheitshalber bleibt einer unserer Kollegen bei ihnen."

„Und was ist, wenn ich etwas einkaufen muss?"

„Dann wird Sie ein Kollege begleiten."

Söhlbach und Muisfeld verabschiedeten sich von ihr und verließen die Jacht.

*   *   *

Mittwoch, 11.45 Uhr
Auf der Rückfahrt zum Polizeipräsidium hatten die beiden nur sehr wenig gesprochen.

Silvia waren während der Fahrt geistig noch einmal alle Möglichkeiten bezüglich eines potentiellen Mörders durch den Kopf gegangen.

Sven hingegen hatte einfach nur teilnahmslos vor sich hingestarrt. Zu sehr hatte ihn der Mord an Anna getroffen.

Kaum hatten sie wieder ihr Büro im Präsidium betreten, schneite Metzger-Ibbenburg herein.

Er hielt eine Mappe hoch.

„Gerade von der Spusi gekommen", sagte er. „Der vorläufige Untersuchungsbericht."

Der Kommissariatsleiter ging mit der Mappe in der Hand auf Söhlbach zu, ganz offensichtlich mit der Absicht, ihm die Unterlagen zu überreichen.

Mit einem schnellen Schritt stellte sich Muisfeld dazwischen und griff nach den Mappe.

„Das übernehme ich", sagte sie.

Auch wenn der Chef für einen Moment äußerst überrascht wirkte, er überließ der Kommissarin die Mappe und meinte: „Ich weiß Ihren Arbeitseifer sehr zu schätzen." Mit den Worten „Bleiben Sie am Ball", verließ er das Büro.

Silvia setzte sich an ihren Schreibtisch und begutachtete den Bericht der Spusi.

„Und?", wollte ihr Kollege, der ebenfalls an seinem Arbeitsplatz saß und sie neugierig ansah, wissen. „Was steht drin?"

Muisfeld überflog den Bericht und sagte schließlich: „Genau wie bei Svetlana. Man hat ihr eine Überdosis Heroin verabreicht."

Sven schüttelte den Kopf.

„Ich werde dieses Schwein finden", murmelte er.

189

Seine Kollegin blickte ihn an.

„Du weißt, Sven, dass ich eigentlich dem Chef melden muss, dass du in diesem Fall persönliche Gefühle entwickelst."

„Mach´ keinen Scheiß, Silvia. Der Chef würde mich von diesem Fall abziehen."

„Und damit genau das nicht passiert, solltest du dich etwas zurück halten. Überlass´ mir die Führung der Ermittlungsarbeit. Dann wird der Chef nichts merken."

„Aber…"

„Kein Aber, Sven. Ich werde versuchen, dich von allen Dingen, die Anna betreffen, heraus zu halten. Darin sehe ich die einzige Chance, dich wieder etwas herunter zu bringen."

Söhlbach wusste, dass sie Recht hatte. Silvia war nicht nur seine Kollegin, sondern auch seine Freundin. Er vertraute ihr blind und tief in seinem Inneren war er sich sicher, dass sie sich alle Mühe geben wird, ihn wieder aus seiner Trauer heraus zu bringen.

Muisfeld stand mit dem Bericht der Spurensicherung in der Hand auf.

„Ich gehe noch mal kurz zum Chef", sagte sie.

„Warum?", wollte Sven von ihr wissen.

„Es geht um etwas, was Anna betrifft und da halte ich dich raus."

„Lässt du mir wenigstens den Bericht hier, damit ich auch mal einen Blick reinwerfen kann?"

„Nein", sagte Silvia und hielt die Mappe hoch. „Darin geht es auch um Anna."

Sie verließ das Büro.

Sven Söhlbach konnte nicht ahnen, dass seine Kollegin nicht zu Metzger-Ibbenburg ging, sondern geradewegs in die Damentoilette.

Sie schloss sich ein und nahm den Bericht zur Hand. Kopfschüttelnd las sie das Geschriebene, welches sie vorhin nur kurz überflogen hatte, in aller Ruhe durch. Die Liste der Verletzungen, die dem Mordopfer zugefügt worden waren, schien endlos lang. Für Silvia war klar, dass Sven diesen Bericht niemals in die Finger bekommen durfte.

Die Kommissarin nahm ihr Handy zur Hand und wählte die gespeicherte Nummer von Ralf Meier, dem Leiter der Spurensicherung.

„Hallo Ralf", sagte sie, nachdem die Verbindung stand. „Ich lese gerade den Untersuchungsbericht. Kannst du mir in etwa sagen, wie diese schrecklichen Verletzungen, die ihr bei der Toten im Gesicht festgestellt habt entstanden sind?"

„Durch Folter", war die kurze Antwort.

„Folter?" Muisfeld schluckte.

„Ja, anders kann man es nicht ausdrücken. Wir haben an den Fuß- und Handgelenken Spuren gefunden, die auf eine Fesselung hindeuten. Es sieht so aus, als hätte der Täter sein Opfer zunächst gefesselt, um es wehrlos zu machen. Was diese Frau dann durchgemacht haben muss, ist selbst mir sehr nahe gegangen, und das heißt was. Der Täter hat durch zahlreiche Schläge mit einem flachen Gegenstand zunächst ihre Wangenknochen zertrümmert. Danach hat er seinem Opfer die Zähne ausgeschlagen, den Verletzungen zu folge einzeln mit einem breiten Schraubenzieher oder einem ähnlichen Gegenstand. Der Gerinnungszustand des Blutes weist darauf hin, dass das Opfer noch eine ganze Zeit gelebt hat, bevor es mit der Überdosis Heroin von seinen Schmerzen befreit wurde."

Muisfeld schluckte.

„Mein Gott", kam es leise über ihre Lippen.

„Ich dachte sofort daran", redete Meier weiter, „dass der Täter ein Psychopath sein muss, der Befriedigung dabei empfindet, wenn er Menschen quält, aber dann haben wir weitere Spuren gefunden, die darauf schließen lassen, dass der Täter sein Opfer bestrafen wollte und dass er es gehasst haben musste. Der Täter brachte sein totes Opfer zu der gleichen Stelle an den See, wie sein erstes Opfer. Dort am Ufer muss er festgestellt haben, dass er der Frau nicht alle Zähne ausgeschlagen hatte. Drei Zähne hatte er ganz offensichtlich in ihrem blutgetränkten Mund über-sehen. Den blutverschmierten Stein, mit dem der Täter der Toten unten am See mehrmals mit äußerster Kraft auf den Mund geschlagen hat, um die verbliebenen Zähne zu entfernen, haben wir am Ufer gefunden. Ein Mensch, der so brutal auf eine bereits tote Frau einschlägt, muss sie abgrundtief gehasst haben. Die Schläge auf den Mund waren so gewaltvoll, dass die Lippen der Toten dabei regelrecht zerfetzt wurden."

Muisfeld hielt ihr Handy am Ohr und schwieg.

„Bist du noch da, Silvia?", hörte sie Meiers Stimme.

„Ja, Ralf."

„Und warum sagst du nichts?"

„Weil, …ich weiß nicht, wie ich es sagen soll, aber das, was du gerade erzählt hast, hat mir die Sprache verschlagen."

„Das kann ich gut verstehen", sagte Meier. „So etwas muss man erst einmal verdauen."

„Tust du mir einen Gefallen, Ralf?"

„Und der wäre?"

„Wenn Sven dich nach dem Befund fragen sollte, sag´ ihm einfach, dass er sich an mich wenden soll, weil ich den Befund habe. Ich möchte nicht, dass er von den Verletzungen der Toten erfährt."

„Muss ich das jetzt verstehen? Ihr ermittelt in diesem Fall doch gemeinsam, oder?"

„Ja, natürlich, aber trotzdem möchte ich dich um diesen Gefallen bitten."

„Nennst du mir auch den Grund dafür?"

„Lieber Ralf, schaffst du es, mir den Gefallen zu tun, ohne dass ich dir den Grund dafür nenne? Ich meine, du wirst den Grund dafür früher oder später ja sowieso erfahren, aber jetzt möchte ich ihn noch für mich behalten. Bitte, Ralf."

„Na gut, aber nur weil du so lieb bitte gesagt hast."

„Danke, Ralf. Gibt es bezüglich des Falls noch irgendwelche Neuigkeiten?"

„Nein. Wir hatten zwar gehofft, dass der Täter leichtsinnig gewesen sein könnte, als er der Toten in seiner Rage am Ufer die letzten Zähne ausgeschlagen hatte, doch dem war leider nicht so. Die Hoffnung, auf dem blutverschmierten Stein, den der Täter ja spontan ausgewählt hatte, brauchbare Spuren zu finden, hatte sich schnell zerschlagen. Der Täter hatte offensichtlich Handschuhe getragen."

Silvia Muisfeld bedankte sich noch einmal bei dem Leiter der Spurensicherung und beendete das Gespräch.

Sie begab sich wieder in ihr Büro.

„Und?", wurde sie von ihrem Kollegen empfangen „Hast du alles mit dem Chef abgeklärt?"

„Naja", sagte Silvia. „Viel abzuklären gab es eigentlich nicht."

Während die Kommissarin das sagte, legte sie die Mappe mit dem vorläufigen Untersuchungsbericht in ihre Schreibtischschublade. Sie schloss die Schublade ab und steckte den Schlüssel in ihre Tasche.

Söhlbach, der immer noch nachdenklich an seinem Arbeitsplatz saß, hatte die Aktion seiner Kollegin nicht mitbekommen.

„Komm, Sven", forderte Silvia ihn auf. „Wir werden jetzt diesem Uwe Sommer mal einen Besuch abstatten."

*   *   *

Der silberne VW-Passat fuhr über die A59 in Richtung Duisburg-Süd.

Hinter dem Lenkrad saß Silvia Muisfeld. Ihr Ziel war der Stadtteil Rahm. Dort wohnte Uwe Sommer.

Sven und Silvia wollten ihm einen Überraschungsbesuch abstatten. Ihr Plan war es, Uwe Sommer vor vollendeten Tatsachen bezüglich seiner Besuche auf der Jacht zu stellen.

Söhlbach saß neben seiner Kollegin auf dem Beifahrersitz. Er nahm sein Handy zur Hand.

„Dann werde ich doch mal schauen", sagte er, „was ich im Netz so alles über Uwe Sommer finde. Wenn er wirklich so ein hohes Tier ist, wie Anna es mir gesagt hat, dann sollte ich eigentlich schnell fündig werden."

Während Muisfeld den Blinker setzte, weil sie bei der nächsten Ausfahrt die Autobahn verlassen mussten, um durch die Stadt weiter zu fahren, tippte ihr Kollege auf dem Handy herum.

„Donnerwetter", sagte er nach kurzer Zeit. „Dieser Sommer ist ´ne echte Hausnummer. Nicht nur, dass er in vielen Aufsichtsräten sitzt und bei einem Unternehmen sogar den Vorsitz im Rat hat, er ist auch in der Politik sehr aktiv. Hier sind viele Fotos von ihm."

„Zeig mal", sagte Silvia. „Wie sieht er denn aus?"

Sven hielt ihr das Handy hin und sie warf einen kurzen Blick darauf.

„Geld stinkt nicht", meinte sie.

„Wie meinst du das?", wollte Söhlbach wissen.

„Ich meine damit die Einstellungen der Damen auf der Jacht. Uwe Sommer ist nicht nur alt, sondern auch optisch eher abstoßend. Sieh ihn dir doch mal an. Er ist fett. Sein Bauch hängt einen halben Meter über dem Gürtel und dieses ausgeprägte Doppelkinn, ich finde es abstoßend. Als Frau würde ich mich vor so einem Mann ekeln."

„Das ist deine Meinung, Silvia. Andere Frauen finden das vielleicht sogar sexy."

„Ich lach gleich. Der und sexy? Aber im Prinzip hast du sogar Recht, Sven. Reichtum und Berühmtheit machen Männer für viele Frauen attraktiv. Dann zählt nicht das Aussehen, sondern nur der Erfolg, beziehungsweise die dicken Bankkonten der Männer."

Söhlbach tippte weiter auf dem Handy herum.

„Uwe Sommer ist offensichtlich sogar sehr erfolgreich. Hier ist ein Bericht über einen Besuch Sommers beim Ministerpräsidenten. Es gibt auch Fotos, auf denen der Präsident und Sommer beieinander stehen."

„Jetzt wissen wir auf jeden Fall ganz genau, mit wem wir es zu tun haben", sagte Silvia.

Ihr Kollege nickte. „Wir sollten bei unserer Befragung vorsichtig sein."

„Wie meinst du das", wollte seine Kollegin von ihm wissen.

„Wir müssen mit viel Fingerspitzengefühl an die Befragung rangehen. Da darf uns kein Fehler unterlaufen. Ich bin davon überzeugt, dass ein Mann mit solchen Beziehungen jedem die Karriere vermasseln kann."

„Solche Worte aus deinem Mund?", wunderte Muisfeld sich. „Seit wann hast du Respekt vor irgendwelchen Leuten?"

„Ich hab´ keinen Respekt, aber Sommer ist ein mächtiger Mann. Wenn ihm etwas an uns nicht passt, reicht seinerseits ein kurzer Anruf aus, und unsere nächste Beförderung fällt aus."

„Das ist jetzt nicht mein Kollege Sven, der da spricht. So kenne ich dich nicht. Hat dich Virgins Tod so mitgenommen, dass du deinen kompletten Elan verloren hast?"

„Musst du mich jetzt wieder daran erinnern?"

„Tschuldigung, aber dich so zu sehen, verwirrt mich."

Söhlbach schwieg für einen Moment.

Dann sagte er: „Du hast Recht. Annas Tod liegt mir im Magen, und ja, ich komme damit irgendwie nicht klar."

„Soll ich dich nicht besser nachhause fahren? Das mit Uwe Sommer kann ich auch alleine erledigen."

„Nein, auf keinen Fall. Ich muss mich mit etwas anderem beschäftigen. Das lenkt mich ab."

„Du kannst es dir ja noch mal überlegen, Sven."

„Da gibt's nichts zu überlegen."

Söhlbach strich mit der Hand über seine Glatze.

„Wenn wir gleich bei Sommer sind", sagte er, dürfen wir nicht mit der Tür ins Haus fallen. Dass der Mann zu den Besuchern dieser Jacht gehört, sollten wir erst einmal nicht erwähnen."

„Und wie sollten wir deiner Meinung nach mit der Befragung anfangen?"

„Hmm", murmelte Sven.

Er wirkte hochkonzentriert.

„Wir sollten vielleicht sagen, dass wir in einem wichtigen Fall ermitteln, bei dem Sommer für uns eine Bedeutung als Zeuge haben könnte und ihn deshalb nach einem Alibi für die Tatzeit fragen."

„Das ist eine gute Idee, Sven, denn wenn er ein Alibi vorweisen kann, dann können wir ihn als Täter ausschließen."

„Genau", bestätigte Söhlbach. „Dann müssen wir ihn auch nicht mit seinen Besuchen auf der Marinalove kon-frontieren."

„Aber was ist", warf Muisfeld ein, „wenn er kein Alibi hat? Dann werden wir unsere Karten offen auf den Tisch legen müssen."

„Oh man", sagte Sven. „Dann wird es heikel."

Seine Kollegin schüttelte den Kopf.

„Warum sollte es heikel werden? Wir werden Sommer einfach die Wahrheit sagen und ihm erzählen, dass zwei der Damen ermordet wurden. Er soll auch erfahren, dass wir auf der Jacht Unterlagen gefunden haben, die auf seine Besuche bei den Damen hinweisen, und dass er deshalb als Zeuge für uns wichtig sein könnte. Wir werden ihm sagen, dass wir die besagten Unterlagen in Geheimfächern der ermordeten Damen entdeckt und dort belassen haben. Wir machen dem Mann sofort klar, dass er sich auf unsere Diskretion verlassen kann und versprechen ihm, dass wir diese Entdeckung für uns behalten."

„Meinst du nicht, Silvia, dass Sommer dann Angst bekommt? Er wird sofort zur Marinalove fahren, wird sich Tatjana vorknöpfen und von ihr die Unterlagen fordern. Die Frau wird großen Ärger bekommen."

„Ja und? Das soll nicht unser Problem sein."

Die beiden fuhren bereits seit ein paar Minuten durch den Stadtteil Rahm.

Schließlich bogen sie in die Zielstraße ein.

„Ich wusste gar nicht", kommentierte Söhlbach die Gegend, „dass hier so tolle Schuppen stehen."

Damit meinte er die großen Einfamilienhäuser, an denen sie vorbeifuhren.

„Da vorne ist Sommers Haus", sagte Muisfeld schließlich und deutete nach rechts.

Sie fuhr langsamer und stoppte den Wagen vor dem Zugang, der durch einen dicht bewachsenen Vorgarten zum Haus führte.

Vom Gebäude selbst war von der Straße aus nicht viel zu erkennen. Dicht gewachsene Kiefern und große Koniferen versperrten die Sicht.

Muisfeld und Söhlbach stiegen aus dem Auto.

Sie folgten dem breiten, mit hellbraunen Natursteinplatten gepflasterten Weg, der auf die Haustür zuführte.

Erst einige Meter vor dem Gebäude gaben die immergrünen Gewächse des Vorgartens den Blick auf das Haus frei.

Die beiden standen vor einer Villa mit einer beachtlichen Größe. Das Domizil von Uwe Sommer war mit weißen Klinkern verkleidet. Der Eingang lag in einem Vorbau, der das komplette Gebäude überragte. Dieser Vorbau glich einem Turm, der oben ein rundes Spitzdach trug. Das Hausdach selbst, welches sich zu beiden Seiten des Turms erstreckte, hatte großzügige Gauben, die erkennen ließen, dass es im Dachgeschoss lichtdurchflutete Räume gab.

„Nicht schlecht", kommentierte Muisfeld den Anblick.

Sie trat an die breite Haustür heran und drückte den Klingelknopf, der sich direkt unter einem großen Messingschild mit der Aufschrift Sommer befand.

„Was wünschen Sie?", erklang eine Frauenstimme.

Die Stimme kam aus einem kleinen Lautsprecher, der sich oberhalb der Tür befand. Jetzt erkannten die beiden Besucher auch die dezente Kamera neben dem Lautsprecher.

Muisfeld hielt ihren Dienstausweis in die Richtung der Kamera.

„Polizei", sagte sie. „Mein Name ist Muisfeld und das ist mein Kollege Kommissar Söhlbach. Wir sind von der Kripo und hätten gerne mit Herrn Uwe Sommer gesprochen."

„Mein Mann ist nicht da", ertönte es aus dem kleinen Lautsprecher. „Worum geht es denn?"

„Vielleicht können Sie uns ja auch weiterhelfen, Frau Sommer", meinte Silvia. „Dürfen wir mal reinkommen?"

Ein leises Klicken war zu hören. Dann sprang die Tür auf.

Die zwei betraten einen großzügigen Flur, der im hinteren Bereich in einem offenen Wohnraum endete, dessen weit geöffneten Terrassentüren einen Blick in den Garten freigaben.

Durch eine seitliche Tür trat eine etwa sechzigjährige Frau in den Flur.

„Was kann ich für Sie tun?", fragte sie. „Worum geht es?"

Die sehr hager wirkende Frau trug einen verschlissen wirkenden, hellblauen Jogginganzug. Ihre Haare waren in einem Handtuch gewickelt, welches wie ein Turban auf ihrem Kopf thronte.

„Entschuldigung", sagte Muisfeld. „Sie kommen wohl gerade aus dem Bad. Wenn Sie möchten, können wir noch einen Augenblick warten, bis Sie soweit sind."

Die Frau lachte.

„Nein, ich komme nicht aus dem Bad. Ich hatte heute nach dem morgendlichen Duschen nur noch keine Lust, mir die widerspenstigen Haare zu machen." Sie deutete auf den Wohnraum. „Bitte kommen Sie rein", sagte sie sehr höflich und ging vor.

Söhlbach und Muisfeld folgten ihr.

„Nehmen Sie bitte Platz, dann redet es sich besser." Die Frau wirkte sehr selbstsicher. „Darf ich Ihnen etwas zu trinken anbieten?"

„Nein, danke", antworteten ihre Besucher fast gleichzeitig.

„Also", sagte die Frau mit dem Handtuchturban, als sie saßen, „was kann ich für Sie tun?"

„Frau Sommer", eröffnete Muisfeld ihre Befragung, „verraten Sie uns, wo Ihr Mann momentan ist?"

„Ja natürlich. Das ist ja kein Geheimnis. Mein Mann ist in Berlin."

„In Berlin?", wiederholte Silvia.

„Ja, er hat dort geschäftlich zu tun."

„Seit wann ist Ihr Mann denn in Berlin?", fragte die Kommissarin.

„Er ist gestern Mittag abgereist, mit dem Flieger von Düsseldorf aus."

„Gestern Mittag?"

„Ja, das sagte ich doch." Frau Sommer schaute die Kommissarin forschend an. „Sind Sie so lieb und sagen mir endlich, worum es geht?"

„Ich werde es Ihnen sagen, Frau Sommer, aber vorher habe ich noch eine weitere Frage. Können Sie mir sagen, wo Ihr Mann in der Nacht vom letzten Sonntag auf Montag war?"

„Also langsam wird Ihre Fragerei aber merkwürdig. Warum wollen Sie das wissen?"

„Das sage ich Ihnen, wenn Sie mir meine Frage beantwortet haben, Frau Sommer."

„Mein Mann und ich haben Sonntagnacht in Frankfurt verbracht. Wenn Sie es ganz genau wissen wollen, wir sind gegen 17 Uhr hier losgefahren und waren so gegen 19 Uhr in Frankfurt. Dort haben wir uns im Hotel umgezogen und uns zu Freunden fahren lassen, um einen Galaabend zu besuchen, zu dem uns unsere Freunde eingeladen hatten. Die Gala begann um 20 Uhr. Es hatte ein tolles Programm gegeben und es war eine traumhaft schöne Nacht, so schön, dass wir nicht einmal bemerkt haben, wie schnell die Zeit verging. Als wir mit dem Taxi zum Hotel zurückfuhren, wurde es schon langsam wieder hell. So, und jetzt sagen Sie mit bitte sofort, worum es hier geht und was mein Mann damit zu tun hat."

„Es ist so, Frau Sommer", sagte die Kommissarin, „wir ermitteln in einem verzwickten Fall, über den ich nichts Genaues sagen darf, weil wir, wie gesagt, mitten in den laufenden Ermittlungen stecken. Wir hatten gehofft, dass Ihr Mann eventuell als Zeuge etwas zur Aufklärung des Falles beitragen könnte. Da er aber zu den fraglichen Zeiträumen nicht da war, hat sich das für uns erledigt."

Frau Sommer blickte sie auffordernd an.

„Und Sie können mir wirklich nicht sagen, Frau Kommissarin, worum es geht?"

„Tut mir leid, Frau Sommer. Das darf ich nicht."

Sie erhob sich.

„Trotzdem vielen Dank für Ihre Auskunft", sagte sie. „Sie haben uns trotzdem weitergeholfen."

Auch Söhlbach stand auf.

Frau Sommer baute sich vor dem Kommissar auf.

„Vielleicht", sprach sie ihn an, „können Sie mir ja etwas über Ihre Ermittlungen verraten. Ihre Kollegin ist ja diesbezüglich sehr zurückhaltend und weiß scheinbar auch nicht genau, was sie sagt. Erst deutet sie an, dass mein Mann als Zeuge nicht in Frage kommt und dann sagt sie, dass ich Ihnen trotzdem weitergeholfen habe. Diese Aussagen beißen sich doch irgendwie, oder?"

Sven stutzte.

„Nun", sagte er, „was soll ich dazu sagen? Ich finde, dass meine Kollegin nichts Falsches gesagt hat. Da Ihr Mann für uns als Zeuge nicht in Frage kommt, ist es ein eventueller Zeuge weniger, der auf unserer Liste vermeintlicher Zeugen steht. Mit jedem Zeugen, den wir von der Liste streichen können, werden unsere Ermittlungsarbeiten übersichtlicher und somit einfacher. So gesehen haben Sie uns mit Ihrer Aussage also geholfen."

„So gesehen ja", sagte die Frau mit dem Handtuchturban auf dem Kopf. „Ich begleite Sie noch zur Tür."

Als Muisfeld und Söhlbach das Haus verlassen hatten, stand Frau Sommer noch in der Haustür.

„Ich wünsche Ihnen beiden noch einen angenehmen Arbeitstag", gab sie ihnen noch auf den Weg.

Als die zwei schließlich wieder in ihrem Dienstwagen saßen, meinte Söhlbach: „Eine Frau von Welt, diese Frau Sommer. Was für ein Leben, mal eben von Freunden zu einem Galaabend eingeladen zu werden. Ich bin davon überzeugt, dass die Sommers nur in ganz hohen Kreisen verkehren."

„Eine Frau von Welt", wiederholte Silvia seine Worte abfällig, während sie langsam den Autoschlüssel in das Zündschloss schob. „Es ist eine Frau, die einen verschlissenen Jogginganzug trägt und nicht mal merkt, dass ihr Mann sie bescheißt."

„Wie sagt man dazu?", meinte Söhlbach. „Eine Welt aus Sein und Schein."

Seine Kollegin blickte mit einem Mal sehr nachdenklich drein. Als er sah, dass Silvia ihre Lippen spitzte, wusste er, dass es in ihrem Kopf arbeitete. Gespitzte Lippen bedeuteten bei ihr immer scharfes Nachdenken.

„Woran denkst du gerade, Silvia?"

„Woran ich denke? Weißt du, Sven, ich muss gerade daran denken, dass der Mörder immer dann zugeschlagen hat, wenn Uwe Sommer die Mordopfer am Tag vorher besucht hatte. Könnte es nicht sein, dass die Besuche von Sommer doch etwas mit den Morden zu tun haben. Kann es sein, dass der Täter Uwe Sommer mit diesen Morden bestrafen will?"

„Da könnte zwar ein Zusammenhang bestehen", sagte Söhlbach und wirkte mit einem mal wieder hoch-konzentriert. „Aber es ist doch eher unwahrscheinlich, denn in diesem Fall hätte der Täter von Sommers Besuchen wissen müssen. Auch wenn die Damen eine Gästeliste hatten, du hast selbst gesehen, dass niemand diese Liste einsehen konnte. Die einzige Wahr-scheinlichkeit ist die, dass der Täter Tatjana ebenfalls töten will. Aber das werden wir verhindern."

„Um von Sommers Besuche auf der Jacht zu erfahren", sagte Silvia, „braucht man keine Gästeliste. Man muss einfach nur die Jacht beobachten. Dann sieht man, wer dort ein- und ausgeht."

„Du meinst die rothaarige Frau mit der Pumucklfrisur?"

„Zum Beispiel."

„Wir suchen nach einem kräftigen Mann. Diese Frau kommt als Täterin nicht in Frage."

Silvia zog den Autoschlüssel wieder aus dem Zünd-schloss.

„Wir werden Frau Sommer noch ein paar Fragen stellen", sagte sie.

„Aber was willst du sie denn fragen?"

„Wir werden sie fragen, ob sie weiß, mit welchen Leuten ihr Mann während seiner Freizeit hier in der Stadt unterwegs ist, weil auch diese Leute als Zeugen für unseren Fall in Frage kommen könnten."

„Ich denke nicht", sagte Söhlbach, „dass Sommer gemeinsam mit Bekannten die Marinalove besucht hatte."

„Das glaube ich auch nicht, aber es besteht die Möglichkeit, dass Uwe Sommer vertraute Freunde hat, die von seinen Besuchen bei den Damen wussten."

Kurze Zeit später standen die beiden wieder vor Sommers Haustür.

Silvia wollte gerade den Klingelknopf drücken, als die Tür sich öffnete.

Frau Sommer stand vor ihnen und grinste.

„Haben Sie noch etwas vergessen?", fragte sie.

Sie merkte, dass die zwei von der Kripo überrascht wirkten.

„Sie wundern sich darüber", sagte sie, „dass ich die Tür geöffnet habe, bevor Sie klingeln konnten? Nun, ich habe zufällig auf dem Monitor gesehen, dass Sie zurückkamen. Wie kann ich Ihnen denn noch helfen?"

„Frau Sommer", erklärte Muisfeld ihr Anliegen, „Ihren Mann konnten wir von unserer Zeugenliste streichen, aber es besteht die Möglichkeit, dass Ihr Mann noch Zeugen kennt, die wir nicht auf der Liste stehen haben."

„Wie soll ich das verstehen?", fragte die Angesprochene.

„Wissen Sie, mit welchen Leuten Ihr Mann während seiner Freizeit hier in der Stadt unterwegs ist? Das könnte uns weiterhelfen, denn diese Leute könnten ebenfalls als Zeugen für unseren Fall in Frage kommen."

„Tut mir leid", sagte die Frau, deren Jogginganzug im Tageslicht noch verwaschener wirkte. „Ich weiß nicht, wo mein Mann sich in der wenigen Freizeit, die er hat, herumtreibt. Ich kann mir auch nicht vorstellen, dass er mit irgendwelchen Leuten unterwegs ist."

Die Kommissarin zuckte mit den Schultern.

„Danke für die Auskunft, Frau Sommer. Dann hat sich das für uns erledigt."

„Wie gesagt, es tut mir leid, dass ich Ihnen nicht weiterhelfen konnte. Es ist für Sie bestimmt nicht immer einfach bei solchen Ermittlungen. Schade, dass Sie mir nicht verraten, worum es geht. Sie haben mich richtig neugierig gemacht." Die Frau blickt auf ihre Armbanduhr. „Was? Schon so spät? Entschuldigen Sie mich jetzt bitte. Ich muss mich fertig machen, denn gleich holt mich eine Freundin ab. Wir wollen nach Düsseldorf fahren. Eine kleine Shoppingtour über die Kö, verstehen Sie?"

Noch während sie sich von Muisfeld und Söhlbach verabschiedete, griff sie nach dem Handtuch, welches wie ein Turban um ihren Kopf gewickelt hatte und nahm es ab. Dann schloss sie die Tür.

Sven und Silvia standen vor der Tür und schauten sich mit großen Augen an.

„Denkst du das gleiche wie ich?", fragte Sven seine Kollegin.

Diese nickte. „Und ob ich das gleiche denke. Das kann kein Zufall sein."

In dem Moment, als Frau Sommer das Handtuch vom Kopf genommen hatte, war es passiert. Es hatte bei beiden die gleichen Gedanken ausgelöst. Sie hatten die bisher verdeckten Haare der Frau gesehen, rote Haare, die wie bei der Zeichentrickfigur Pumuckl zu Berge standen.

„Sie hat die Jacht beobachtet", sagte Sven.

„Ja", bestätigte seine Kollegin. „Und sie weiß auch, dass ihr Mann regelmäßig die Prostituierten besucht."

Ihre Hand ging erneut zum Klingelknopf. Dieses Mal dauerte es einen Augenblick, bis sich die Tür öffnete.

„Sagen Sie nicht, dass Ihnen schon wieder etwas eingefallen ist", empfing Frau Sommer die beiden.

„Lassen Sie uns noch einmal reingehen", sagte Söhlbach. „Wir müssen noch etwas ganz Wichtiges mit Ihnen besprechen."

„Sie sind aber hartnäckig", sagte Frau Sommer. „Na gut, kommen Sie."

Die Frau wirkte mit einem Mal etwas unsicher, während sie ihre Gäste in den Wohnraum führte.

„Was möchten Sie noch wissen?", fragte sie, nachdem sie Platz genommen hatten.

Muisfeld schaute die Frau an. Dann sagte Sie: „Wir würden gerne wissen, was Sie so alles in Ihrer Freizeit machen?"

„Was ich mache? Na hören Sie mal, diese Frage geht jetzt aber ein bisschen zu weit."

„Eigentlich wissen wir ja schon, was Sie gerne machen", redete Söhlbach nun weiter. „Sie treiben sich in der Marina im Innenhafen herum und beobachten die Jacht mit dem Namen Marinalove."

Diese Aussage schlug bei Frau Sommer ein, wie eine Bombe. Sie schluckte und ihr Gesicht wurde tief rot.

„Frau Sommer, Sie wissen ganz genau, dass Ihr Mann dieses Boot regelmäßig besucht und Sie wissen auch, wen er dort besucht."

Es dauerte einen Moment, bis die Frau sich wieder einigermaßen gefangen hatte.

„Ich", stammelte sie, „ich weiß nicht, was ich dazu jetzt sagen soll."

„Die Wahrheit."

„Wie kommen Sie darauf, dass ich mich im Innenhafen herumtreibe?" Langsam wich die Farbe wieder aus ihrem

Gesicht. „Und warum soll mein Mann regelmäßig dort ein Boot besuchen?"

„Frau Sommer", sagte Söhlbach. „Bevor Sie sich jetzt weiter in irgendwelche Geschichten verstricken, möchte ich Ihnen lieber gleich sagen, dass es Aufnahmen von Ihnen gibt, die im Innenhafen gemacht wurden, und bevor Sie jetzt sagen, dass Sie ja ab und zu dort spazieren gehen, um sich die schönen Jachten zu betrachten, bringt es Sie auch nicht weiter. Wir wissen, dass Sie oft dort waren, um ganz gezielt die Marinalove zu beobachteten und nicht nur das, Sie sind sogar zu dieser Jacht gegangen und haben durch die Fenster ins Innere geschaut."

„Warum", kam es unsicher aus ihrem Mund, „warum sollte ich das tun?"

„Wenn Sie möchten, Frau Sommer", sagte Sven, „dann können wir gerne gemeinsam ins Präsidium fahren, damit Sie sich die Aufnahmen, die von Ihnen im Innenhafen gemacht wurden, einmal anschauen."

Nun ergriff Kommissarin Muisfeld das Wort: „Frau Sommer, wir wissen ganz genau, was auf der Marinalove passiert und wir wissen, warum Ihr Mann dort regelmäßig zu Besuch ist. Wir wissen es, und Sie wissen es auch, Frau Sommer. Es ist nichts Verbotenes und Sie sollten mit uns darüber reden."

Die Frau mit den roten Haaren wirkte unentschlossen.

„Na gut", sagte sie schließlich. „Was genau möchten Sie von mir wissen?"

„Wir würden von Ihnen gerne wissen, inwieweit Sie über die Marinalove informiert sind. Erzählen Sie uns einfach alles von Anfang an. Wann haben Sie davon erfahren, dass Ihr Mann auf diese Jacht geht und wie gehen Sie damit um?"

Frau Sommers Blick ging für einen Augenblick in die Ferne.

„Tja", sagte sie schließlich. „Womit soll ich anfangen? Zunächst versprechen Sie mir, dass Sie alles, was ich Ihnen jetzt erzähle, für sich behalten, denn ich denke, dass ich Ihnen vertrauen kann."

Sie schaute Söhlbach und Muisfeld fragend an.

„Wir sind Beamte und allein deswegen schon verpflichtet, das Dienstgeheimnis zu bewahren", erklärte Sven. „Wir werden alles, was Sie uns erzählen, mit äußerster Diskretion behandeln. Das versprechen wir Ihnen, Frau Sommer."

Die Frau im hellblauen Jogginganzug atmete noch einmal tief durch.

Dann sagte sie: „Es liegt schon Jahre zurück. Mein Mann hatte mir immer erzählt, dass er sich mit einem Freund treffen möchte, und ich hatte mir nichts dabei gedacht, dass er für ein paar Stunden verschwand. Bis ich zufällig den Freund getroffen hatte, mit dem mein Mann angeblich immer unterwegs war. Von ihm erfuhr ich, dass er meinen Mann schon lange nicht mehr gesehen hatte. Mein erster Gedanke war, dass Uwe eine heimliche Geliebte hat. Glauben Sie mir, das war ein schrecklicher Gedanke. Als mein Mann sich wieder zu einem angeblichen Treffen mit seinem Freund aufmachte, bin ich ihm mit großem Abstand hinterher gefahren. Die Fahrt ging ins Rotlichtviertel zur Charlottenstraße. Dort stellte Uwe das Auto ab und verschwand in einem dieser Altbauten. Damals wusste ich noch nicht, dass es auch hier Prostituierte gab, denn ich hatte immer gedacht, es gäbe nur die Bordelle an der Vulkanstraße. Ich hatte in sicherer Entfernung im Auto gesessen und gewartet, bis er das Haus wieder verließ. Hat über eine Stunde gedauert, bis er raus kam. Als er weggefahren war, bin ich in das Haus gegangen. Ich brauchte nicht einmal schellen, denn die Tür stand auf. Es war für mich eine große Überwindung, durch den dunklen Flur dieses Hauses zu gehen, denn es stank dort fürchterlich. In dem Raum, zu dem dieser Flur führte, war ein Mann, ein verwegener Kerl, der mir Angst machte. Er hatte mich gesehen und sofort gesagt, dass ich wieder verschwinden sollte, weil seine Zimmer ausgebucht sind und dass solche mit meinem Aussehen es lieber auf den Straßenstrich versuchen sollten, weil die Kunden dort alles nehmen, was sie günstig kriegen können. Ich war richtig geschockt und konnte das, was dieser Mann von sich gegeben hatte, zunächst nicht richtig einordnen. Natürlich hatte ich das Haus sofort verlassen. Erst als ich auf dem Weg zu meinem Auto war, wurde mir bewusst, dass in diesem Haus Prostituierte auf ihre Freier warteten und da wusste ich, dass mein Mann regelmäßig zu Nutten geht." Sie strich mit der Hand über ihren roten Haarschopf. „Ob Sie es glauben oder nicht, ich hatte mich damals nicht getraut, meinen Mann darauf anzusprechen. Ich hatte mir fest vorgenommen, ihn beim nächsten Mal, wenn er angeblich zu seinem Freund fahren wollte, etwas zu sagen, aber ich konnte es einfach nicht. Ich hatte Angst davor, dass dann alles bei uns kaputt geht. Bei meinem Mann und mir läuft im Bett schon lange nicht mehr viel. Was den Sex angeht, hatte ich, als ich in die Wechseljahre gekommen bin, einfach keine Lust mehr. Mein Arzt hat gesagt, dass es an den Hormonen liegt. Auch wenn es mir anfangs schwergefallen war, ich dachte, wenn ich ihm im Bett nichts mehr geben kann, soll er doch ab und zu seinen Spaß haben."

Frau Sommer schaute ihre Besucher an.

„Dass eine Frau so reagiert", sprach sie weiter, „hätten Sie bestimmt nicht gedacht, aber es ist so. Und ganz ehrlich, es tut mir gut, mal mit jemanden drüber zu reden. Mein Mann bietet mir ein tolles Leben und mir fehlt es an nichts. Im Prinzip führen wir sogar eine richtig gute Ehe, auch wenn nicht alles Gold ist, was glänzt."

„Können Sie uns auch sagen, seit wann Ihr Mann diese Frauen besucht?"

„Ich weiß es seit mehr als fünf Jahren. Vor drei Jahren dachte ich, dass es vorbei sei, denn wie durch ein Wunder gab es diese angeblichen Besuche bei seinem Freund nicht mehr. Doch dann ging es wieder los. Die Besuche bei den Prostituierten unterlagen immer einem merkwürdigen Rhythmus. Uwe ging alle zwei bis drei Tage zu seinen Nutten, etwa einen Monat lang. Dann blieb er drei Monate zuhause und dann verschwand der wieder einen Monat lang regelmäßig. Neugierig geworden hatte ich mich vor zwei Wochen dazu entschlossen, mich wieder an seine Fersen zu heften und ihm zu verfolgen. Als er sein Auto auf dem großen Parkplatz des Baumarktes an der Max-Peters-Straße abstellte, war ich zunächst sehr verwundert. Ich hatte mich gefragt, was er in einem Baumarkt wollte. Uwe ging auch nicht in den Baumarkt. Von diesem Parkplatz aus erreicht man in zwei Minuten zu Fuß den Innenhafen, und genau da ging er hin. Ich konnte beobachten, wie er in diese Jacht stieg. Was er dort gemacht hatte, wusste ich zunächst nicht. Nach gut einer Stunde verließ er die Jacht wieder. Zwei Tage später wiederholte sich das Spiel. Ja, Sie haben Recht, ich habe diese Jacht beobachtet, weil ich wissen wollte, was auf diesem Schiff passiert. Erst als ich die jungen Frauen auf dem Boot gesehen hatte, ahnte ich, was Uwe dort trieb. Ich vermute, diese drei Frauen auf der Jacht sind Nutten."

Frau Sommer hob beide Hände.

„So", sagte sie. „Jetzt wissen Sie alles, was ich über dieses Boot weiß."

Söhlbach nickte.

Dann sagte er: „Sie haben die Marinalove also regelmäßig beobachtet. Sind Ihnen dabei auch andere Besucher der Jacht aufgefallen?"

„Ja. Manchmal kamen Männer. Sie sind, genau wie Uwe, etwa eine Stunde geblieben und dann wieder gegangen."

„Wann waren Sie denn das letzte Mal im Innenhafen, um die Jacht zu beobachten?"

„Gestern."

„Waren Sie lange dort?"

„Nein. Ich hatte zunächst auf der schmalen Brücke gestanden, die über das Hafenbecken führt und bin danach etwas am Kai hin und her gelaufen. Die Jacht hatte ich dabei nicht aus den Augen verloren."

„Um welche Uhrzeit waren Sie denn da?", wollte Silvia von ihr wissen.

„Das weiß ich nicht mehr so genau. Ich hatte nicht auf die Uhr geschaut, als Uwe wieder dorthin gefahren war. Es kann neun, aber auch zehn Uhr gewesen sein. Seitdem ich weiß, zu was für hübsche, junge Frauen es Uwe hinzieht, habe ich das Bedürfnis, ihn zur Rede zu stellen. Früher, als er noch zu den Nutten auf der Charlottenstraße gefahren ist, war mir das hinterher irgendwie egal, denn ich kannte diese Nutten nicht. Jetzt aber weiß ich, wie sie aussehen. Sie sind jung, sehen sehr gut aus und

haben Traumfiguren. Da kann ich nicht mithalten. Ich habe Angst, dass sich Uwe in eine von ihnen verlieben könnte. Ob ich den Mut aufbringen werde, mit Uwe darüber zu reden, weiß ich allerding noch nicht. Ich konnte beobachten, dass Uwe mit jeder einzelnen dieser Nutten etwas hatte. Zwei saßen oben auf dem Schiff und mit der dritten war Uwe in die Jacht gestiegen; jedes Mal, wenn er da war, mit einer anderen. Mit dieser Situation werde ich irgendwie nicht mehr fertig. Ich habe in meinen Gedanken Hass gegen diese Frauen aufgebaut und sogar schon mit dem Gedanken gespielt, zu diesem Boot zu gehen, um ihnen zu sagen, dass sie meinen Mann in Ruhe lassen sollen; habe in meiner Wut auch daran gedacht, wie es wäre, jemanden zu engagieren, der diese Nutten mal so richtig verprügelt. Ich weiß, das sind absurde Gedanken, aber wie heißt es so schön? Die Gedanken sind frei. Ich bin aber zu dem Schluss gekommen, dass diese Nutten schließlich nichts dafür können. Wenn ich jemanden für das alles hassen müsste, dann ist das mein Mann."
Sie blickte bedrückt auf den Boden. Dann sagte sie leise: „Aber ich kann Uwe nicht hassen."
Dann schaute sie wieder zu ihren beiden Besuchern auf.
„Das, was ich Ihnen jetzt anvertraut habe, bleibt aber wirklich unter uns. Da kann ich mich doch drauf verlassen, oder?"
„Das können Sie, Frau Sommer", sagte Muisfeld.
Mit den Worten „Vielen Dank für Ihre Offenheit", stand Söhlbach auf. „Wir müssen dann wieder los."
Er und seine Kollegin verabschiedeten sich von der Frau und verließen das Haus.
Als sie wieder in ihrem Auto saßen, meinte Sven: „Frau Sommers Wut auf diese Damen macht sie zur

Tatverdächtigen, aber wenn sie wirklich unsere Täterin wäre, hätte sie uns garantiert nicht so offen ihre Wut auf diese Frauen geschildert."

„Aber ihre Geschichte bringt mich auf die Idee", sagte Silvia, „dass es andere Frauen geben könnte, die dahinter gekommen sind, dass ihre Männer regelmäßig die Marinalove besuchen. Auch diese Frauen könnten Hass auf die Damen entwickelt haben, Hass, der Mordgelüste auslöst."

„Ralf Meier hat uns deutlich zu verstehen gegeben, dass der Täter ein Mann sein muss, jemand, der genug Kraft hat, einen Körper mit großer Wucht auf ein Boot zu werfen."

„Das ist richtig", bestätigte seine Kollegin, „aber warum sollen nicht auch andere Frauen auf die gleichen Gedanken kommen, wie Frau Sommer? Sie hatte darüber nachgedacht, jemanden zu engagieren, der die Drecksarbeit für sie erledigt."

„Wenn du mit deiner Vermutung richtig liegst, dann haben wir jetzt viel Arbeit vor der Brust. Wir sollten sofort zurück zur Marina fahren und uns diese Gästelisten der Damen besorgen."

„Vergiss nicht, Sven, dass wir auch noch mal zur Charlottenstraße fahren müssen. Dieser Piet ist telefonisch immer noch nicht erreichbar. Auch wenn wir gegen ihn nichts in der Hand haben, er steht unter Tatverdacht. Wir müssen herausfinden, wo Piet sich aufhält."

Die Kommissarin startete das Auto und fuhr los. In Höhe der Zufahrt, die zu der breiten Doppelgarage der Sommers führte, stoppte sie wieder.

„Sieh dir dieses Garagentor mal an, Sven. So etwas habe ich ja noch nie gesehen."

Als ihr Kollege zur Garage blickte, staunte er.

Auf dem breiten Garagentor war eine wunderschöne Landschaft gemalt, ganz offensichtlich eine Szenerie aus der Toskana. Zu sehen war ein für die Toskana typisches Anwesen, welches von hohen Säulenzypressen umgeben war. Dieses Anwesen war von einer bewaldeten, hügeligen Landschaft umgeben.

„Wer das gemalt hat", sagte Sven, „der hat echt etwas drauf. Es sieht ja fast aus, wie ein Foto."

Mit den Worten „Man muss sich nur einen guten Maler leisten können", fuhr Silvia weiter.

Die Kommissarin dachte über ihren Kollegen nach. Sven gab sich Mühe, sich nichts anmerken zu lassen, aber Silvia spürte ganz genau, dass er sich momentan nicht wohl in seiner Haut fühlte. Virgins Tod hatte ihn sichtlich mitgenommen. Sie war sich sicher, dass Sven gerade wieder an Anna dachte.

Muisfeld lag mit ihrer Vermutung richtig, denn ihr Nebenmann war in seinen Gedanken tatsächlich bei Anna. Er dachte daran, dass sie ihn heute Abend eigentlich besuchen wollte und er dachte daran, was dann heute Abend wohl passiert wäre. Annas Tod lag ihm wie ein schwerer Stein im Magen. In seinen Gedanken sah er sie vor sich, ihr hübsches Gesicht und ihr Lächeln, und er hörte ihre sanfte Stimme, die ihn regelrecht gefesselt hatte.

„Genau so ein Auto hat der Täter gefahren", wurde er von Silvias Stimme aus seinen Gedanken gerissen.

Sie deutete auf einen nagelneu wirkenden, schwarzen Mercedes GL, der ihnen entgegen kam.

Als der Mercedes an ihnen vorbei fuhr, erkannte Söhlbach einen jungen Mann hinter dem Steuer. Sven dachte sich nichts dabei, dass ein blauer Lieferwagen dem Mercedes folgte. In dem Moment, als er seine Gedanken wieder Anna zuwandte, stoppe seine Kollegin abrupt die Fahrt.

„Das gib ´s doch nicht", hörte er Silvia sagen.

Ihre Blicke waren in den Rückspiegel gerichtet.

„Der Mercedes ist in die Einfahrt der Sommers abgebogen."

„Was?", kam es verwundert aus Söhlbachs Mund.

Er wandte sich um. Den schwarzen Mercedes konnte er nicht mehr sehen. Er erkannte aber, dass der blaue Lieferwagen mit eingeschaltetem Blinker am rechten Straßenrand, gegenüber von Sommers Haus, stehengeblieben war.

„Dem sollten wir nachgehen", sagte Silvia und wendete den VW-Passat auf der engen Straße mit viel Geschicklichkeit.

In dem Moment, als sie das Haus der Familie Sommer fast erreicht hatten, trat ein junger Mann aus dem Vorgarten, überquerte die Straße und stieg auf der Beifahrerseite in den wartenden Lieferwagen.

Söhlbach hatte geistesgegenwärtig noch ein Foto von dem zügig davonfahrendem Wagen gemacht.

Jetzt sahen die beiden, dass der Mercedes auf der Einfahrt vor dem prächtig bemalten Garagentor stand.

„Da müssen wir Frau Sommer wohl oder übel einen weiteren Besuch abstatten", sagte Silvia. „Ich glaube nicht, dass das ein Zufall ist."

In dem Moment, als sie das sagte, schob sich das komplette Garagentor nach oben und ließ erkennen, dass in der Garage ein weiteres Auto stand, ein ebenfalls schwarzer Porsche.

Frau Sommer erschien auf der breiten Garagenzufahrt.

Muisfeld und Söhlbach stiegen aus dem Auto.

Im gleichen Augenblick hatte Frau Sommer sie gesehen.

„Sie sind ja immer noch da?", wunderte sich die Frau.

„Sagen Sie nicht, Sie haben schon wieder etwas vergessen."

„Es sieht so aus", sagte Söhlbach, als sie schließlich neben dem Mercedes standen, „als hätten wir doch noch einige Fragen an Sie."

„Bei Ihnen wundert mich langsam gar nichts mehr", kommentierte die Frau die Worte des Kommissars. „Was ist Ihnen denn jetzt schon wieder eingefallen?"

„Es geht um das Auto." Sven deutete auf den Mercedes. „Ist das Ihr Fahrzeug, Frau Sommer?"

„Ja, das heißt nein, eigentlich fährt mein Mann ihn. Ich bin lieber mit dem da unterwegs." Sie deutete auf den Sportwagen, der in der Garage stand.

„Aber ab und zu fahren Sie auch mit dem Mercedes herum?", fragte Söhlbach.

„Ja, aber nur sehr selten."

„Wann sind Sie denn das letzte Mal damit gefahren?"

„Ich weiß zwar nicht, warum Sie das jetzt von mir wissen wollen, aber es ist schon etwas länger her. Vielleicht verraten Sie mir ja doch mal langsam, worum es hier eigentlich geht."

„Und in den letzten Tagen waren Sie nicht mit diesem Auto unterwegs?", wollte Sven von ihr wissen.

„Nein. Und wenn wir schon mal dabei sind, auch mein Mann war in den letzten Tagen nicht damit unterwegs."

„Frau Sommer, verraten Sie uns, wer der junge Mann gerade war, der das Fahrzeug gebracht hat?"

„Der junge Mann war vom Autoreinigungsdienst."

„Dann war der Wagen also zur Reinigung", stellte der Kommissar fest. „War das Auto denn stark verschmutzt?" Die Angesprochene baute sich vor Söhlbach auf und stütze die Hände in ihre Hüften.

„Das haut ja wohl dem Fass den Boden raus", sagte sie. Die Wut, die in ihrer Stimme lag, war nicht zu überhören. „Jetzt kontrolliert die Polizei schon, ob die Autos dreckig sind. Was soll das? So langsam fühle ich mich von Ihnen auf die Schippe genommen. Vorhin habe ich Ihnen sehr delikate Auskünfte gegeben, hatte ihnen sogar mein Herz ausgeschüttet und jetzt kommen Sie mir mit einem solchen Unfug daher. Ich unterstütze gerne die Polizei und war bisher sehr kooperativ, aber diese Fragerei geht mir jetzt doch ein bisschen zu weit. Entweder sagen Sie mir jetzt klipp und klar, worum es hier geht und warum Sie solche Fragen stellen oder ich sage keinen Ton mehr. Wenn Ihnen das nicht passt, können Sie sich gerne für weitere Fragen an meinen Anwalt wenden."

Silvia Muisfeld verzog das Gesicht. Ihr war bewusst, dass sie von dieser Frau keine Antworten mehr erwarten konnten.

„Ich denke", sagte sie, „wir sollten Ihnen die Wahrheit sagen, Frau Sommer. Allerdings möchte ich Sie bitten, mit niemanden über unsere Ermittlungsarbeiten zu reden."

Die Frau im Jogginganzug sah sie erwartungsvoll an.

„Wir ermitteln in einem Doppelmord", erklärte die Kommissarin, „und der Tatverdächtige entfernte sich mit genau so einem Fahrzeug vom Tatort." Sie deutete auf den Mercedes.

„Und jeder", entgegnete Frau Sommer, „der so ein Auto fährt ist jetzt tatverdächtig?

„Natürlich nicht", sagte Söhlbach, „aber den Fahrer Ihres Autos, sprich Ihren Mann, müssen wir leider mit den Mordopfern in Verbindung bringen."

Bevor die Frau sich äußern konnte, klärte Silvia sie auf: „Die beiden Mordopfer sind zwei der Damen, die Ihr Mann immer auf der Jacht besucht hatte."

„Was?", kam es langgezogen aus dem Mund von Frau Sommer. „Zwei dieser Nutten sind tot?"

„Ja", bestätigte die Kommissarin. „Sie wurden ermordet und der mutmaßliche Täter ist in einem neuen, schwarzen Mercedes GL vom Tatort davon gefahren."

Frau Sommer hatte diese Aussage schnell verdaut, denn sie sagte: „Also, ich sage Ihnen ganz ehrlich, dass ich diesen Nutten nicht nachtrauere. Ich müsste lügen, wenn ich sagen würde, dass diese Frauen mir leid tun. Diese Morde waren also der Grund dafür, dass Sie mich vorhin danach gefragt hatten, wo mein Mann in den besagten Nächten, ich vermute die Tatnächte, war. Sie wissen, dass mein Mann nicht hier in Duisburg war. Uwe hat für diese Nächte ein Alibi. Deshalb frage ich Sie, was unser Auto damit zu tun hat. Sie glauben doch nicht im Ernst, dass das Auto zur Reinigung war, damit irgendwelche Spuren beseitigt werden?"

„Tut mir leid, Frau Sommer", sagte Muisfeld, „aber wir sind von der Polizei und müssen in alle Richtungen denken."

Frau Sommer schüttelte den Kopf und meinte: „Dann werde ich Sie jetzt einmal aufklären. Unsere Autos werden jede Woche einmal für eine Grundreinigung abgeholt, dienstags der Porsche und mittwochs der Mercedes. Da können Sie gerne bei dem Autoreinigungsdienst nach-fragen."

„Haben die Mitarbeiter des Reinigungsdienstes die Möglichkeit, sich das Auto mal unbemerkt auszuleihen?"

„Nein. Sie holen die Autos ab und wenn sie sie zurück bringen, lassen sie die Autoschlüssel natürlich bei uns. Die Autos stehen in der Garage und um das Garagentor zu öffnen, braucht man eine codierte Fernbedienung. Wir haben ein sehr gutes Sicherheitssystem. Mein Mann ist da ganz pingelig. Er hat immer Angst, dass man uns etwas klauen könnte. Uwe hat sogar in den Autos ein System einbauen lassen, damit er im Falle eines Falles die Wagen orten kann, egal wo sie sind. Die Mitarbeiter des Autoreinigungsdienstes wissen übrigens ganz genau, dass sie mit den Autos keine unerlaubten Spritztouren machen können, ohne dass sie auffliegen. Die mit GPS ausgestatteten Systeme in beiden Fahrzeugen übermitteln und speichern ständig alle Daten in unserem Computer ab. Man kann jede Strecke, die die Autos innerhalb der letzten drei Monate zurückgelegt haben, nachvollziehen."

„Frau Sommer", sagte Silvia, „Sie wissen, dass wir in zwei Mordfällen ermitteln und Sie können sich bestimmt denken, dass wir jeder auch noch so kleinen Spur nachgehen müssen. Deshalb bitte ich Sie noch einmal um Ihre Unterstützung. Könnten wir uns die Computerdaten des Mercedes´ der letzten drei Tage einmal ansehen?"

„Der Computer steht oben im Büro meines Mannes. Uwes Arbeitszimmer ist sein Heiligtum. Er würde nicht wollen, dass ich Fremde in diesen Raum lasse, auch nicht, wenn sie von der Polizei sind."

„Liebe Frau Sommer", übernahm nun Söhlbach das Gespräch, „Sie haben uns schon viel erzählt und wir sind Ihnen wirklich sehr dankbar dafür, dass Sie so offen zu uns sind. Vorhin haben Sie selbst gesagt, dass Sie unsere

Polizeiarbeit gerne unterstützen. Deshalb bitte ich Sie darum, uns den Zugang zu diesen Computerdaten zu gewähren."

„Ich unterstütze Sie gerne bei Ihrer Polizeiarbeit, aber es tut mir leid, ich werde Sie nicht in das Büro meines Mannes lassen. Uwe hat sehr vertraute Daten auf seinem Rechner, Daten die niemandem etwas angehen."

„Frau Sommer, ich kann sehr gut verstehen, wenn Sie uns keinen Zugang zum Computer gewähren wollen. Ich sage es nur ungerne, zumal Sie eine sehr nette und umgängliche Frau sind, aber wenn es um Mord geht, müssen wir bei den Ermittlungen alle Register ziehen. Da Ihr Mann eindeutig mit den Mordopfern in Verbindung stand und ein Fahrzeug der gleichen Bauart und Farbe am Tatort gesichtet wurde, sähe unser nächster Schritt normalerweise wie folgt aus. Wir lassen Ihr Auto abholen und zur kriminaltechnischen Untersuchung bringen. Sollte es im Fahrzeug Hinweise darauf geben, dass die Mordopfer damit transportiert wurden, werden es unsere Leute von der KTU mit Sicherheit nachweisen können."

„Was", kam es ungläubig aus Frau Sommers Mund.

„Auf diesen Schritt", fuhr Söhlbach fort, „könnten wir aber verzichten, wenn Sie uns die Computerdaten einsehen lassen."

„Das hört sich ja fast nach Erpressung an."

„Nein, Frau Sommer. Das ist keine Erpressung, das ist Polizeiarbeit. Kennen Sie sich denn mit dem Computer Ihres Mannes aus?"

„Ja, aber es muss doch eine andere Möglichkeit geben, dass Sie die Daten vom Auto bekommen, ohne das Arbeitszimmer zu betreten."

„Was ist denn in diesem Zimmer so geheimnisvoll, dass niemand hinein darf?"

„In diesem Büro laufen alle Fäden zusammen. Verstehen Sie, es ist eine kleine Schaltzentrale, von der aus ganze Unternehmen gesteuert werden. Selbst unsere Putzfrau, der wir sehr vertrauen, darf dort nur unter Aufsicht arbeiten." Die Frau kratzte sich nachdenklich am Kopf.

„Wenn ich ja die Möglichkeit hätte, die Daten, die Sie benötigen, auf einen Datenträger zu übertragen, sollte das eigentlich gehen, aber leider habe ich keinen."

„Das ist kein Problem", sagte Silvia Muisfeld.

Sie griff in ihre Tasche und zog ein Schlüsselbund heraus. Mit wenigen Handgriffen löste sie einen kleinen Schlüssel-anhänger vom Bund. Diesen überreichte sie der Frau.

„Bitte", sagte sie. „Das ist ein USB-Stick. Sollte noch genug Speicherplatz drauf sein."

Die Frau vor ihr wirkte mit einem Mal überrumpelt. Sie schaute auf den Stick in ihrer Hand und meinte: „Ich werde die Daten darauf übertragen. Das dauert aber ein paar Minuten. Neben Sie bitte solange im Wohnraum Platz."

Dann stieg sie die breite Treppe empor, die in die oberen Etagen führte.

Sie kehrte schneller zurück, als Muisfeld und Söhlbach es erwartet hatten.

„Das ging aber flott", sagte Silvia.

„Routine", meinte Frau Sommer. „Ich speichere solche Daten regelmäßig ab, allerdings sonst auf externe Festplatten. Es ging so schnell, weil ich den Zeitraum von zehn Tagen eingegeben hatte, denn der ist zum abspeichern bereits vorprogrammiert." Mit den Worten „Ich hoffe, dass Sie die Daten mit Ihrem PC auch öffnen können", übergab sie der Kommissarin den Stick.

„Das ist wirklich sehr nett von Ihnen, Frau Sommer", bedankte Silvia sich.

„Sagen Sie, Frau Kommissarin, werden Sie meinen Mann auch noch befragen, wenn er zurück kommt?"

Muisfeld zuckte mit den Schultern.

Dann sagte sie: „Nur, wenn es unbedingt nötig ist."

Silvia und Sven bedankten sich noch einmal bei der Frau und verabschiedeten sich.

*   *   *

Auch wenn sie neugierig auf die Daten waren, die Frau Sommer auf den USB-Stick übertragen hatte, ihre Mittagspause hatten sie sich nicht nehmen lassen.

Silvia hatte es nicht gewundert, dass ihr Kollege, der, wenn es um das Mittagessen geht, eigentlich immer riesige Portionen zu sich nimmt, heute appetitlos in seinem Essen herumgestochert hatte. Der Mord an Anna lag ihm im Magen.

Vor einer Minute hatten die zwei wieder ihr Büro betreten.

Nachdem Silvia den Stick in den Rechner gesteckt hatte, rief sie die Datei ab, die Frau Sommer darauf übertragen hatte.

„Ups", sagte sie. „Da muss man erst mal durchsteigen."

Ihr Kollege hatte sich neben sie gesetzt und betrachtete den Bildschirm. Auf dem Monitor erschien eine Vielzahl von Unterdateien.

„Erstaunlich, was da alles abgespeichert ist", sagte er. „Routen, die Durchschnittsgeschwindigkeit, die Höchstgeschwindigkeit, der Kraftstoffverbrauch, und, und, und. Wofür speicher man so etwas ab?"

„Da haben wir es ja", sagte seine Kollegin schließlich.

Sie öffnete eine Datei mit der Bezeichnung „Datum".

„Super", meinte sie. „Genau das, was wir brauchen. Dann schauen wir uns doch mal den Sonntag an."

„Wow", kam es beeindruckt aus Söhlbach Mund. „Das ist ja irre."

Auf dem Monitor hatte sich der Ausschnitt einer Landkarte geöffnet. Dort war die Route, die an diesem Tag gefahren worden war, exakt aufgezeichnet, und nicht nur das, auch die genaue Zeit des Startpunkts und die Uhrzeit, zu der das Fahrzeug wieder abgestellt worden war, konnte man ablesen.

„Sieh dir das an", sagte Sven. „Das Auto wurde am Sonntag dreimal bewegt. Das erste Mal um 11.42 Uhr. Die Route endet am Baumarkt neben dem Innenhafen. Da hatte Sommer offensichtlich die Marinalove besucht. Um 13.26 Uhr ist er wieder nachhause gefahren. Die letzte Route des Tages führt nach Frankfurt, Start 17.03 Uhr, Ankunft 19.12 Uhr."

Silvia nickte und rief den nächsten Tag auf. Demnach waren die Sommers am Montag um 14.10 Uhr wieder von Frankfurt zurück nach Duisburg gefahren.

Muisfeld klickte Dienstag an.

„Dienstagvormittag war Sommer wieder in der Marina, genau wie ich es erwartet hatte. Frau Sommer hat uns die Wahrheit gesagt."

Sie rief auf dem Monitor den heutigen Mittwoch ab.

„Das passt alles", sagte sie. „Der Wagen wurde heute Morgen abgeholt und in ein Gewerbegebiet in Großenbaum gebracht. Ich denke, dort ist der Reinigungsdienst angesiedelt. Die letzte Fahrt endet dann genau zu dem Zeitpunkt, als wir vor Ort waren, bei den Sommers."

„Dann ist der Mercedes von Uwe Sommer definitiv nicht das gesuchte Fahrzeug", stelle Söhlbach fest.

Er strich mit der Hand nachdenklich über seine Glatze.

„Du solltest noch mal versuchen, diesen Piet anzurufen", sagte er zu seiner Kollegin. „Vielleicht erreichst du ihn ja jetzt."

Muisfeld nahm ihr Mobiltelefon zur Hand und wählte Piets Nummer. Bereits nach kürzester Zeit schüttelte sie den Kopf.

„Wir fahre jetzt zur Charlottenstraße", sagte sie. „Das ist die einzige Spur, die wir jetzt noch haben."

„Und was ist mit der Gästeliste von der Marinalove?",
fragte Sven.

„Diese Liste können wir uns später noch genauer
ansehen. Zuerst ist die Charlottenstraße angesagt."

*   *   *

Das Haus an der Charlottenstraße war schnell erreicht. Dieses Mal konnten sie sogar unmittelbar vor dem Gebäude parken.

Als sie ihr Auto gerade verlassen hatten, fuhr ein weißes Fahrzeug vor und stoppte direkt hinter ihrem Dienstwagen. Es war ein amerikanischer Straßenkreuzer.

„Ein Oldsmobile Delta", sagte Söhlbach sofort. „Das ist das Auto von Piet."

„Was für ein Zufall", murmelte Silvia.

Die beiden warteten, bis der Fahrer ausstieg.

Ein Mann, gekleidet mit einer Jeans und einem über die Hose hängenden, bunten T-Shirt verließ das Fahrzeug. Die Arme des etwa 1,75 Meter großen Mannes waren mit Tatoos überzogen. Die kurzgeschorenen Haare des Mannes waren hellblond, fast weiß.

Der Mann öffnete den riesigen Kofferraum des Wagens und beugte sich über einen darin liegenden Koffer. Nachdem er den Koffer geöffnet hatte, wühlte er suchend darin herum.

„Wo ist dieses Scheißding?", hörte man ihn fluchen. Schließlich sagte er: „Na also. Da ist es ja." Aus der Tasche einer Jacke, die im Koffer gelegen hatte, zog er ein Handy heraus. Er nahm es zur Hand, tippte kurz darauf herum und fluchte erneut. „Scheiße, Akku leer. Das hat mir noch gefehlt."

Er knallte den Kofferraumdeckel zu und kam nun auf Söhlbach und Muisfeld, die neben der Haustür standen, zu.

„Sie müssen Piet sein", sprach die Kommissarin ihn an.

In den Augen des Mannes erkannte man Misstrauen.

„Wer sind Sie und was wollen Sie?", fragte er in einem nicht gerade freundlich klingenden Ton.

227

„Mein Name ist Muisfeld", sagte die Kommissarin und zeigte dem Mann ihren Dienstausweis, „und das ist mein Kollege, Herr Söhlbach. Dürfen wir bitte mal Ihren Ausweis sehen?"

Der Mann griff in seine Gesäßtasche und zog ein mit einem Gummiring umwickeltes Bündel aus Papieren heraus. Er löste das Gummi. Zwischen Geldscheinen und Bankkarten fand er schließlich den Personalausweis.

Mit den Worten „Und was wollen Sie von mir?", übergab er der Kommissarin den Ausweis.

Muisfeld warf einen kurzen Blick darauf.

„Peter Powlowski", las sie den Namen vor.

Dann fotografierte sie den Ausweis mit dem Handy und gab ihn zurück.

„Herr Powlowski, ihr Mitstreiter Hakan hat mir Ihre Handynummer gegeben", erklärte sie dem Mann, „und ich hatte bereits ein paar Mal versucht, Sie zu erreichen", erklärte Silvia. „Doch leider ohne Erfolg."

„Ich war auch nicht erreichbar", sagte der Mann, „für niemanden. Was wollen Sie von mir?"

„Hat Ihnen Hakan noch nichts gesagt?"

„Wie denn, wenn ich mein Scheißhandy nicht gefunden habe und dann noch der Akku leer ist. Also, was ist los?"

„Es geht um die drei Damen Svetlana, Virgin und Tatjana."

„Was ist mit den drei Schlampen?" kam es abfällig aus Piets Mund. „Mit denen haben wir nichts mehr am Hut. Die drei haben bei uns Hausverbot. Wenn sie es wagen würden, hier aufzutauchen, würde ich ihnen die Fresse polieren. Mit diesen Schlampen haben wir nichts mehr zu tun und wenn die drei Fotzen auf ihrer schicken Jacht irgendwelche krummen Dinge abziehen, ist das nicht unsere Sache."

Muisfeld und Söhlbach blickten sich kurz an.

„Sie wissen also, wo die drei Frauen jetzt arbeiten?", wollte Muisfeld wissen.

„Na klar. Wir hatten einen Tipp von ˋnem Kunden bekommen. Hakan ist zur Marina gefahren und hat sich das Schiff angeguckt. Aber nur aus der Ferne, weil man ihn nicht in den Jachthafen rein gelassen hat. Ich denk´ Sie haben mit Hakan gesprochen?"

Die Kommissarin nickte. „Das haben wir auch. Aber was ist mit Ihnen? Haben Sie die drei Damen auf der Jacht auch besucht?"

Piet machte eine abfällige Handbewegung.

„Nein", sagte er. „Ich will diese untreuen Schlampen nicht mehr sehen. Mir ist ganz egal, was die jetzt machen. Im Prinzip ist es Hakan mittlerweile auch egal, denn unsere Zimmervermietung läuft besser, als je zuvor, weil wir noch ein Haus dazu gekauft haben. Hakan wollte aber trotzdem zur Marina, um den dreien einen Schrecken einzujagen."

„Und wie wollte er sie erschrecken?"

„Keine Ahnung, aber ich denke, wenn er plötzlich auf der Jacht gestanden hätte, wäre der Schreck für die drei groß genug gewesen. Hakan hat aber gesagt, dass er noch mal zu dieser Jacht fahren will, um denen einen Besuch abzustatten."

„Und?", fragte Söhlbach. „War er noch mal da?"

Der Mann, der mit dem Straßenkreuzer vorgefahren war, zuckte mit den Schultern.

„Weiß ich doch nicht", sagte er. „Ich hab´ mit Hakan noch nicht gesprochen."

Der Kommissar sah ihn fragend an: „Herr Powlowski, wir würden gerne wissen, wo sie die Nacht von Sonntag auf Montag verbracht haben."

Piet dachte kurz nach.

Dann sagte er: „Ich war hier im Haus. Warum wollen Sie das wissen?"

„Waren Sie die ganze Nacht hier im Haus?", fragte Söhlbach.

„Was ist denn bei Ihnen eine ganze Nacht? Ich war bis in den frühen Morgenstunden hier, aber jetzt will ich wissen, was hier los ist."

„Ich werde es Ihnen erklären, wenn Sie mir vorher verraten, wo Sie die letzte Nacht verbracht haben."

„Die letzte Nacht habe ich in einem wunderschönen Haus bei Freunden in Warschau verbracht. Ich bin heute erst zurück gekommen, bin vor etwa einer Stunde in Düsseldorf aus dem Flieger gestiegen."

„Das werden wir überprüfen", sagte Söhlbach.

„Sie sind mir noch eine Antwort schuldig", forderte Piet ihn auf, den Grund dieser Befragung zu klären.

„Svetlana wurde Sonntagnacht ermordet", klärte der Kommissar ihn auf.

Powlowski blickte ihn überrascht an.

„Svetlana ist tot?", kam es ungläubig aus seinem Mund.

„Ja", bestätigte Silvia Muisfeld, „und letzte Nacht wurde Virgin getötet."

„Svetlana und Virgin?", stotterte Piet. „Beide tot?"

Er wirkte zunächst sichtlich überrascht.

Dann sagte er: „Und Sie glauben, dass Hakan und ich etwas damit zu tun haben? Nee, das können Sie sich von der Backe schmieren. Auch wenn diese Schlampen ein paar auf die Fresse verdient hätten, wir bringen niemanden um."

Silvia deutete auf den Hauseingang. Dann fragte Sie Piet: „Wissen Sie, ob Hakan da ist?"

230

„Keine Ahnung", antwortete Powlowski. „Ich hab´ Ihnen doch gesagt, dass mein Handy nicht funktioniert. Wie soll ich ihn dann anrufen?" Dann kratzte er sich am Kopf und fragte: „Was ist eigentlich mit Tatjana? Ist die auch tot?"

„Nein", antwortete Muisfeld.

Piet ging an der Kommissarin vorbei, öffnete die Haustür und sagte: „Ich muss Hakan jetzt erst mal sagen, dass ich wieder da bin."

„Wir kommen mit Ihnen rein", meinte Silvia zu ihm, „denn wir haben auch noch etwas mit Hakan zu besprechen."

Powlowski ging vor und die beiden folgten ihm.

Als Piet das Vorzimmer betrat, hörte man sofort Hakans Stimme: „Da bist du ja wieder. Man, hier war was los. Svetlana ist tot."

„Ich hab´s gerade gehört", sagte Piet.

In dem Moment betraten hinter ihm auch Söhlbach und Muisfeld den Raum.

Hakan, der hinter seinem Schreibtisch saß, blickte auf.

„Sie schon wieder", sagte er und wandte sich wieder an seinen Kumpanen: „Hast du alles erledigt, Piet?"

„Jau, alles erledigt. Bin auch erledigt." Er legte seinen Autoschlüssel auf den Schreibtisch. Dann meinte er: „Die Mädchen sollen den Koffer aus dem Auto holen und zusehen, dass sie meine Klamotten schnell waschen und bügeln. Ich hab´ nix mehr zum Anziehen. Ich geh´ jetzt nach oben und hau mich auf´ s Ohr."

Ohne noch ein Wort zu verlieren, verschwand er durch eine Tür im hinteren Bereich des Raumes.

Nun wandte sich Hakan an seine Besucher: „Und? Was wollen Sie noch hier?"

„Wir möchten Ihnen noch ein paar Fragen stellen", erklärte Söhlbach ihm.

Der Mann hinter dem Schreibtisch verzog das Gesicht.

„Dann fragen Sie mal."

„Wo waren Sie in der letzten Nacht?", wollte Sven von ihm wissen.

Hakan hob beide Hände hoch.

„Ich war hier. Wo sonst? Piet war nicht da und einer muss ja den Laden am Laufen halten."

„Und Sie haben dafür natürlich auch Zeugen."

„Natürlich."

Silvia und Sven sahen sich kurz an.

Bevor sie etwas äußern konnten, sagte Hakan: „Soll ich meine Zeugen hier antanzen lassen?"

Söhlbach schüttelte den Kopf. Ihm war klar, dass alle Frauen, die hier arbeiteten, dem Mann ein sicheres Alibi geben würden.

Silvia machte einen Schritt vor und schaute Hakan lächelnd an.

„Sie hatten uns doch erzählt", sagte sie, „dass Sie von den drei Frauen nichts mehr gehört haben, seitdem sie damals von Ihnen weg sind. Ist das richtig?"

„Wenn ich Ihnen das so gesagt habe?"

„Warum haben Sie uns belogen? Sie wussten doch ganz genau, dass die drei Damen mit ihrer Jacht im Innenhafen festgemacht haben. Sie sind sogar zur Marina gefahren."

Muisfelds Lächeln war verschwunden.

Für einen Augenblick erkannte sie Unsicherheit in Hakans Augen. Diese Unsicherheit war aber bereits nach wenigen Sekunden verschwunden.

„Da müssen Sie mich falsch verstanden haben", erklärte er. „Ich habe gesagt, dass ich diese drei Schlampen seit damals nicht mehr gesehen habe. Natürlich habe ich gewusst, dass sie mit ihrer Jacht in der Marina liegen und ja, ich war auch dort, aber gesehen habe ich sie nicht. Der Hafenmeister hat mich nicht rein gelassen. Ich denke, diese Schlampen werden ihm schon vorher gesteckt haben, dass er niemanden, der nicht angemeldet ist, zu ihnen lassen soll."

„Und auf die Idee, noch einmal zum Innenhafen zu fahren, um einfach am Eingang der Marina auf Besucher der Damen zu warten, um gemeinsam mit ihnen hinein zu gehen, sind Sie nicht gekommen?"

„Verdammt noch mal", sagte Hakan. Seine Stimme wurde lauter. „Ich habe mit dem Tod von Svetlana nichts zu tun. Mein Alibi haben Sie ja schon überprüft. Außerdem, selbst wenn ich mich an das Tor gestellt und auf die Besucher der Jacht gewartet hätte, die meisten von ihnen kennen mich noch von früher. Da ich davon ausgehe, dass diese Schlampen ihre Gäste vor mir gewarnt hätten, wäre ich bestimmt nicht rein gekommen."

„Ach", sagte Söhlbach. „Sie kennen die meisten Gäste noch von früher? Mit anderen Worten, die Damen auf dem Boot haben Ihnen Ihre Gäste abspenstig gemacht?"

Hakan zuckte mit den Schultern.

„Ja. Genauso war das. Das war der Grund dafür, warum wir so sauer auf sie waren. Zuerst kamen die Stammgäste von ihnen gar nicht mehr. Dann, so nach und nach, sind sie zurück gekehrt und haben sich mit anderen Mädchen vergnügt. Als unter den Gästen aber bekannt wurde, dass diese drei Schlampen wieder arbeiten, sind die Männer, die schon vorher immer bei ihnen waren, nicht mehr zu uns gekommen."

„Da waren Sie doch bestimmt stinksauer, oder?"

„Stinksauer ist gar kein Ausdruck. Ich war wütend, stinkwütend."

„Und was haben Sie dann unternommen?", frage Söhlbach.

„Was soll ich denn unternommen haben? Nichts habe ich unternommen. Die drei waren lang genug weg und weder Piet noch ich hatten Einfluss auf sie. Wir haben uns einfach damit abgefunden."

„Sagen Sie mal", ergriff nun Silvia Muisfeld das Wort, „gibt es einen besonderen Grund dafür, dass Ihre Gäste lieber zu den Damen auf der Jacht gehen, als Ihre Damen hier im Haus zu besuchen?"

„Oh ja, so einen Grund gibt es", antwortete Hakan. „Die drei waren unsere besten Pferdchen im Stall, weil jede eine andere Spezialität hatte, die Männer zu beglücken. Die Kerle waren regelrecht abhängig von ihnen."

„Verraten Sie mir, was für Spezialitäten das waren?", fragte Silvia.

Hakan grinste.

„Ich sehe schon", sagte er. „Die Frau Kommissarin möchte etwas dazu lernen." Er lachte kurz laut auf. „Ich werde es Ihnen verraten.

Svetlana hatte es verstanden, den Männern die intimsten Wünsche zu erfüllen, egal, wie ausgefallen sie waren. Es gibt Männer, die es lieben, auf das Übelste beschimpft zu werden. Dabei geht ihnen einer ab. Bei anderen ist es umgekehrt, sie wollen selbst böse sein und eine Frau beschimpfen. Ich habe es mal zufällig mitbekommen, wie ein Kerl Svetlana hart rangenommen hat und sie dabei als Dreckshure, als miese Schlampe und was weiß ich nicht noch alles, beschimpft hat, womit er ja sogar Recht hatte. Es gibt aber auch härtere Spielchen, Dinge, bei denen mir persönlich schlecht werden würde. Auch auf so etwas war Svetlana spezialisiert. Sie hatte jedem Mann die außergewöhnlichsten Wünsche erfüllt, egal wie abartig sie waren. In diesem Fach war sie unschlagbar und jeder, der einmal bei ihr war, kam immer wieder. Sie hatte die Kerle regelrecht abhängig von sich gemacht.

Bei Virgin war es anders. Sie hatte eine Naturbegabung. Virgin brauchte sich nicht einmal zu verstellen. Sie brauchte den Männern nichts vor zu spielen. Das Mädchen war von ihrem Vorleben, welches ich nicht kenne, dermaßen getroffen, dass sie ängstlich und zurückhaltend war. Sie wirkte wie ein zartes Wesen, welches mit seiner sanften Stimme die Männer regelrecht einwickelte. Virgin war wie ein verletztes, scheues Reh. Da wurde bei jedem Mann sofort der Beschützerinstinkt geweckt, und nicht nur das, ihre Freier haben sich reihenweise in sie verliebt. Ich kenne keine Nutte, die so viele Heiratsanträge von ihren Verehren bekommen hat.

Tatjana hat hingegen eine ganz andere Spezialität. Sie fesselt die Männer durch ihre außergewöhnliche Kraft. Ich habe noch nie eine Frau erlebt, die sämtliche Schließmuskeln so beherrscht, wie Tatjana, wenn Sie verstehen, was ich meine. Haben Sie schon mal etwas davon gehört, dass es Frauen gibt, die mit ihrer Muschi eine Walnuss knacken können? Tatjana kann das. Sie kann ihr Talent so geschickt einsetzten, dass sie die Männer damit verrückt macht. Sie ist eben eine total durchtrainierte Frau. Bevor sie nach Deutschland gekommen ist, um durch eine Scheinheirat die deutsche Staatsbürgerschaft zu bekommen, hatte sie in ihrem osteuropäischen Heimatland beim Militär gedient und war sogar zur Minentaucherin ausgebildet worden. Sie ist eine Hochleistungssportlerin. Ich weiß, dass sie zunächst als Ringerin tätig war. Dann ist sie zum Gewichtheben übergegangen und sollte für ihr Land sogar bei der Weltmeisterschaft antreten. Sie selbst hat mir erzählt, dass sie in der Disziplin Stoßen 150 Kilo geschafft hatte. Das nenne ich eine Leistung für eine Frau. Aber wie gesagt, jetzt hat sie ihre Kräfte auf andere Körperteile spezialisiert."

„150 Kilo", wiederholte Muisfeld anerkennend. „Donnerwetter, ich wusste nicht, dass Frauen so etwas schaffen."

„Über Tatjana kann ich Ihnen viel erzählen, denn sie hat immer mit ihren Erfolgen herum geprahlt", sagte Hakan. „Sie hat mit mir auch ganz offen über ihre Scheinehe geplaudert. Jetzt heißt sie Schulz und früher hieß sie Slatkowa. Ihr Mann ist bereits einen Monat nach der Heirat gestorben. Es war ein Badeunfall. Er war mit Freunden am Rhein-Herne-Kanal im Stadtteil Meiderich schwimmen. Seine Freunde und auch andere Zeugen hatten ausgesagt, dass er plötzlich wie ein Stein abgesoffen ist, obwohl er ein sehr guter Schwimmer war, so, als hätte ihn irgendetwas unter Wasser gezogen. Seine Leiche hat man später einen Kilometer weiter im Kanal in Oberhausen gefunden." Hakan schaute die beiden auffordernd an. „So", sagte er. „Ich habe Ihnen jetzt alles über diese drei Schlampen erzählt und jetzt sagen Sie mir, warum Sie von mir wissen wollten, wo ich letzte Nacht war."

„In der letzten Nacht wurde Virgin ermordet."

„Nein", kam es ungläubig aus Hakans Mund. „Sagen Sie, dass das nicht stimmt."

Silvia schaute ihn forschend an und hoffte, etwas aus seiner Mimik lesen zu können.

„Sie haben die beiden Mordopfer gehasst", sagte sie zu dem Mann hinter dem Schreibtisch. „Deshalb werden Sie verstehen, dass Sie zu den Verdächtigen gehören."

„Nein, ich bin kein Mörder. Weiß Piet schon, dass Virgin tot ist?"

„Ja, wir haben es ihm gesagt."

Mit den Worten „Wir möchten Sie bitten, die Stadt vorerst nicht zu verlassen, um uns noch für eventuelle Fragen zur Verfügung zu stehen", verließen Muisfeld und ihr Kollege das Haus.

*   *   *

Die beiden fuhren zurück zum Präsidium.

Wie fast immer, hatte Silvia hinter dem Lenkrad Platz genommen.

Ihr Kollege saß schweigend neben ihr und wirkte sehr nachdenklich.

„Woran denkst du, Sven?"

„An nichts."

„Du kannst mir nichts vormachen. Ich weiß ganz genau, woran du denkst."

„Und woran denk´ ich?"

„Du denkst an Anna. Das, was Hakan über sie erzählt hat, liegt dir im Magen. Ich glaube, dir ist soeben bewusst geworden, dass du genauso auf ihre Art herein gefallen bist, wie all die anderen Männer, die sich sofort in sie verliebt hatten und sie sogar heiraten wollten."

„Nein, das stimmt nicht. Anna wollte sich ändern. Das hat sie mir erzählt und ich bin mir sicher, dass sie das ernst gemeint hat."

„Ach Sven, ist es nicht vielmehr so, dass du es glauben wolltest? Du hast dich in sie verliebt, wie alle anderen auch, und Liebe macht blind."

Söhlbach schüttelte langsam den Kopf.

„Nein", sagte er. „Anna hat mir gesagt, dass ich der Mann wäre, an dessen Seite sie sich ein ganz normales Leben vorstellen kann."

„Und das hast du ihr geglaubt?"

„Ja, ich habe es ihr geglaubt, weil sie es ernst gemeint hat. Sie wollte aussteigen, wollte den Beruf an den Nagel hängen."

Silvia verzog den Mund.

„Vielleicht", sagte sie, „hat Virgin allen Männern das Gleiche erzählt und alle haben es geglaubt, genau wie du."

„Wenn sie allen Männern das Gleiche erzählt hätte, warum ist sie denn dann noch nicht ausgestiegen und hat eines der vielen Hairatsangebote angenommen? Sie hat mir erzählt, dass sie Angebote von reichen Männern bekommen hatte, Männer, die dafür gesorgt hätten, dass sie ein Leben im Wohlstand gehabt hätte. Doch Anna hatte all diese Angebote abgelehnt."

Söhlbach legte für einen Moment beide Hände vor sein Gesicht. Dann nahm er sie wieder runter und sagte: „Anna hatte es ernst mit mir gemeint. Wir hatten offen darüber geredet und sie hat gesagt, dass sie verstehen könnte, wenn ich wegen ihres Berufs keine Beziehung mit ihr eingehen könnte. Anna hat mich quasi darum gebeten, sie als guter Freund durch ihr neues Leben zu begleiten, wenn ich mit einer richtigen Beziehung nicht klar käme. Wir wollten es einfach auf uns zukommen lassen."

Silvia pustete die Luft durch aufgeblasenen Backen aus.

„Ich weiß nicht, Sven, ob ich das nicht verstehe oder einfach nicht verstehen will. Anna hatte ein Luxusleben auf einer Luxusjacht. Egal wie man es sieht, sie war eine Edelprostituierte, die viel Geld verdient hatte, und so eine Frau entscheidet sich dafür, mit einem Kommissar, der ihr so ein Leben niemals bieten kann, zusammen zu leben? Was verstehe ich daran nicht?"

„Ach Silvia, ich verstehe es doch selbst nicht."

Dann schwieg er.

Als seine Kollegin, die sich bis jetzt auf den Verkehr konzentriert hatte, ihm einen Blick zuwarf, erkannte sie die Tränen, die über Söhlbachs Wangen liefen. Sie sah, wie er beide Hände vors Gesicht schlug und plötzlich bitterlich weinte.

Muisfeld lenkte das Auto an den rechten Straßenrand und stoppte es. Sven war nicht nur ihr Kollege, er war auch ihr Freund und deshalb hatte sie das Bedürfnis, ihn zu trösten.

„Hat es dich so erwischt?", fragte sie leise und legte ihre Hand auf seine Schulter.

Er nahm die Hände von seinem Gesicht und schaute sie mit tränengefüllten Augen an.

„Ich habe sie geliebt", schluchzte er. „Ich habe sie wirklich geliebt."

„Tut mir wirklich leid, Sven, aber was soll ich dazu sagen?"

Söhlbach wischt seine Tränen ab.

„Dazu gibt es auch nichts zu sagen. Tut mir leid, Silvia, dass du mich so erleben muss."

„Da muss ich wohl oder übel mit durch, mein Lieblingskollege. Wenn der Chef davon wüsste, würde er dich sofort von dem Fall abziehen. Mir wäre es auch lieber, wenn ich dich jetzt bei dir zuhause absetzen dürfte, damit du Zeit zum Nachdenken hast."

„Auf keinen Fall, Silvia. Wenn ich viel Zeit zum Nachdenken hätte, würde es noch schlimmer werden. Ich brauche Ablenkung. Entschuldige noch mal, dass ich mich so habe gehen lassen."

Söhlbach wirkte wieder gefasster.

Noch bevor Silvia ihm erklären konnte, dass er sich nicht bei ihr entschuldigen müsse, klingelte sein Handy.

„Söhlbach", meldete er sich und ließ seine Kollegin mithören.

„Ja, hallo, hier ist Frau Stellmacher. Sie hatten mir doch Ihre Karte gegeben, damit ich Sie anrufen kann."

„Entschuldigen Sie bitte, Frau Stellmacher", sagte Sven. „Ihr Name sagt mir momentan leider nichts. Wo habe ich Ihnen denn meine Karte gegeben."

„Auf dem Parkplatz an der Sechs-Seen-Platte. Dort hatten mein Mann und ich doch unseren Wohnwagen aufgestellt. Können Sie sich noch daran erinnern? Mein Mann hatte doch nachts, als er austreten musste, dieses Auto gesehen. Wir sind heute Morgen schon dort weg gefahren, weil es meinem Mann nicht so gut geht. Er hat sich wohl eine Grippe eingefangen. Deshalb haben wir uns schon heute auf den Nachhauseweg gemacht. Wenn man sich nicht wohl fühlt, kann man den Urlaub ja nicht genießen, und außerdem können wir den Urlaub ja noch nachholen. Wir haben schließlich Zeit."

Sven verdrehte die Augen. Wie schon auf dem Parkplatz, redete die Frau, ohne Luft zu holen.

„Weshalb rufen Sie an", unterbrach er ihren Redefluss.

„Das wollte ich Ihnen ja gerade erklären. Eigentlich wollte ich mich ja schon viel früher bei Ihnen melden, aber da mein Mann sich nicht wohl fühlt, musste ich mich hinter das Lenkrad setzen, obwohl es mir nicht leicht fällt, mit dem Wohnwagen hinten dran zu fahren. Wissen Sie, ich habe dann immer ein ungutes Gefühl. Auf der Autobahn geht es ja, aber wenn ich durch die Stadt in enge Kurven fahren muss, dann denke ich immer, ich könnte mit dem langen Gespann aus Versehen mal ein Verkehrsschild mitnehmen. Ach so, ja, ich wollte Ihnen etwas sagen. Wir machen gerade eine Pause an der Raststätte und da habe ich endlich Zeit dafür. Mein Mann hat letzte Nacht schon wieder diesen schwarzen Mercedes auf dem Parkplatz gesehen. Der Wagen stand an der gleichen Stelle, wie letztes Mal. Dieses Mal hat mein Mann allerdings nicht gewartet, bis das Auto wieder weggefahren ist. Er hat sich ja nicht wohl gefühlt und ist deshalb wieder reingekommen. Aber mein Mann hat sich dieses Mal die Autonummer gemerkt. Ich weiß gar nicht, ob das jetzt wichtig für Sie ist, aber Sie haben mir ja gesagt, dass ich Sie anrufen soll, wenn noch etwas ist."

„Das ist wichtig", gab Söhlbach der Frau zu verstehen.

„Dann bin ich aber froh, denn ich dachte schon, wenn ich jetzt die Polizei anrufe und es ist nicht wichtig, wäre es nicht gut."

„Dann geben Sie mir doch bitte mal das Autokennzeichen durch, Frau Stellmacher."

Silvia nahm einen Block und einen Stift zur Hand und während die Frau am Telefon das Kennzeichen durchgab, schrieb sie mit.

Söhlbach bedankte sich bei der Frau und beendete das Gespräch.

„Ein Essener Kennzeichen", stellte Silvia fest und forderte sofort per Telefon eine Halterfeststellung an.

Die Antwort dauerte außergewöhnlich lange: „Hören Sie?" klang es schließlich aus dem Telefon. „Hat etwas gedauert. Der Mercedes ist für eine Leihwagenfirma zugelassen. Das besagte Fahrzeug ist momentan von einer Frau namens Tatjana Schulz angemietet. Warten Sie, es kommt gerade die Adresse der Frau durch."

Als Muisfeld und Söhlbach die Adresse an der Charlottenstraße hörten, blickten sie sich nur kurz an.

Silvia startete das Auto und fuhr zügig in Richtung Innenhafen.

„Tatjana", sagte Sven. „Es war Tatjana. Für eine Frau, die 150 Kilo in die Höhe stemmen kann, ist es ein Kinderspiel einen menschlichen Körper auf ein Boot zu schleudern. Auf so etwas muss man erst einmal kommen."

„Ich verstehe das nicht", äußerte Silvia sich. „Ralf Meier hat gesagt, dass der Täter seine Opfer gehasst haben muss, besonders das letzte. Ich habe bis vorhin noch fest daran geglaubt, dass es sich bei den drei Frauen um beste Freundinnen handelt."

„Wie kommt Ralf darauf, dass der Täter, ich meine die Täterin, Anna gehasst hat?"

„Weil…", Silvia wusste nicht, wie sie es Sven beibringen sollte. Wie sollte sie ihm erklären, dass Tatjana Annas Gesicht regelrecht zertrümmert hatte?

„Was hast du mir verschwiegen?", wollte Sven sofort wissen.

„Ich wollte es dir nicht sagen, Sven, aber Annas Gesicht war übel zugerichtet. Sie hat einige Schläge einstecken müssen."

Söhlbach schwieg. Er starrte teilnahmslos nach vorne.

„Sven", sagte seine Kollegin. „Ich denke, es ist besser, wenn ich dich nachhause fahre. Du solltest jetzt besser nicht mit Tatjana konfrontiert werden. Ich werde Verstärkung anfordern und außerdem ist ja noch ein Kollege von uns auf der Jacht."

„Ich komme mit", meinte Sven leise. „Ich verspreche dir, dass ich mich zurück halte. Ich möchte einfach nur dabei sein, wenn bei ihr die Handschellen klicken."

Silvia atmete tief durch und fuhr weiter.

„Sie hat vermutlich auch ihren Mann getötet", sagte Sven.

„Wie kommst du denn plötzlich darauf?"

„Hakan hat von einem Badeunfall geredet. Er hat gesagt, dass Zeugen ausgesagt haben, es hätte so ausgesehen, als hätte ihn etwas unter Wasser gezogen. Tatjana war ausgebildete Kampftaucherin. Mehr sage ich dazu nicht."

„Aber warum sollte sie das tun?"

„Vielleicht gab es bei dem Mann etwas zu erben? Das wäre Grund genug dafür, diese Scheinehe vorzeitig ganz geschickt zu beenden."

„Du könntest Recht haben, Sven. Tatjana ist skrupellos und berechnend. Aber warum tötet sie ihre besten Freundinnen? Die drei Frauen kannten sich schon eine Ewigkeit und haben sich ganz offensichtlich immer sehr gut verstanden."

„Zweifelst du etwa daran, dass sie die Täterin war?"

„Nein. Es kann nur einen Grund dafür gegeben haben, dass der geliehene Mercedes beides Mal zur Tatzeit auf dem Parkplatz gestanden hatte. Die Frage ist: Warum hat sie das getan?"

„Anna hatte mir erzählt, dass sie gerne ausgestiegen wäre und dass sie genug Geld hätte, um ein neues, anderes Leben anzufangen. Hinzu wäre das Geld aus dem Erlös, den die Jacht bei einer Versteigerung gebracht hätte, gekommen. Sie sagte, dass auch Tatjana gerne die Jacht verkauft hätte, um irgendwo in einem Haus zu leben. Es ist so, das Boot gehörte den drei Frauen zusammen. Nun gehört es Tatjana allein."

„Hat Anna auch gesagt, wie hoch der Erlös für die Jacht wäre?"

„Ja. Eine Million."

„Wenn das kein Grund ist, zur Mörderin zu werden", murmelte Silvia.

Der Innenhafen war schnell erreicht.

Muisfeld parkte das Auto direkt neben dem ersten Gebäude der Five Boats in dem Zugang, der direkt auf die Buckelbrücke im Innenhafen zuging. Die Five Boats waren ein Gebäudekomplex, bestehend aus fünf bootsförmig gebauten Häusern, die wie riesige Schiffe bis zum Innenhafen ragten.

Söhlbach legte ein kleines Schild auf das Armaturenbrett, welches das Auto als Polizeifahrzeug kennzeichnete. Ohne dieses Schild wäre das Auto sonst umgehend abgeschleppt worden.

Mit schnellen Schritten eilten die beiden in Richtung Marina.

Bereits aus der Ferne stach ihnen die schneeweiße Marinalove in die Augen und sie erkannten den Polizist, der an Bord war. Er saß im Heckbereich der Jacht auf der breiten Liege.

Als Söhlbach und Muisfeld das Boot schließlich erreichten, sprang der Polizist auf der Liege sofort auf.

„Gut, dass ihr kommt. Ich bin schon ganz unruhig, denn die Frau ist noch nicht zurückgekommen."

„Soll das heißen, dass die Frau weg ist?", wollte Söhlbach wissen.

„Ja", sagte der Polizist. „Sie hat mich mehr oder weniger überrumpelt."

Muisfeld schaute ihn ungläubig an.

„Und das heißt?", fragte sie.

„Vor etwa einer Stunde hatte ich die Eigentümerin der Jacht gefragt, ob ich mal kurz ihre Toilette benutzen darf. Natürlich durfte ich. Ich war auch nach wenigen Minuten wieder an Deck und da war sie weg."

Er griff nach einem Blatt Papier, welches auf der weißen Liege lag und überreichte ihn der Kommissarin.

„Diesen Zettel hat sie hinterlassen", erklärte der uniformierte Beamte.

Silvia nahm das Papier und las den handgeschriebenen Text darauf laut vor: „Habe gerade einen Anruf von einem Kunden bekommen. Ich muss umgehend zu einem Privatbesuch. Bin in zwei Stunden wieder zurück."

„Und das ist jetzt eine Stunde her?", fragte Sven.

Der Polizist nickte.

„Tut mir leid", sagte er, „aber ich musste halt. Außerdem bin ich fest davon überzeugt, dass sie bald zurück kommt. Sie wird bestimmt vorsichtig sein."

„Hoffentlich kommt sie zurück", meinte Söhlbach. „Wie es im Moment aussieht, ist sie die Tatverdächtige."

„Was?", kam es überrascht aus dem Mund des Polizisten.

„Ja", sagte Silvia. „Es deutet alles darauf hin."

Sven strich sich nachdenklich mit der Hand über seine Glatze.

„Aber sie kann nicht ahnen, dass wir es wissen", sagte er.

„Stimmt", bestätigte Silvia. „Deshalb wird sie auch zurückkommen. Ihr Ziel war, dass sie die Jacht für sich alleine hat, und deshalb wird sie bald wieder hier sein."

„Und bis sie wieder hier ist", sagte Sven, „werden wir uns unten in der Jacht mal gründlich umsehen."

Er wandte sich an den Polizist: „Du setzt dich einfach wieder auf die Liege und wartest. Sollte die Dame wieder auftauchen, gib uns Bescheid, aber lass´ dir ihr gegenüber aber nichts anmerken."

Dann verschwanden Muisfeld und Söhlbach in die unteren Räume.

Sie öffneten die Tür mit der Aufschrift „Tatjana".

Die luxuriös ausgestattete Kabine glich nahezu dem Raum, in dem Virgin gelebt hatte.

Ohne zu zögern ging Söhlbach auf ein kleines Wandregal mit Porzellanfiguren zu.

Er nahm die Figuren herunter und stelle sie beiseite. Dann hob er das Regal an und drehte den Metallwinkel, auf dem das Regal gelegen hatte, herum.

Wie schon in Virgins Kabine öffnete sich auch hier wie von Geisterhand ein Fach in der Wand.

Die beiden staunten, denn das Fach war prallgefüllt. Sie erkannten bündelweise Geldscheine, Zweihundert-, Einhundert- und Fünfzigeuroscheine.

„Junge, Junge", sagte Sven.

Seine Kollegin hatte sich Handschuhe übergestreift und griff vorsichtig in das Geheimfach. Sie entnahm ganz behutsam eine Mappe, die unter den Geldbündeln lag. Als sie diese Mappe bedächtig öffnete, fiel ihr Blick auf abgeheftete Dokumente.

„Sieh dir das an, Sven."

Ihr Kollege trat neugierig neben sie.

„Ein Testament", stellte er fest, als er das oberste Dokument sah.

„Ja", sagte Silvia. „Das Testament von Tatjana Schulz. Darin vermacht sie all ihr Hab und Gut ihren beiden besten Freundinnen Anna und Svetlana zu gleichen Teilen."

Sie blätterte weiter. Es folgten zwei weitere Testamente, der letzte Wille von Svetlana und von Anna. Auch sie hatten ihre jeweiligen Freundinnen zu gleichen Teilen als Erbinnen eingesetzt.

„Das bedeutet", stellte Sven fest, dass Tatjana jetzt alles besitzt."

Sie blätterte weiter. Es folgten Unterlagen, aus denen hervorging, dass die drei Frauen gemeinsam die Eigentümerrinnen der Marinalove waren. Die Mappe beinhaltete weiterhin Kontoauszüge mit beträchtlichen Guthaben.

„Die drei Damen waren stinkreich", sagte Silvia.

Söhlbach deutete auf die Geldbündel, die in dem Geheimfach aufgestapelt lagen.

„Das sind doch bestimmt hunderttausend Euro", sagte er.

„Ich denke", meinte Silvia, „dass es einiges mehr ist." Sie griff zu ihrem Handy. „Ich rufe den Chef an", sagte sie. „Wir brauchen einen Durchsuchungsbeschluss."

Die Verbindung zu Metzger-Ibbenburg war schnell hergestellt.

„Hallo Chef, Muisfeld hier. Es gibt Neuigkeiten. Das Auto, welches bei jedem Mord zu der Zeit, als die Mordopfer auf das Boot am Wambachsee gebracht worden waren, auf dem Parkplatz am See stand, wird von Tatjana Schulz, eine der drei Frauen von der Jacht, gefahren. Sie ist definitiv die mutmaßliche Mörderin. Aus Dokumenten, die auf der Jacht liegen, geht hervor, dass diese Frau nach dem Tod ihrer Freundinnen alles erbt. Dabei geht es um Millionen. Wir brauchen dringend einen Durchsuchungsbeschluss für die Marinalove. Es wäre auch angebracht, ein paar Kollegen in Zivil zur Marina zu schicken, damit sie vor Ort sind, wenn die Tatverdächtige zum Boot zurück kommt."

Die Kommissarin beendete das Gespräch.

„Der Chef kümmert sich drum", sagte sie zu Söhlbach.

„Und was machen wir jetzt?", wollte Sven wissen.

„Wir warten auf Tatjana. Sie kommt garantiert bald zurück."

„Und wenn nicht?"

„Hallo?" Silvia blickte ihren Kollegen fragend an. „Was für einen Grund sollte sie haben, nicht zurück zu kommen? Abgesehen von dem Geld liegen auch die Testamente in dem Geheimfach. Keine Angst. Sie kommt garantiert zurück."

„Du hast Recht, Silvia. Außerdem kann sie nicht ahnen, dass ihr Leihwagen sie verraten hat."

„Was hältst du davon", sagte Muisfeld, „wenn wir auch das Geheimfach von dem ersten Mordopfer Svetlana einmal öffnen. Mich würde interessieren, was sich darin befindet."

Sven nickte.

„Gute Idee."

Die beiden begaben sich in die Kajüte mit der Aufschrift Svetlana.

Auch in diesem luxuriös ausgestatteten Raum ließ sich ein Geheimfach auf die gleiche Weise öffnen, wie in den anderen Kajüten.

„Leer", stelle Sven fest, nachdem er einen Blick hineingeworfen hatte. „Ich denke, das, was hier vorher drin lag, liegt jetzt drüben in Tatjanas Fach."

„Das denke ich auch", stimmte Silvia ihm zu.

„Wir sollten nach oben gehen", schlug Söhlbach vor. „Hier in den Arbeitszimmern der Damen fühle ich mich irgendwie nicht wohl."

Seine Kollegin schmunzelte.

„Gute Idee. Oben sehen wir wenigstens, wenn Tatjana zurück kommt."

In dem Moment, als sie den Raum verlassen wollten, klingelte Söhlbachs Handy.

Er nahm es aus der Tasche, schaute auf das Display und zuckte mit den Schultern.

„Unbekannt", murmelte er und nahm das Gespräch entgegen. Wie fast immer, schaltete er seinen Lautsprecher an, damit Silvia mithören konnte. Das hatte ihm schon oft Zeit erspart, seiner Kollegin im Nachhinein etwas erklären zu müssen.

„Söhlbach", meldete er sich.

„Ja, hallo, Richter hier", kam es aus dem Lautsprecher.

„Hallo Herr Richter", grüßte Sven.

„Wissen Sie noch, wer ich bin?"

„Wenn ich ehrlich bin, nein. Helfen Sie mir mal auf die Sprünge."

„Herr Söhlbach, Sie hatten mir ihre Karte gegeben, damit ich Sie anrufen kann, wenn mir noch wat einfällt. Wissen Se noch? Ich bin der Mann, der ohne Angelkarte am Wambachsee geangelt hat."

„Ja, Herr Richter. Jetzt weiß ich `s wieder. Ist Ihnen denn noch etwas eingefallen?"

„Nee, eigentlich nicht. Aber da ist wat anderes, wat ich Ihnen erzählen will."

„Dann erzählen Sie mal."

„Zunächst möchte ich mich noch mal bei Ihnen bedanken, Herr Söhlbach, dat Se mich nich angezeigt haben, wegen der Angelkarte. Also, et geht um meinen Angelfreund Jupp. Den ham Se gesehen, als Se mit mir da am See gestanden haben. Der Jupp hatte kurz gegrüßt."

„Ich kann mich an den Mann erinnern", sagte Sven. „Er hatte einen Hut mit irgendwelchen Angelködern auf dem Kopf, oder?"

„Ja, genau. Man, da ham Se aber ein gutes Gedächtnis, aber dat müssen Se ja haben als Kriminalkommissar."
Söhlbach schmunzelte.

„Und was ist mit diesem Jupp?", fragte er. „Hat er auch keine Angelkarte?"

„Doch, der Jupp hat ´ne Karte. Darum geht dat aber auch nich. Der Jupp hat Mist gemacht und ich hab Angst, datt er da in wat rein gerät."

„Worein soll er denn geraten?"

„Der Jupp hat mir wat anvertraut. Er hat wat gemacht, wat nich legal is. Dat hat mit der toten Frau auf dem Boot zu tun."

Silvia und Sven warfen sich einen kurzen Blick zu.

„Erzählen Sie mal, Herr Richter."

Der Mann am anderen Ende der Leitung schwieg.

„Herr Richter? Sind Sie noch da?"

„Ja, aber ich weiß nich, ob dat jez richtich is, wenn ich Ihnen dat sage. Der Jupp hat mir dat schließlich im Vertrauen gesacht."

„Wenn es um ein Verbrechen geht, Herr Richter, dann sollten Sie uns das erzählen."

„Eigentlich wollte ich dat ja zuerst nich", erklärte der Angler, „aber dann dachte ich, datt dat, wat der Jupp tut, nich richtig is. Und dann hab ich gedacht, datt ich Sie mal anruf, weil Se doch so ein guter Polizist sind. Wissen Se, für mich sind Se wie der Horst Schimanski. Der Schimmi hat auch immer zu den kleinen Leuten gehalten, selbst wenn die mal Mist gemacht haben. Und der Jupp hat Mist gemacht."

„Herr Richter, erzählen Sie uns doch endlich, was Jupp gemacht hat. Wie heißt denn Ihr Jupp eigentlich mit vollem Namen?"

„Josef Schumann, aber alle sagen nur immer Jupp zu ihm."

„Und was hat Jupp gemacht?"

„Also, der Jupp hat mir erzählt, datt er heute Morgen ganz früh, als datt noch dunkel war, zum See gegangen is, um nach seinen Aal..." Richter schwieg.

„Warum reden Sie nicht weiter, Herr Richter?", fragte Söhlbach.

„Weil ich den Jupp jez fast verraten hätte, weil er da wat Verbotenes gemacht hat."

„Wenn es etwas mit dem Angeln zu tun hat, sind wir nicht zuständig. Erzählen Sie einfach mal."

„Also, et is so, der Jupp hatte Aalschnüre ausgelegt. Dat sind Schnüre, an die alle paar Meter ein Köder drangemacht is. Der Jupp is abends unauffällig mit dem Ende der Schnur auf den See raus geschwommen und hat die Schnur dann fallen lassen. Wissen Se, das sind Bleigewichte dran, damit se auf den Grund fällt. So auf Aal zu gehen, is aber verboten und wenn se Jupp dabei erwischen würde, wäre er reif. Als Jupp heute Morgen im Dunklen am See war, um die Schnüre wieder an Land zu ziehen, hat er beobachtet, wie jemand mit dem Boot auf den See raus gerudert is. In dem Boot vorne hatte Jupp eine nackte Frau erkannt, genau wie dat schon mal war. Jupp hat gesacht, datt er neugierig geworden ist und sofort zu der Stelle gerannt is, an der dat Boot losgefahren war. Er wollte wissen, wat da los is. Dann hat er gesehen, wie jemand vom Boot in dat Wasser gestiegen und genau auf Jupp zu geschwommen is. Der Jupp hat sich dann schnell versteckt. Dann hat er gesehen, datt et 'ne Frau war, die ans Ufer kam. Er hat aus seinem Versteck raus gesehen, wie die Frau in ein Auto steigen wollte. Da musste Jupp nießen und die Frau hatte ihn entdeckt. Der Jupp hat mir gesacht, datt er ganz cool geblieben ist. Er hat der Frau einfach erzählt, datt er alles gesehen hat und datt er die Autonummer auf einen Zettel aufgeschrieben hat und den Zettel gut versteckt hat. Er hat mir gesacht, datt er sicher sein wollte, dat es für ihn nich gefährlich wird, weil die Frau hätte ja 'ne Pistole haben können. Jupp hat der Frau gesacht, datt er gesehen hat, wie sie mit dem Boot raus gerudert is und wollte von der Frau wissen, wat sie da getan hat. Die Frau hatte wohl zu ihm gesacht, er soll zu ihr ins Auto steigen und dann würde sie ihm alles erklären. Dat hat Jupp dann auch gemacht. Er hat von der Frau erfahren, dat sie eine arme Frau aus Russland is, die hier in Deutschalnd ohne Papiere als Putzfrau arbeiten muss und dat die tote Frau auf dem Boot eine Kollegin von ihr war, die beim Fensterputzen aus dem vierten Stock gefallen war und dabei ums Leben gekommen ist. Jupp hat mir erzählt, datt die Frau im Auto dann geweint hat. Man hatte sie dazu gezwungen, die tote Kollegin nackt auf den See zu bringen, weil niemand erfahren darf, datt sie hier in Deutschland illegal ist. Sie hat Jupp erzählt, datt sie Angst vor den Männern, für die sie arbeiten muss hat und Jupp sie nicht verraten darf, weil die Männer sie sonst totschlagen würden. Sie hat Jupp angefleht, sie nicht bei der Polizei zu verraten und datt sie alles machen würde, wat Jupp will, wenn er sie nur nicht verrät. Dann hat mir Jupp erzählt, wat die Frau aus Angst gemacht hat. Sie hat ihm die Hosen aufgemacht und ihm einen geblasen. Entschuldigen Se, Herr Söhlbach, datt ich dat so offen erzähl, aber ich kann so wat nich richtig umschreiben. Der Jupp war auf jeden Fall begeistert. Ihn hat die arme Frau ja auch leid getan. Er hat ihr gesacht, datt er sie nich verraten will. Sie hat dem Jupp dann wohl gesacht, datt sie tief in seiner Schuld steht, weil er sie nicht verrät und hat ihn gefragt, ob er keinen Ort kennt, an dem sie sich in aller Ruhe bei ihm bedanken kann. Als Dank wollte sie ihm den besten Sex anbieten, den er je erlebt hat. Dat wollte sich Jupp nich entgehen lassen und deshalb trifft er sich jetzt wieder mit der Frau. Ich meine, diese Männer, die so einen Unfall mit der illegalen Frau vertuschen, sind doch Verbrecher. Deshalb dachte ich, datt ich Ihnen dat unbedingt erzählen muss."

„Wann trifft sich Jupp denn mit dieser Frau?", wollte Söhlbach wissen.

„Ich glaub´ jetzt."

„Was? Her Richter, wissen Sie, wo Jupp diese Frau trifft? Kennen Sie den Treffpunkt?"

„Ja. Er wollte mit der Frau in seinen Garten gehen, weil se da ungestört sind."

„Herr Richter, sagen Sie mir bitte sofort, wo dieser Jupp wohnt. Er ist in höchster Gefahr."

„Wat? Warum ist er denn in Gefahr?"

„Diese Frau ist vermutlich eine Mörderin", erklärte Söhlbach, „und Jupp ist ein Zeuge, der sie belasten könnte."

„Und warum wollen Se dann wissen, wo Jupp wohnt?"

„Weil wir sofort dort hin müssen, um eine eventuelle Straftat zu verhindern."

„Aber Jupp ist doch gar nicht zuhause. Ich hab Ihnen doch gesacht, datt er in seinen Garten ist."

„Und wo ist dieser Garten?"

„Der Garten ist gar nicht weit vom Wambachsee weg. Kennen Se die Kleingartenanlage Wambachsee?"

„Nein", gab Sven ihm zu verstehen. „Wo finden wir diese Gartenanlage?"

„Die Anlage liegt an der Großenbaumer Allee und grenzt direkt an dem Wald, der bis zum Wambachsee reicht. Dat is ´ne Gartenanlage mit mehr als 50 Gärten."

„Herr Richter, sind Sie sich sicher, dass Jupp jetzt in diesem Moment mit der Frau in seinem Garten ist?"

„Wat heißt sicher? Der Jupp hat mir vorhin alles erzählt und dann gesagt, dass er jetzt mit der Frau zu seinem Garten gehen will. Dann is er weggegangen. Als Jupp weg war, hab´ ich nicht lange überlegt und Sie sofort angerufen, weil ich gedacht hab´, datt ich Ihnen dat unbedingt erzählen muss."

„Das haben Sie genau richtig gemacht, Herr Richter. Wie gesagt, Ihr Angelkollege ist in höchster Gefahr und deshalb fahren wir jetzt sofort zu dieser Gartenanlage." Söhlbach schwieg für einen Augenblick. Dann sagte er: „Sie sagten, es gibt dort mehr als 50 Gärten. Soviel ich weiß, hat jeder Kleingarten seine eigene Nummer. Können Sie uns die Gartennummer von Jupp sagen?"

„Nee, die Nummer weiß ich nicht. Ich weiß auch nich, ob dat jez wirklich mehr als 50 Gärten sind, denn dat hab´ ich nur geschätzt."

„Waren Sie denn schon mal im Garten von Jupp?", wollte Söhlbach wissen.

„Ja klar, schon oft. Da räuchern wir immer unsere geangelten Fische."

„Dann wissen Sie also, wo der Garten liegt?"

„Ja, logo."

„Herr Richter, würden Sie uns den Garten zeigen?"

„Gerne."

Sven und seine Kollegin hatten bereits die Marinalove verlassen. Während Söhlbach mit Richter telefonierte, eilten die beiden bereits über die Stege auf den Ausgang der Marina zu.

„Herr Richter", sagte Sven. „Wo sind Sie jetzt?"

„Ich bin hier am See und tu angeln."

„Am Wambachsee?"

„Ja, ich angel immer an derselben Stelle."

„Dort, wo Sie letztes Mal auch geangelt haben?"

„Logo. Ich hab´ doch gerade gesacht, datt ich immer an derselben Stelle angel."

„Herr Richter, tun Sie uns bitte den Gefallen und gehen Sie zum großen Parkplatz am Kalkweg. Wir holen Sie dort mit dem Auto ab. Dann fahren wir gemeinsam zur Gartenanlage und Sie zeigen uns Jupps Garten."

„Dat mach´ ich doch gerne", sagte Richter.

Damit war das Gespräch beendet.

Muisfeld und Söhlbach verließen im Laufschritt die Marina. Ihr Dienstwagen war schnell erreicht.

Die beiden fuhren los und wie durch ein Wunder, hatten sie wenig Verkehr auf den normalerweise um diese Zeit überfüllten Straßen in der Innenstadt. So hatte sie in kurzer Zeit die Auffahrt zur A59 erreicht.

Während Silvia, die das Auto fuhr, sich auf den Verkehr konzentrierte, saß ihr Kollege schweigend neben ihr.

Bei der Fahrt über die dreispurige Autobahn ignorierte die Kommissarin jegliche Geschwindigkeitsbegrenzung. Sie lenkte den VW-Passat direkt auf die linke Spur und erst kurz vor der Abfahrt Duisburg-Buchholz zog sie rechts rüber auf den Fahrstreifen, der zur Ausfahrt führte.

Schließlich bogen sie nach links auf die Sittardsberger Allee ab.

Wenig später hatten die beiden die Großenbaumer Allee erreicht, die Straße, an der ihr eigentliches Ziel, die Kleingartenanlage lag.

„Scheiße", schimpfte Söhlbach und deutete auf die Gartenanlage, die rechts vor ihnen zu sehen war. „Da drüben sind die Gärten, aber wir müssen zuerst zum Kalkweg, Herrn Richter abholen."

„Was würde es nutzen, wenn wir direkt zu den Gärten fahren, aber nicht wissen, wo in der Anlage Jupps Garten ist? Wir sind auf Richter angewiesen. Halt die Augen auf, Sven. Vielleicht ist dieser Jupp ja noch mit Tatjana auf dem Weg zu seinem Garten und wir sehen sie unterwegs."

„Und wenn die beiden schon im Garten sind?", stellte Söhlbach in den Raum. „Wir können einfach nur hoffen, zeitig da zu sein."

„Bis zum Kalkweg ist es ja nicht mehr weit", sagte Muisfeld, nachdem sie an der Gartenanlage vorbei gefahren waren.

Auch die Geschwindigkeitsbegrenzung auf der Neiden-burger Straße, die sie nun befuhren, hielt Silvia nicht davon ab, diese enge Straße zügig zu durchfahren.

Bald bogen sie rechts in den Kalkweg ein, der direkt auf dem großen Parkplatz zwischen dem Masurensee und dem Wambachsee endete.

In der Höhe des Bootsverleihs erkannten sie Jens Richter, der Mann, der sie zur Gartenanlage begleiten wollte, um ihnen Jupps Garten zu zeigen.

Silvia bremste das Auto erst scharf ab, als sie den Angler erreicht hatten.

Richter hatte sich über dieses abrupte Bremsmanöver sichtlich erschreckt, denn er sprang einen Schritt nach hinten.

„Steigen Sie ein, Herr Richter", forderte Söhlbach ihn durch das offene Autofenster auf.

Kaum hatte der Mann auf dem Rücksitz Platz genommen, gab Silvia wieder Gas.

„Man", sagte Richter. „Wollen Se nicht wenigstes warten, bis ich angeschnallt bin?"

„Das können Sie auch jetzt während der Fahrt machen", meinte Söhlbach zu ihm.

Als Jens Richter es endlich geschafft hatte, sich anzuschnallen, hatten sie bereits den Parkplatz am Kalkweg verlassen.

* * *

Josef Schumann, der von all seinen Freunden immer nur Jupp genannt wurde, war sehr aufgeregt.

Schumanns Ehe war schon vor einiger Zeit in die Brüche gegangen und seitdem war er nie mehr mit einer Frau zusammen gewesen. Eigentlich hatte er sich schon damit abgefunden, dass sich das Thema Frauen für ihn erledigt hatte.

Er war fünfzig Jahre alt und bereits vor einem Jahr zu Frührentner geworden, weil er sehr stark unter Gicht litt. Diese Krankheit war mit seinem Beruf als LKW-Fahrer nicht zu vereinen.

Als es damals mit seiner Krankheit angefangen hatte und er deshalb oft zuhause war, wurde es seiner Frau Helga zu viel. Genauer gesagt, war sie nicht damit klar gekommen, dass ihr Mann nicht mehr ständig unterwegs war und nun bei ihr daheim herum saß. Auch fehlte plötzlich das Geld, welches Jupp durch seine vielen Überstunden verdient hatte. Es hatte oft Streit zwischen den beiden gegeben und bald schon kam es zur Trennung.

Helga hatte sehr schnell einen neuen Partner gefunden, doch Jupp war alleine geblieben. Da er einen Teil seiner kleinen Rente an Helga abgeben musste, blieb ihm nicht viel. Es reichte gerade noch zum Leben und für die Miete der kleinen Wohnung, in die er gezogen war.

Das Thema Frauen hatte er für immer abgehakt.

Natürlich hatte er mit seinen fünfzig Jahren noch ab und zu sexuelle Bedürfnisse, doch den Besuch in einem Bordell konnte er sich nicht leisten. Seine diesbezüglichen Höhepunkte beschränkten sich darauf, ab und zu mit einem Pornomagazin ins Bett zu gehen, um Sex mit sich selbst zu haben.

Nun aber war diese Frau aufgetaucht, die ihm endlich wieder richtigen Sex versprochen hatte.

Heute in den frühen Morgenstunden, hatte er in ihrem Auto schon einen Vorgeschmack bekommen, einen Vorgeschmack, der die Lust auf mehr in ihm erweckt hatte.

Als er vorhin auf dem Parkplatz der Kleingartenanlage auf sie gewartet hatte, war er sich nicht mehr sicher, ob er es wirklich tun sollte. Diese arme Frau aus Russland tat ihm eigentlich leid. Sie wurde von irgendwelchen Männern illegal als Putzfrau eingesetzt und diese Männer hatten die Frau sogar dazu gezwungen, ihre verunglückte Kollegin mit einem Boot auf den See zu bringen. Jupp hatte für einen Moment ein schlechtes Gewissen.

Dieses schlechte Gewissen war aber verschwunden, als der schwarze Mercedes der Frau auf den Parkplatz eingebogen war.

Sofort hatte er wieder daran gedacht, dass sie ihm den besten Sex aller Zeiten versprochen hatte.

Nun ging sie neben ihm her und der Weg zu seinem Garten, in dem sie ihn beglücken wollte, war nicht mehr weit.

Tatjanas Bekleidung war sehr schlicht. Sie trug einen dunkelblauen Jogginganzug.

„Wie heißen Sie eigentlich?", fragte Jupp sie.

„Nenn mich Tatjana und sag du zu mir."

„Du kannst Jupp zu mir sagen, Tatjana. So nennen mich all meine Freunde. Eigentlich heiße ich ja Josef, aber so nennt mich niemand."

Er hatte seit heute Morgen viel über diese Frau nachgedacht und sich vorgenommen, ihr Fragen über ihr Leben zu stellen.

Nun aber, wo sie neben ihm her ging, war er sich aber nicht mehr sicher, ob er sie wirklich ausfragen sollte.

Einige Dinge wollte er allerdings unbedingt von ihr wissen.

Deshalb sagte er: „Ich hab´ da noch ein paar Fragen."

„Was möchtest du wissen?"

„Dieser Mercedes, mit dem du gekommen bist, gehört doch bestimmt nicht dir, oder? Gehört er diesen Männern, die dich zum Arbeiten zwingen?"

„Ja", antwortete Tatjana. „Wie sollte ich mir für den Hungerlohn, den sie mir zahlen, ein Auto leisten können?"

Jupp deutete auf ihre Hände, denn die Frau trug, genau wie bei ihrer ersten Begegnung, helle Einmalhandschuhe.

„Warum hast du denn immer Handschuhe an?", wollte er von ihr wissen.

„Ich habe von diesen scharfen Putzmitteln, mit denen ich immer arbeiten muss, meine Hände kaputt. Davon habe ich offene Stellen an den Händen, an die keine Luft darf, weil ich sonst sehr schnell eine schlimme Entzündung bekommen könnte."

„Kannst du denn nicht einfach von diesen Männern weggehen?", fragte Jupp. „Du musst dich doch eigentlich nur ins Auto setzen und losfahren. Wenn du Angst hast, dass sie dich in Deutschland erwischen, kannst du auch in ein anderes Land fahren, wo du dich sicher fühlst."

„Nein, das kann ich nicht. Sie haben mir meine Papiere abgenommen."

„Die Grenzen sind doch alle offen. Da brauchst du keinen Pass."

„Wenn das mal so einfach wäre. Diese Männer gehören einer internationalen Bande an", log Tatjana. „Vor ihnen wäre ich nirgendwo sicher. Sie würden mich überall finden, ganz egal, in welches Land ich vor ihnen fliehen würde."

„Könntest du nicht einfach wieder zurück in dein Heimatland gehen?"

„Nein. Dort hat diese Bande ihren Hauptsitz."

„Und wenn du hier in Deutschland zur Polizei gehst und erzählst, dass du hier zur illegalen Arbeit gezwungen wirst?"

„Dann würden sie mich umbringen."

Oh mein Gott, ging es Jupp durch den Kopf, *und ich nutze ihre Lage aus um Sex mit ihr zu haben.*

Er dachte für einen Moment darüber nach, sie wieder nachhause zu schicken. Doch dann dachte er an das, was sie heute in den frühen Morgenstunden im Auto mit ihm gemacht hatte. Sofort stand für ihn fest, dass er mehr davon haben wollte. Schließlich hatte er sie ja nicht dazu gezwungen. Im Gegenteil, sie hatte sich freiwillig dazu bereit erklärt, Sex mit ihm zu haben. Genauer gesagt, war es sogar ihre Idee gewesen.

Mit der Frage: „Ist es noch weit bis zu deinem Garten", holte sie ihn aus seinen Gedanken.

„Nein", antwortete er und deutete nach vorne. „Wir sind gleich da."

Nach wenigen Metern hatten die beiden den Garten erreicht.

„Das ist ein schöner Garten", sagte Tatjana, nachdem sie sein Grundstück betreten hatte.

„Ja", bestätigte Jupp. „Mir gefällt er auch. Das Beste ist, dass der Garten im hinteren Bereich direkt am Wald grenzt. Dieser Wald reicht bis zum Wambachsee. Um dieses Idyll haben mich schon einige beneidet."

Stolz klang in seiner Stimme.

„Ich werde dir jetzt mal die Laube zeigen. Die habe ich mir selbst eingerichtet und drin ist es so gemütlich, wie in einem kleinen Wohnzimmer."

Tatjana schaute sich suchend um.

„Was ist denn mit deinen Gartennachbarn?", fragte sie. „Außer vorhin in der Nähe des Parkplatzes, habe ich noch keinen Mensch hier gesehen. Eigentlich müsste es bei diesem schönen Wetter doch voller in der Gartenanlage sein."

„Eigentlich ja", sagte Jupp, „aber ich weiß, dass einige im Urlaub sind und ich kenne viele, die sehr lange arbeiten müssen. Die kommen immer später. Die beiden Nachbarn, die links und rechts von mir ihre Gärten haben, kommen im Moment überhaupt nicht." Er deutete auf den Garten, der links an sein Grundstück grenzte. „Der Franz und die Hilde sind für zwei Wochen in Kur gefahren. Da gehe ich dann immer rüber und sehe nach, ob alles in Ordnung ist. Muss ja schließlich auch alles gegossen werden. Da hilft man sich gegenseitig. Der Helmut, das ist der Besitzer von dem anderen Garten, ist im Krankenhaus. Er wurde am Darm operiert. Seinen Garten gieße ich natürlich auch."

„Dann ist es ja hier bei dir besonders ruhig", stellte Tatjana fest.

„Im Moment ja, aber mir ist es lieber, wenn alle da sind. Da hat man wenigstens jemanden zum Quatschen. Wir sitzen viel zusammen. Dann wird oft gegrillt und ein Bierchen zusammengetrunken. Das ist immer richtig schön."

„Aber jetzt", sagte Tatjana, „ist es doch schön, dass niemand hier ist. So sind wir beide doch ganz ungestört, oder besteht die Gefahr, dass plötzlich jemand hier auftaucht und uns beim Sex erwischt?"

„Nein, ganz bestimmt nicht. Wir werden ganz ungestört sein."

„Komm", sagte Jupp. „Ich zeige dir jetzt meine Laube."

Er ging voraus, und sie folgte ihm.

Während er die Tür der Gartenlaube aufschloss, sagte Tatjana: „Mich würde mal interessieren, wie es hinter so einer Laube aussieht."

Jupp sah sie mit großen Augen an.

„Warum das denn?"

„Ich bin neugierig."

„Da ist aber nichts Besonderes."

„Darf ich trotzdem mal sehen, wie es da aussieht?"

„Meinetwegen, aber außer einer Schubkarre und einer Gießkanne gibt es dort nichts zu entdecken."

Tatjana ging vor und er folgte ihr.

Sie blickte sich suchend um.

„Hier könntest du dich ja nackt in die Sonne legen und niemand würde dich sehen", sagte sie angesichts des Waldes, an dem das Grundstück hinter der Laube endete. Die dichten Büsche, die den Garten zu beiden Seiten zu den Nachbarn abschirmten, waren ebenfalls ein perfekter Sichtschutz.

Jupp lachte. „Eigentlich hast du Recht, aber da hier hinten wegen der hohen Bäume im Wald niemals auch nur ein Sonnenstrahl durchkommt, kann man sich hier nicht sonnen. Dazu müsste ich mich vor die Laube auf die Wiese legen."

Tatjana deutete auf eine Tür, die in der Rückseite des kleinen Gebäudes war.

„Hat deine Laube etwa zwei Eingänge oder ist das etwa deine Toilette?", wollte sie wissen.

„Nein", sagte Jupp. „Das ist die Abstellkammer. Da sind die ganzen Gartengeräte drin. Aber mit der Toilette liegst du auch richtig. Offiziell dürfen wir in den Lauben keine Klos haben. Wer mal muss, kann die Toiletten im Gemeinschaftshaus benutzen. Ich habe mir, wie einige andere auch, einfach ein Klo hier eingebaut. Das darf nur niemand wissen. Wenn das jemand vom Stadtverband herausbekommen würde, wäre die Hölle los. Man darf zwar ein Klo haben, aber eben nur eine Campingtoilette. Das ist quasi nichts anderes, als ein großer Eimer, den man regelmäßig leeren muss. So etwas will hier aber keiner und deshalb habe ich ein Klo mit Wasserspülung. Ich habe mir heimlich ein tiefes Loch gebuddelt und es ausgemauert. Da fließt dann alles rein."

„Verstehe", sagte Tatjana und deutet auf ein etwa 80 mal 80 Zentimeter großes Gitter, welches am Ende des hinteren Laubenbereichs im Boden zu sehen war. „Das ist dann wohl deine Klogrube."

„Nein", sagte Jupp. „Um Gottes Willen, dann würde die vom Stadtverband es doch sehen. Die Steinplatte, die meine Klogrube bedeckt, ist mit einer Schicht Erde getarnt. Die kann man nicht sehen."

Tatjana trat neugierig an das Gitter heran und schaute hinein. Sie erkannte ein viereckiges Becken, welches fast bis zum Rand mit Wasser gefüllt war.

Jupp trat neben sie und erklärte ihr den Sinn dieses Beckens.

„Das ist alles Regenwasser", sagte er. „Beide Dachrinnen der Laube werden dort hinein geleitet. Das Becken ist einen Meter tief. Das ist ausgezeichnetes Gießwasser, mit dem ich jeden Abend meine Tomaten gieße. Das Gitter darauf ist Vorschrift, damit niemand hineinfallen kann."

Seine weibliche Begleitung nickte.

„Das ist ja wirklich gefährlich", stimmte sie zu. „Wenn ich mir vorstelle, dass da jemand kopfüber hinein fällt. Alleine kommt man da nicht mehr raus."

„Das stimmt", sagte Jupp. „Wer da rein fällt, ertrinkt."

„Na dann, Jupp, zeige mir doch einmal deine Laube von innen", forderte sie ihn auf und blickte sich hinter der Laube noch einmal gründlich um.

Einsam und verlassen, ging es ihr durch den Kopf. *Hier kommt niemand hin.*

Sie schaute noch einmal auf das mit Wasser gefüllte Becken.

Perfekt, einfach perfekt. Es wird wie ein tragischer Unfall aussehen.

Dann folgte sie dem Mann in die Gartenlaube.

„Unglaublich", sagte sie, nachdem sie sich kurz umgesehen hatte. „So sauber und ordentlich habe ich mir den Raum nicht vorgestellt."

Jupp lächelte verlegen.

„Ich muss zugeben", gestand er, „dass ich schon seit einer Stunde hier bin und alles aufgeräumt habe. Vorher war es nicht ganz so ordentlich."

Er deutete auf eine Couch.

„Das Sofa kann man übrigens ausklappen. Dann ist es doppelt so groß."

Vor der Couch stand ein Tisch mit zwei Stühlen.

Tatjana setzte sich auf einen der Stühle und sagte: „Bitte setz´ dich, Jupp. Bevor wir Sex miteinander haben, gibt es noch etwas zu erledigen."

Jupp nahm auf dem anderen Stuhl Platz.

„Genauer gesagt", erklärte Tatjana, „möchte ich mit dir vorher noch anstoßen."

Sie griff in die Tasche ihrer Jogginghose und zog zwei kleine Flaschen heraus.

Sie stellte die Flaschen auf den Tisch und schob eine davon vor Jupp.

„Das ist echter russischer Wodka", sagte sie. „Bei mir zu Hause ist es üblich, dass die Männer und Frauen, bevor sie Sex haben, ein Gläschen Wodka miteinander trinken."

Jupp nahm die Flasche mit kyrillischen Schriftzeichen zur Hand und betrachtete sie.

„0,2 Liter", stellte er fest. „Das ist aber ein komisches Maß."

„Diese Flaschengröße gibt es auch nur in Russland", sagte Tatjana. „Wir zwei stoßen jetzt an, nehmen einen kräftigen Schluck und danach werden wir zwei den schönsten Sex haben, den du je erlebt hast."

Sie nahm ihr Fläschchen, drehte den Verschluss auf und hielt das kleine Glasbehältnis in Jupps Richtung.

Er tat es ihr nach und mit einem leisen Klicken stießen sie mit den kleinen Flaschen an.

Dann tranken beide ihre Flaschen bis zur Hälfte leer und stellten den Wodka wieder auf den Tisch.

Jupp schaute sie erwartungsvoll an.

„Zeigst du mir deine Brüste?", fragte er sie.

Tatjana lächelte und öffnete den Reisverschluss ihrer Joggingjacke.

Jupp erkannte sofort, dass sie nichts darunter anhatte.

Mit beiden Händen zog sie die Jacke über ihre Schultern nach unten, sodass ihr Oberkörper frei war.

Die erstaunten Blicke des Mannes waren ihr nicht entgangen.

„Na?", sagte sie. „Gefallen dir meine Brüste?"

„Sie sind wunderschön", kam es anerkennend aus Jupps Mund.

Er starrte die Brüste an und konnte es kaum erwarten, diese wohlgeformten Lustobjekte anzufassen.

„So schöne Brüste haben nicht einmal die Models in den Zeitungen", sagte er. „Sind die eigentlich echt?"

In dem Moment, als er diese Frage stellte, spürte er ein merkwürdiges Kribbeln im Kopf. Er hatte das Gefühl, als könne er seine Gedanken nicht mehr beieinander halten.

„Boah", sagte er, „bei diesem Anblick wird mir ganz anders."

„Nein", hörte er Tatjanas Stimme, die sich für ihn plötzlich wie aus der Ferne anhörte. „Die Brüste sind nicht echt. Da habe ich etwas nachhelfen lassen."

Jupp sah, wie die Frau vor ihm ihre linke Brust in die Hand nahm und anhob.

„Diese Brust ist komplett erneuert worden. War ganz schön kostspielig, die alte Brust im Ganzen zu ersetzen."

Jupp wollte sie fragen, warum, aber er bekam keinen Laut heraus. Er fühlte sich mit einem Mal beschwingt, und dann kam bei ihm der Punkt, an dem ihm alles egal war; die Laube, die ihn umgab; die Frau, die mit entblößten Brüsten vor ihm saß und überhaupt alles.

„Wie fühlst du dich, Jupp?", fragte Tatjana, doch ihr Gegenüber nickte nur.

Sie lächelte.

„Es wirkt schneller, als ich gedacht habe", sagte sie. „In deiner Flasche war ein Mittelchen, welches ich mir extra von Bekannten aus meiner Heimat mitbringen ließ. Ich weiß, dass du jetzt nicht mehr denken kannst, Jupp, denn das Mittel legt dein Gehirn regelrecht still. Die Hirnfunktion reicht gerade mal dafür aus, dass du meine Befehle befolgen wirst. Das Mittel wirkt etwa eine halbe Stunde und danach ist es sogar im Blut nicht mehr nachweisbar. Ein geniales Nebenprodukt aus der Dopingforschung. Da wir noch etwas Zeit haben, möchte ich dir meine Geschichte erzählen, Jupp, auch wenn du sie wegen des Mittels nicht richtig verstehen wirst, ich möchte einfach mal mit jemandem darüber reden, auch wenn diese Unterhaltung nur sehr einseitig sein wird."

Sie hob ihre linke Brust, die sie noch immer in der Hand hielt, hoch.

„Kannst du dir vorstellen, Jupp, dass meine alte Brust einfach weggeätzt wurde? Da war nichts mehr, nur noch ein paar Hautfetzen. Virgin und Svetlana, das waren die beiden toten Frauen auf dem See. Das waren aber auch meinen besten Freundinnen, doch nur so lange, bis sie mein Leben zerstört hatten. Sieh dir mein Gesicht an, Jupp. Siehst du diese schrecklichen Naben? Mein Kinn und meine Nase, total entstellt. Es sah vor meinen Operationen noch schlimmer aus. Die meisten Naben konnten von einem Gesichtschirurgen retuschiert werden, doch mit denen, die ich jetzt noch habe, muss ich leben."

Sie schaute ihr Gegenüber an und blickte in abwesenden Augen.

Ein Mann, der zuhört, dachte sie und lächelte.

„Ich wäre damals um ein Haar gestorben. Ja, es ist ein Wunder, dass ich das überlebt habe. Ach ja, ich habe dir ja noch gar nicht gesagt, was damals passiert ist. Wir waren mit unserer Jacht in einen Hafen eingelaufen. Auf dem Kai der engen Hafeneinfahrt hatten Angler gesessen. Diese Idioten hatten ihre Angelschnüre so weit rausgeworfen, dass sich eine davon in unsere Schiffsschraube verhedderte. Wir hatten gemerkt, dass das Boot plötzlich an Fahrt verlor und immer langsamer wurde. Wir konnten uns das zunächst nicht erklären und erst nachdem wir im Hafen festgemacht hatten, entdeckten wir die Angelrute, die am Heck aus dem Wasser schaute. Die Spule der Angel war leer, weil sich die komplette Angelschnur um unsere Schiffsschraube gewickelt hatte.

Wir hatten den Hafenmeister gefragt, ob er jemanden kennt, der das wieder in Ordnung bringt, und er wollte sich umhören. Etwas später waren wir auf der Jacht, um uns etwas auszuruhen. Svetlana und Virgin waren unter Deck und ich stand draußen im Heck und habe mich im Hafen umgeschaut. Als mein Blick auf die Angelrute im Wasser fiel, fasste ich den Beschluss, die Angelschnur selbst von der Schraube zu lösen. Ich zog einen Badeanzug an und nahm ein scharfes Messer, um damit die Schur zu durchtrennen. Bevor ich ins Wasser gestiegen war, hatte ich das Boot von den Pollern losgemacht, um es etwas weiter nach vorne zu ziehen, damit ich im Wasser genug Platz zwischen mir und dem Steg hatte. Dann ließ ich mich ins Wasser gleiten. Als ich dabei war, die Angelschur Stück für Stück zu durchtrennen, trieb das Boot noch etwas weiter ab, denn ich hatte die Leine so um den Poller gelegt, dass sie sich erst straffte, als die Jacht fast zwei Meter vom Steg entfernt war. Während ich an der Schiffsschraube gearbeitet hatte, waren Virgin und Tatjana auf das Deck gekommen und hatten sofort bemerkt, dass die Jacht ein Stück abgetrieben war. Anstatt das Boot mit Hilfe der Leine wieder an den Steg zu ziehen, warfen die beiden den Motor an und drückten den Gashebel nach vorne, um das Boot wieder an den Steg zu fahren. Sie konnten ja nicht ahnen, dass ich im Wasser war. Es ging alles so schnell, dass ich nicht mehr reagieren konnte. Ich war mit dem Gesicht unmittelbar neben der Schiffsschraube, sah eine kurze, schnelle Bewegung, ein paar aufwirbelnde Luftbläschen, verspürte einen kurzen, heftigen Schmerz und von dem, was danach passierte, weiß ich nichts mehr. Ich hatte die Fotos gesehen, die sie hinterher von mir im Krankenhaus gemacht hatten, die Fotos mit dem zerfleischten Gesicht und mit der Brust, die nicht mehr da war. Kannst du dir vorstellen, die linke Brust war wie mit einem sauberen Schnitt bis auf ein paar Hautfetzen komplett abgetrennt. Die Ärzte haben gesagt, dass es an einem Wunder gegrenzt hat, dass ich überlebt hatte. Doch auch wenn ich überlebt hatte, meine besten Freundinnen hatten mir das Leben trotzdem genommen. Auch wenn man mich durch viele OPs wieder zusammen geflickt hat, mein Leben war nicht mehr das alte. Ich begann damit, Virgin und Svetlana zu hassen. Dieser Hass steigerte sich permanent. Ich hatte mir ihnen gegenüber nichts anmerken lassen, denn sie haben sich liebevoll um mich gekümmert. Trotzdem wurde der Hass auf sie so stark, dass bald die ersten Mordgedanken aufkamen. Schließlich stand für mich fest: Die beiden müssen sterben."

Sie blickte dem Mann, der vor ihr saß und sie abwesend ansah, in die Augen.

„Ich weiß, dass du in deinem Zustand nichts von dem verstanden hast, was ich dir gerade erzählt habe. War trotzdem schön, mal mit jemanden drüber reden zu können. Mein Plan war genial und er wäre auch problemlos aufgegangen. Doch dann bist du gekommen, Jupp. Du hast mir ein kleines Problem bereitet, welches ich jetzt aber aus dem Weg schaffen werde."

Tatjana erhob sich vom Stuhl, zog ihre Jacke wieder hoch und schloss den Reisverschluss.

„Komm mit mir, Jupp", sagte sie. „Wie gehen nach draußen."

Der Angesprochene reagierte sehr langsam, aber er tat genau das, was sie ihm sagte.

Sie ging hinter die Laube und er folgte ihr willenlos.

Als sie kurz stehen blieb, stoppte er ebenfalls.

Tatjana lächelte.

Was für ein großartiges Mittelchen, dachte sie.

Sie trat einen Schritt nach vorne und er tat das Gleiche. Seine Blicke waren auf sie fixiert und er wirkte wie ein gehorsamer Hund, der dem Frauchen folgte und nichts falsch machen wollte. Allerdings hätte sich in den Augen eines Hundes Aufmerksamkeit gespiegelt, während man in Jupps Blick nur Gleichgültigkeit erkannte.

Was für ein geniales Mittelchen.

Tatjana trat an das Wasserbecken heran, beugte sich nach vorne und hob das Schutzgitter hoch. Nachdem sie das Gitter an die Laubenwand gelehnt hatte, sagte sie zu Jupp.

„Nimm die Gießkanne."

Er befolgte ihren Befehl.

„Und jetzt fülle die Kanne mit Wasser."

Jupp ging vor dem fast randvoll gefüllten Becken in die Hocke. Dann stützte er sich mit der linken Hand seitlich des Beckens ab und drückte mit der rechten die Gießkanne unter Wasser.

Tatjana wartete, bis die Kanne fast vollgelaufen war. Dann schob sie Jupps linke Hand, mit der er sich abstützte, mit dem Fuß in das Becken.

Ohne jeglichen Halt stürzte er kopfüber in das Wasser.

Sie trat ein paar Schritte zurück, um nicht nassgespritzt zu werden.

Während Jupps verzweifelt strampelnden Beine aus dem Wasser ragten, zeigte sich auf ihren Lippen ein bösartiges Lächeln. Es war, als genoss sie die aussichtslosen Versuche des Mannes, sich irgendwie zu winden, um den Oberkörper nach oben zu bringen.

Währens sie die hoffnungslosen Bemühungen des Mannes beobachtete, dachte sie für einen kurzen Moment daran, dass sie, falls er das Unmögliche schafft und doch den Kopf aus dem Wasser bekommt, etwas nachhelfen würde, damit der Kopf unten bleibt.

Jupp wand sich und strampelte, doch alle Mühe war vergebens. Seine Lage war aussichtslos.

Sein verzweifelter Todeskampf schien nicht enden zu wollen, doch dann wurden seine Bewegungen langsamer. Schließlich knickten die Beine zusammen, rutschten ins Wasser und blieben bewegungslos.

Tatjanas Lächeln wurde breiter.

„Na also", sagte sie leise. „Das Problem ist auch erledigt."

Um ganz sicher zu gehen, blieb sie noch ein paar Minuten stehen und schaute auf das Wasser, aus dem nur noch die Füße und die Unterschenkel regungslos herausschauten.

Zeit, zu gehen, dachte sie.

Sie wollte noch einmal in die Laube, um die Wodka-Flaschen zu holen, als sie Stimmen hörte.

Sie lauschte. Auch wenn diese Stimmen noch weit weg waren, sie kamen immer näher. Sie glaubte, eine Frauenstimme und die Stimmen von mindestens zwei verschiedenen Männern zu hören.

Ich warte, bis sie vorbei gegangen sind. Dann verschwinde ich.

Doch dann hörte sie ganz deutlich, wie eine Männerstimme sagte: „Hier ist Jupps Garten."

Sie zuckte zusammen.

Scheiße! Ausgerechnet heute bekommt er Besuch.

Als sie die Stimme erneut hörte, wurde ihr bewusst, dass die Leute schon im Garten waren.

„Jupp!", rief die Stimme. „Jupp, bist du da?"

Tatjana handelte sofort.

Sie schlich sich durch die Büsche in den Nachbargarten. Auch dort ging sie hinter der Laube vorbei und blieb beim Laufen im hinteren Bereich des Gartens. Bald durchquerte sie leise und vorsichtig den nächsten Garten. Da dieses Grundstück von Jupps Garten nicht einsehbar war, begab sie sich auf den Hauptweg, der zum Parkplatz führte. Sie eilte zu ihrem Auto, stieg hastig ein und fuhr davon.

*   *   *

Jens Richter hatte gemeinsam mit Muisfeld und Söhlbach den Garten seines Freundes Jupp betreten.

Noch einmal rief er nach seinem Freund: „Jupp, bist du da?"

Er deutete auf die Laube.

„Er muss da sein", stellte er fest. „Die Tür ist auf."

Als Richter mit schnellen Schritten auf die Tür zuging, hielt Söhlbach ihn zurück.

„Bleiben Sie stehen", sagte der Kommissar. „Wie gehen zuerst rein."

Er zog seine Waffe und ging langsam zur Laubentür.

Silvia hatte ebenfalls ihre Pistole in der Hand und folgte ihm.

Sehr schnell stellten sie fest, dass niemand in der Laube war. Sie schauten sich um, konnten aber nichts Auffälliges entdecken.

Auch Richter betrat den Raum.

„Komisch", sagte er „Vielleicht ist Jupp ja zu irgendwelchen Gartennachbarn gegangen."

Plötzlich schlug Richter sich mit der Hand gegen die Stirn.

„Man, bin ich doof", sagte er.

Er griff in seine Tasche und zog ein Handy heraus.

„Ich hätte ihn doch anrufen können. Dat hol ich sofort nach. Dann werden wir wissen, wo er ist."

Kaum hatte er die Nummer gewählt, vernahm man in der Laube ein Geräusch. Es war eindeutig das Brummen eines Handys, welches auf Vibration eingestellt war.

Dieses Brummen kam von einem Wandregal.

Auf dem Regal waren irgendwelche Kleidungsstücke und ein paar Handtücher gestapelt. In der Mitte stand eine Blechdose, aus der eindeutig der Brummton kam.

Söhlbach nahm die Dose vom Regal. In dem Moment sah er auch das Kabel, welches hinter die Handtücher versteckt war und in die Blechdose führte.

„Nanu?", wunderte er sich.

In der Dose entdeckte er ein Handy, welches am Ladekabel angeschlossen war.

„Da wollte wohl jemand heimlich filmen", stellte er fest.

Das Handy war im Filmmodus und es war eingeschaltet. Vorne in der Blechdose war ein Loch und das Handy war hochkant gestellt worden, so, dass die kleine Kamera direkt vor dem Loch in der Dose war.

Sven nahm das Handy vorsichtig aus dem Behältnis.

„Wir wurden gerade gefilmt", sagte er.

Richter trat neben ihm.

„Jupp hat es doch tatsächlich schon wieder gemacht", meinte er, als er die Blechdose sah.

„Was hat er schon wieder gemacht?", wollte Söhlbach wissen.

„Genau die gleiche Dose hatte er vor ein paar Jahren in einer anderen Gartenlaube versteckt und die Leute heimlich beim Poppen gefilmt. Dat hat er mir erzählt und er wollte mir den Film sogar zeigen, aber ich wollte mir dat nicht angucken. So wat tu ich nicht."

„Herr Richter", sprach Silvia ihn an. „Haben Sie vielleicht eine Idee, wo in der Gartenanlage Jupp jetzt sein könnte?"

„Nee, wüsst ich nicht. Aber warten Se mal, vielleicht sitzt Jupp ja auch auf dem Topf."

Richter verließ die Laube und verschwand um die Ecke hinter das Gebäude.

„Jupp? Bis se hier?", hörte man ihn sagen.

Dann war es einen Moment still.

„Mein Gott!", Richters Stimme wirkte panisch. „Oh, mein Gott!"

Muisfeld und Söhlbach schauten sich kurz an und sprinteten sofort hinter die Laube.

Sie sahen, wie Richter gerade im Begriff war, zwei Beine zu packen, die aus einem mit Wasser gefüllten Becken heraus ragten. Er zog an den Beinen, schaffte es aber nicht sofort, den Körper ganz aus dem Wasser zu ziehen. Mit ein paar schnellen Schritten war Sven neben ihm und half mit.

Zu zweit schafften sie es schließlich.

Als Jupps Körper vor ihnen lag, kniete sich Richter blitzschnell vor ihm, drückte seine Hände auf die Brust seines Freundes und pumpte wie verrückt.

„Jupp", kam es verzweifelt aus seinem Mund. „Jupp, komm Jupp. Wir schaffen das."

Für Söhlbach stand fest, dass hier jede Hilfe zu spät kam. Sicherheitshalber legte er seine Hand auf Jupps Halsschlagader, um einen eventuellen Puls zu spüren, doch da war nichts.

„Herr Richter", sagte er zu dem Mann, der wie besessen mit der Herzmassage beschäftigt war. „Lassen Sie es. Jupp ist tot."

„Nein", kam es ungläubig aus Richters Mund. „Jupp darf nicht tot sein."

Er pumpte immer weiter.

Söhlbach trat neben Richter und fasste ihn an den Schultern.

„Kommen Sie, Herr Richter. Stehen Sie auf. Es ist sinnlos."

Auch Silvia war neben ihm getreten. Gemeinsam mit ihrem Kollegen halfen sie dem verzweifelten Mann auf die Beine.

Richter stand da, schaute Jupp an und weinte bitterlich.

„Jupp", schluchzte er, „mit wem soll ich denn jetzt angeln?"

Silvia griff nach ihrem Handy und verständigte die Spurensicherung.

„Das ist Tatjanas Werk", sagte sie zu ihrem Kollegen, nachdem sie das Telefonat beendet hatte.

Sie blickte auf das Becken, in dem der Tote gelegen hatte und erkannte die Gießkanne, die auf dem Wasser trieb.

„Es sollte wie ein Unfall aussehen", sagte sie.

Die Kommissarin deutete auf den weinenden Jens Richter.

„Lass uns ihn vor hier wegbringen."

Gemeinsam mit Söhlbach führte sie den Mann weg. Sie begaben sich zu einer Sitzgruppe, die vor der Gartenlaube stand.

„Setzten Sie sich Herr Richter", sagte Silvia.

Er ließ sich auf einen Stuhl nieder und sie setzte sich neben ihn.

Als ihr Kollege plötzlich im schnellen Laufschritt den Garten verließ und sie ihm über dem Hauptweg davon sprinten sah, wusste sie zunächst nicht, was sie davon halten sollte.

Er war so schnell verschwunden, dass sie noch nicht einmal mehr Zeit hatte, nach dem Grund für diese Aktion zu fragen.

Hat er vielleicht Tatjana gesehen?, ging es ihr durch den Kopf.

Mit den Worten: „Warten Sie hier, Herr Richter. Ich bin gleich wieder zurück", verschwand auch sie in die Richtung, in die Sven verschwunden war.

Kaum hatte Silvia den Hauptweg erreicht, erkannte sie ihren Kollegen. Er war bereits wieder auf dem Rückweg und kam ihr entgegen.

„Was war denn das für eine Aktion?", wollte sie von ihm wissen, als er sie wieder erreicht hatte.

„Ich war auf dem Parkplatz, um nach dem Auto zu sehen. Hätte der Mercedes noch da geparkt, dann wäre sie noch in der Nähe, aber der Wagen ist weg."

Die beiden begaben sich wieder zur der Sitzgruppe, an der Richter saß.

Während Silvia sich neben ihn setzte verschwand Sven in der Laube.

Er kam mit Jupps Handy wieder heraus und setzte sich zu ihnen.

Mit den Worten. „Mal sehen, ob etwas Brauchbares drauf ist", tippte er auf dem Display herum.

Silvia rutsche neben ihn.

Als Söhlbach das Gefilmte abspielte, staunten sie.

Man sah, wie Jupp und Tatjana die Laube betraten und Tatjana Jupp darum bat, sich hin zu setzen, um mit ihm vor dem Sex anzustoßen. Jedes einzelne Wort, was gesprochen wurde, war deutlich zu hören.

Sven und Silvia verfolgten das einseitige Gespräch der beiden und konnten es fast nicht glauben, dass dieser Film Tatjanas umfangreiches Geständnis beinhaltete.

„Mit diesem Film hat Jupp seine Mörderin überführt", stellte Silvia fest.

*   *   *

Silvia Muisfeld und Sven Söhlbach hatten sich beeilt, die Marina im Innenhafen zu erreichen.

Da sie davon ausgingen, dass Tatjana nicht ahnte, dass sie bereits als Täterin entlarvt worden war, stand es für sie eigentlich fest, dass die Mörderin auf die Jacht zurück kehren wird.

Sie hatten unterwegs bereits zusätzliche Kollegen angefordert, die den Innenhafen unauffällig umstellen sollten. Tatjana durfte ungestört die Marinalove betreten, aber sie durfte sie auf keinen Fall mehr verlassen.

Söhlbach und seine Kollegin gingen bereits über den Steg auf die schneeweiße Jacht zu. Die beiden hatten schon aus der Ferne erkannt, dass Tatjana und ein Polizist auf dem Deck standen. Deshalb hatte Silvia Sven dazu angehalten, langsam zu gehen. Sie wussten, dass Tatjana sie bereits gesehen hatte und sie sollte keinen Verdacht schöpfen.

Söhlbach fasste seine Kollegin zwischendurch sogar am Arm und blieb stehen. Er deutete auf eines der Boote im Hafen und tat so, als würde er sich mit Silvia darüber unterhalten.

Diese Aktion sollte Tatjana in Sicherheit wiegen.

Als die beiden schließlich die Marinalove erreichten, wurden sie von Tatjana, die mit einer blauweißen Bluse im Matrosenstil gekleidet war, freundlich begrüßt.

„Hübsche Bluse", bemerkte Söhlbach, während sie an Bord gingen.

„Danke", sagte Tatjana. „Matrosenstil ist in."

Nun gaben sie der Frau zu verstehen, dass sie sich gerne noch einmal mit ihr unterhalten wollten.

„Was möchten Sie denn noch von mir wissen?", fragte Tatjana die beiden, nachdem sie auf einen Sessel in der luxuriösen Kajüte Platz genommen hatte. „Setzen Sie sich doch bitte."

Muisfeld und Söhlbach blieben stehen. Diese Tatsache ließ in Tatjanas Gesicht plötzliches Misstrauen erkennen.

Söhlbach zog Jupps Handy aus der Tasche, trat etwas näher an Tatjana heran und spielte den Film ab.

Als die Frau vor ihm den Innenraum von Jupps Laube auf der Aufnahme erkannte, ahnte sie, was nun kommen würde. Sie hatte auch registriert, dass die Kommissarin vor ihr gerade ihre Handschellen herausnahm.

Dann ging alles sehr rasch.

Tatjana schnellte plötzlich hoch und schoss nach vorne. Dabei rammte sie Silvia mit den Schultern um. Es war so blitzartig gegangen, dass weder Muisfeld noch Söhlbach Zeit für irgendeine Reaktion hatten.

Die Frau rannte durch die Tür nach draußen und Söhlbach hastete mit gezogener Dienstwaffe hinterher.

Der uniformierte Polizist, der auf dem Deck stand, wusste nicht, wie ihm geschah, als die Frau an ihm vorbei preschte und mit einem beherzten Kopfsprung über die Reling ins Wasser klatschte.

Sekunden später stand er und Söhlbach an der Reling und suchten mit den Augen das Wasser ab. Von Tatjana war nichts zu sehen.

„Sie ist weg", kam es verwundert aus dem Mund des Polizisten. „Einfach abgetaucht."

„Scheiße", fluchte Sven.

Mittlerweile war auch Silvia neben ihnen. Mit der Hand rieb sie die schmerzende Stelle auf ihrer Brust, gegen die Tatjana ihre Schulter gerammt hatte.

„Alles absuchen!", rief Söhlbach laut.

Im gleichen Moment setzten sich an beiden Seiten des Hafenkanals einige Frauen und Männer in Bewegung. Es waren die Kolleginnen und Kollegen, die Muisfeld bereits auf dem Weg zur Marina angefordert hatte.

„Passt auf, dass niemand das Wasser verlässt!", rief Sven ihnen zu.

Als die gesuchte Frau auch nach einigen Minuten noch nicht zu sehen war, vermutete Silvia: „Sie muss hinter irgendeinem Schiff wieder aufgetaucht sein."

„Das denke ich auch", stimmte Söhlbach ihr zu. „Vielleicht hat sie ja nur kurz Luft geholt, um unter den vielen Booten davon zu tauchen."

„Sie kann auf jeden Fall nicht ungesehen das Wasser verlassen", sagte Silvia und nahm ihr Handy, um weitere Verstärkung anzufordern. „Wir werden die ganze Marina auf den Kopf stellen", meinte sie schließlich. „Sie wird uns nicht entkommen."

Sie schritten suchend die Stege ab und bald schon wurden sie dabei von dazu gekommenen Kollegen unterstützt.

In dem Bereich des Jachthafens, der der Schwanentorbrücke am nächsten lag, hatten ein paar Männer ein Boot bestiegen. Söhlbach hatte schon vor einigen Minuten beobachtet, dass sie ein paar Taschen und gefüllte Getränkekästen auf ihre Jacht geladen hatten und ganz offensichtlich bald ablegen wollten.

Sofort kam ihm der Gedanke, dass die geflohene Mörderin sich heimlich auf diesem Boot versteckt haben könnte. Diese Vermutung teilte er auch seiner Kollegin mit.

Gemeinsam mit weiteren Kollegen begaben sie sich zu der Jacht.

Die Männer auf dem Boot, waren erschrocken, als plötzlich bewaffnete Polizisten vor ihnen auftauchten und sie baten, von Bord zu gehen, weil die Jacht überprüft werden sollte. Sie befolgten die Anweisungen der Polizei aber sofort.

Das Boot war nicht sehr groß und der einzige Raum, eine kleine Kajüte, war schnell abgesucht. Ansonsten gab es auf der Jacht keine weiteren Versteckmöglichkeiten.

„Wonach suchen Sie denn?", erkundigte sich ein Mann, der sich als Schiffsführer der Jacht ausgab, bei Söhlbach.

„Wir suchen eine Frau, die sich irgendwo hier im Hafenbecken befinden muss", erklärte der Kommissar dem Mann.

„Warum suchen Sie diese Frau denn?", fragte der Schiffsführer, während er und seine Begleiter das Boot wieder bestiegen.

„Die Frau wird wegen einiger Tötungsdelikte gesucht", antwortete Söhlbach.

„Ups." Der Mann auf dem Boot wirkte für einen Augenblick verunsichert. „Dann haben wir ja Glück, dass sie nicht bei uns auf dem Boot ist. Eine Tour über den Rhein mit einer Mörderin an Bord, das wäre auch unvorstellbar."

Sven wünschte dem Mann noch viel Spaß. Er sah noch, wie die Männer auf der kleinen Jacht die Leinen los machten, dann wandte er sich ab, um zusammen mit den anderen Kollegen die Suche nach Tatjana fortzusetzen. Er hörte, wie der Motor der Jacht ansprang und lauter wurde, als der Schiffsführer den Gashebel nach vorne schob.

Der laute Schrei: „Maschine stopp!", ließ ihn fast zusammen zucken.

Dann vernahm Sven von der Jacht her ein kurzes, verzweifelt klingendes Stimmengewirr. Das Motorgeräusch verstarb und es folgte eine augenblickliche Stille.

Sofort waren alle Blicke auf das Boot gerichtet.

Die am Bord befindlichen Männer standen da und starrten auf das Wasser im Heckbereich, welches sich blutrot verfärbte.

Dann tauchte ein menschlicher Körper auf, der an der Wasseroberfläche verharrte. Es war der Körper einer Frau, deren blauweiße Matrosenbluse blutgetränkt war.

Der Schiffsführer der Jacht hatte den ersten Schock scheinbar schnell überwunden, denn er sprang sofort ins Wasser, ergriff den Körper und zog ihn zum Boot. Zwei Männer der Besatzung beugten sich über die niedrige Reling und zogen die Frau auf die Jacht.

Beim Anblick der Frau wandten sie sich sofort ab. Einer der Männer beugte sich über die Reling und erbrach sich.

Erst als die Frau auf der Jacht lag, hatten sie ihr Gesicht erblickt, beziehungsweise das, was davon übrig war, und das war eigentlich nichts mehr. Es war nur noch eine blutige Masse. Es fehlte das komplette Kinn, es fehlten die Wangenknochen, die Nase, die Augenpartie und die Stirn. Die Frau war ganz offensichtlich in die Schiffsschraube geraten und der Propeller hatte ihren Schädel senkrecht fast halbiert. Es war ein grausamer Anblick.

*   *   *

Sven Söhlbach und Silvia Muisfeld saßen in ihrem Büro. Eigentlich hätten sie schon lange Feierabend, aber nach diesem Erlebnis im Innenhafen stand ihnen nicht der Sinn danach, zuhause zu sitzen.

So etwas Schreckliches konnte man nicht einfach im Büro ablegen, so etwas nahm man mit nachhause.

Silvia und Sven hatten schon des Öfteren tragische Ereignisse erlebt, welche die Psyche bis auf das Äußerste belasteten, und sie hatten mit den Jahren festgestellt, dass es gut tat, noch einmal gemeinsam darüber zu reden.

„Eine Schiffsschraube war schuld daran, dass sie zur Mörderin wurde", sagte Silvia, „und eine Schiffsschraube beendete auch ihr Leben."

Sven nickte.

Dann sagte er: „Eigentlich hätte sie wissen müssen, dass man sich nicht so nah bei einer Schiffsschraube aufhalten darf. Sie hatte sich ein tödliches Versteck ausgesucht."

Er starrte teilnahmslos vor sich hin.

Auch seine Kollegin wirkte abwesend.

Beide schwiegen und es herrschte eine merkwürdige Atmosphäre im Büro.

„Wie sieht es aus, Sven", unterbrach Silvia die Stille. „Hast du noch etwas Kaltes bei dir zuhause im Kühlschrank?"

„Ja, hab´ ich."

„Hast du etwas dagegen, wenn ich mit zu dir komme?"

„Nein."

„Gut, dann rufe ich jetzt meine Mama an und sage ihr, dass ich heute bei dir übernachte. Sie soll sich keine Sorgen machen, wenn ich nicht daheim bin."

Sven blickte sie an.

„Schön, dass du mit zu mir kommst, Silvia. Dann habe ich wenigsten jemanden zum Reden. Irgendwie brauche ich das heute."

„Viel gibt es über Tatjana aber nicht mehr zu sagen", meinte Silvia zu ihm.

„Darüber möchte ich mit dir auch nicht mehr reden."

„Worüber denn?"

Als ihr Kollege mit einer Antwort noch zögerte, sagte sie: „Über Anna?"

Er zuckte nur mit den Schultern und erhob sich.

„Komm, Silvia, Feierabend."

*   *   *

Buchtipps

Helene – Eine Kriegskindheit

Eine wahre Geschichte aus Duisburg. Dieser, bereits 2007 auf der Frankfurter Buchmesse neu vorgestellte Erfolgstitel gehört mittlerweile zu den absoluten Buch-Klassikern. Der Krieg, gesehen mit Kinderaugen. Obwohl die Handlung manchmal sehr tief unter die Haut geht, ist es eine wunderschöne Familiengeschichte.

Helene – Eine Kriegskindheit, Dieter Ebels, ISBN 978-3-7481-0295-3

Dieter Ebels
Ruhrmord
Duisburg-Krimi

Dieter Ebels
Thingstätte
Duisburg-Krimi

Ebenfalls im BoD-Verlag erschienene Bücher von
Dieter Ebels

Krimi
Das Geheimnis des Billriffs
Inselkrimi Juist

Krimi
Der schwarze Golk
Inselkrimi Wangerooge

Krimi
Die Bestie von Juist
Inselkrimi Juist

Thriller
Scador – Die
vergessene Legende

Jugend-Fantasy
Ghandoya
Das geheime Land

Humoreske
Lola …oder wie man eine auf-
blasbare Sexpuppe ermordet